초판 1쇄 발행 2018년 10월 10일

지 은 이 유정임(www.sweet5508@naver.com)
발 행 인 권선복
디 자 인 김소영
기록정리 한영미
전 자 책 서보미
발 행 처 도서출판 행복에너지
출판등록 제315-2011-000035호
주   소 (157-010) 서울특별시 강서구 화곡로 232
전   화 0505-613-6133
팩   스 0303-0799-1560
홈페이지 www.happybook.or.kr
이 메 일 ksbdata@daum.net

값 15,000원

ISBN 979-11-5602-654-9   (03810)

Copyright ⓒ 유정임, 2018

도서출판 행복에너지는 독자 여러분의 아이디어와 원고 투고를 기다립니다. 책으로 만들기를 원하는 콘텐츠가 있으신 분은 이메일이나 홈페이지를 통해 간단한 기획서와 기획의도, 연락처 등을 보내주십시오. 행복에너지의 문은 언제나 활짝 열려 있습니다.

상위 1프로 워킹맘

방송인 유정임 지음

팟빵
교육
팟캐스트

Working Mom
Educational Broadcasting

도서출판 행복에너지

오늘도 나는 밥을 산다. 어제도 밥을 샀다. 이러다가 다음 달 카드값은 밥값 그래프가 하늘을 찌를 기세다. 그래도 기분 좋다. 큰아이가 두 살 어린 나이로 과학고를 거쳐 카이스트에 입학했을 때도 아이 잘 키운 워킹맘으로 많은 축하를 받았다. 온전히 육아에 집중한 사람들에게 나는 분에 넘치는 복을 받은 엄마였다. 올해 둘째아이가 서울대학교 경영학과에 입학하면서 이젠 꼭 밥을 사야 한다고 성화다. 성화에 담긴 진짜 의미를 나는 안다. 미친 듯이 일에 매달리며 일을 지켜온 워킹맘의 눈물을 너무 잘 알기에, 그래서 더 축하해 주고 싶은 그 마음을 잘 알기에 흔쾌히 지갑을 연다. 덕분에 나는 "아이 잘 키운 워·킹·맘"이라는 과분한 타이틀을 얻었다.

제작한 다큐멘터리로 국내나 해외에서 큰 상을 받았을 때, 누구나 부러워할 만한 개인적인 성취의 순간마다 스쳐가는 죄의식을 마음에 담아야 했다. 상을 받고 있는 내 눈앞에는 혼자 공부하고, 혼자 학원에 가고, 혼자 간식을 먹어야 했을 아이들의 외로움이 눈에 밟혔다. 아빠가 아무리 마음을 써도 아이들에게 엄마는 또 다른 빛의 안식의 나무다. 돌아보면 인생 각자에게 주어진 몫이 있다. 살림에 재주가 없는 나는 육아에도 재주가 없었다. 묵묵히 내 길을 열심히 가면, 서로가 서로를 이해하는 날이 오리라 생각했다. 그리고 그 시간을 미친 듯이 견뎌왔다. 힘든 한숨을 내뱉고 있을 무수한 워킹맘들의 얼굴이 눈앞을 스쳐 간다. 전업맘이나 워킹맘이나 아이 키우는 일은 쉽지 않다.

한 번씩 서점에 들를 때마다 잘 팔리는 자녀교육서들이 산더미처럼 쌓여 있음을 보게 된다. 그만큼 엄마들의 갈증이 풀리지 않는다는 뜻이다. 읽어도 읽어도 갈증이 풀리지 않는 건 무엇 때문일까. 사람이 다르고 환경이 다르니 그것이 오롯이 내 삶이 되지는 못한다. 그래도 다른 사람의 육아를 많이 눈여겨보는 것은 위로가 되고 힘이 되었다. 그들의 방식을 내 환경 속에 밀어 넣어 내 방식대로 응용해 새로운 방법을 찾았다. 그것은 큰 도움이 되었다.

이 책은 워킹맘들을 위한 책이다. 자신의 목표를 위해 '일'을 버리지 못하고 달려야 하는 엄마들에게 육아는 더더욱 포기할 수 없는 딜레마다. 그 딜레마 속에서 실타래의 고리를 풀어줄 다양한 해법은 없는 것일까? 그 해법을 경험으로 나누기 위해 책을 쓰기 시작했다. 그래서 이 책은 자녀교육서가 아니며 육아서가 아니다. 이 책은 온전히 워킹맘, 우리들의 이야기다. 글자 사이사이, 행간 사이사이 육아와 함께 일을 지켜온 엄마들의 마음이 오롯이 담겨 있다. 참고 견디며 아이를 키우고 자신의 인생을 지켜 온 용감한 엄마들.

　　필자 외에 9명의 전문가 엄마들이 말하는 독특한 육아기를 책 사이사이에 인터뷰로 담아 더 많은 경험들을 풍성하게 엮었다. 문화기획자, 영화배우, 생물학도, 패션디자이너, 의사, 연주자 등등 자신의 꿈을 이루기 위해 노력하고 있는 아이들을 키운 엄마들을 만났다. 순간순간의 위기를 지혜롭게 대처한 워킹맘들의 해법은 배울 것이 많았다. 나에게는 없는 지혜가 그들에게는 있었다. 그 알짜배기 팁들은 때론 감동이다.

KNN(전 PSB)라디엔티어링 현장 연출

　1부는 대한민국에서 워킹맘으로 산다는 것에 대한 여러 시선을 모았다. 워킹맘에 대한 선입견, 워킹맘에 대한 태도, 워킹맘 스스로의 인식, 아이를 대하는 엄마이기 전에 워킹맘으로서의 일에 대한 자세, 또한 워킹맘 이전에 엄마로서의 본능. 그 생활 속에서 실천적으로 실행해 볼 만한 팁들을 가감 없이 담았다. 워킹맘에게, 특히 예비 워킹맘에게 마음의 자세를 만들어 줄 것이다.

　2부는 아이를 참으로 잘 키우고 싶은 엄마들의 욕심을 워킹맘의 관점에서 묶었다. 상위 1프로의 아이를 만들기 위해서는 상위 1프로의 워킹맘이 되어야 한다. 필자 역시 라디오 주부프로그램을 진행하며 여러 전문가에게 정보를 얻어내 아이 키우기에 응용해 보았다. 신기하게도 전문가들의 이야기는 마법처럼 좋은 결과를 가져왔다. 아이들은 신기할 정도로 엄마의 양육 태도에 따라 달라졌다. 시간이 상대적으로 부족한 워킹맘들은 정보력도 약하고 전업맘들 사이에서 밀려나기 쉽다. 워킹맘이면서도 절대 뒤쳐지지 않게 아이를 잘 키울 수 있는 실질적인 팁. 누구나 자신감을 가지고 생활 속에 실행할 만한 이야기들을 담아냈다.

　이 가을, 감사한 이름은 일일이 열거할 수 없을 만큼 많다.

　방송인의 재능을 주신 부모님, 며느리의 사회생활을 꾸준히 응원해 주신 시어머님, 바쁜 아내의 그림자 내조로 일관해 준 평생 동지 사랑하는 남편. 가족은 늘 힘이었다. 일터의 선·후배 동료들은 나의 오늘을 지켜주었다. 포기하지 말라고 격려해 준 선배들, 언제나 믿고 따라주며 힘나게 해준 부하직원들, 기분 우울한 날이면 값비싼 캐러멜 마키야토 한 잔 흔쾌히 쏘아주던 동네 엄마들, 모두가 감사한 이름들이다.

큰아들과 작은아들

끝으로 무엇보다 감사한 이름, 나를 '엄마'로 만들어 준 사랑하는 두 아들. 동생을 위해 눈물 닦아가며 19개월 어린 나이에 기꺼이 어린이집에 가준 항상 든든한 큰아들! 짬 나는 대로 엄마랑 영화도 봐주고 카페에도 가주는 딸 같은 작은아들!

아프고, 고맙다.

오늘 이 책을 마주할 워킹맘들이여! 현실을 즐기면 '내'가 남는다.

2018년 가을,

워킹맘 유정임

그녀들의 이야기가 시작됩니다

워킹맘 왕지영 (부산 덕천초등학교 돌봄 전담사)

- ♂ 김○○ (과학고 졸/서울대학교 에너지자원공학과 3, 군복무 중)
- ♀ 김○○ (과학고 졸/연세대학교 신소재공학과1)

너무 평범한 엄마라 할 말도 없다고 자꾸만 손사래를 치던 엄마. 사실, 아이 앞에서 엄마의 본능이 평범하기란 쉽지 않다. 명확히 따지면 그녀는 평범이 아닌 대범한 엄마다. 과학고 출신 아들은 기숙사에서 집까지 2시간도 넘는 거리를 혼자서 오갔다. 학교 앞에 줄줄이 대기 중인 승용차를 지나 혼자서 가방을 메고 집으로 향한다. 아이는 다쳐도 혼자 병원에 가서 깁스를 한다.

엄마는 그 시간에 대범하게 일을 한다. 자신의 일은 스스로 해결하도록 엄마는 참 독립적으로 아이를 키웠다. 초등시절, 관심을 가지고 살펴주니 아이들은 스스로 공부하더라는 엄마는 딱 10년만 고생하면 좋은 학습 습관을 갖는다고 자신한다. 스스로 자라준 꿈나무들이 가끔 보고 싶기는 하지만 스스로 더 잘할 것이라고 믿으며 오늘의 그리움을 참는다.

워킹맘 장양희 (에어부산㈜ 김포공항 지점장)

- ♀ 김○○ (네바다주립대 호텔경영2)
- ♀ 김○○ (샌디에이고 캘리포니아주립대 생명의료공학1)

"세상은 왜 공부 잘하는 아이들만 알아주는 걸까요? 왜 그런 아이들의 엄마만 성공했다고 하는 것일까요? 우리 아이들은 참 건강해요. 그래서 전 자랑할 게 많아요. 공부를 못해도 자기의 길을 열심히 가는 아이들도 응원해 주세요. 공부 아닌 다른 걸 잘할 수 있는 아이들도 격려해 주세요."

그래, 우리는 왜 그걸 자꾸 잊고 살까? 그래서 더 듣고 싶었다.

워킹맘 엄마는 할 말이 많다. 건강한 엄마의 미소는 사람을 즐겁게 한다. 그런 건강함이 아이들의 생각을 야무지게 만들었다. 승무원 출신의 엄마는 대인관계의 매너에 매우 너그럽지만 아이들의 양육에 있어서는 단호하다. 필리핀 세부로 발령 받은 후 딸들을 건사하며 힘든 몇 년을 보냈다. 워킹맘 아내와 딸들을 걱정하며 어쩔 수 없이 생이별을 해야 했던 남편은 아내의 강한 모성애에 놀랐다. 그녀의 육아는 손끝 매운 야무짐이다. 그래서 딸들을 보지 않아도 믿음이 간다.

- -

워킹맘 조혜영 (플레이식스 대표/전 여성신문사 편집국장)

- ♀ 이○○ (군포양전초등학교 3학년)

"마흔넷에 나만큼 예쁜 아이 낳은 사람 있으면 나와 보라고 하세요."

결혼을 미루는 만혼녀(晩婚女)들이 많은 요즘, 서글서글한 그녀의 오늘은 모델이 될 법하다. 매사에 자신 넘치고, 다양한 여성의 문제에 관심 많은 여성계의 리더. 첫 만남부터 아이의 사진을 들고 큰소리 떵떵 치던 그녀였다.

대한민국에서 제일 강해 보일 것 같았던 그녀가… 아쉬운 것 없이 하고 싶은 말 다 하고 살 것 같은 그녀가…. 그런데 결국 아이 이야기를 하다가 무너지고 말았다. 그녀의 짠한 눈물 끝에 나는 그녀 역시 어쩔 수 없는 엄마임을 알고 안도의 한숨을 쉬었다. 엄마는 아무리 강해도 엄마니까. 어린 딸이 너무 일찍 철 들어 버린 것 같아 매사 마음이 아리다는 그녀. 딸은 늘 엄마를 위로한다. 엄마가 된 일이 세상에서 제일 잘한 일이라는 그녀는 만혼녀들의 우상이다.

워킹맘 황보승희 (전 부산광역시의원)

- ♀ 조○○ (남항초등학교 6학년)
- ♀ 조○○ (남항초등학교 4학년)

"제가 과연 엄마 자격이 있을까요?" 자조적인 한숨이 시작됐다.

"저는 정말 자격 없어요. 그저 때가 되어 결혼하고 마음의 준비없이 엄마가 됐죠. 지금 생각하면 후회 투성이죠. 저처럼 살면 안 된다고 알려주고 싶어서 인터뷰에 응했어요."

그렇게 시작한 이야기 속에 진심 어린 마음이 내내 엿보였다. 말 그대로 이 사람에게 저 사람에게 엄마 없이 방치한 아이들을 보고 있노라면 미안한 마음뿐이지만 그래서 더 마음만은 곁에 두고 싶었다. 워킹맘들의 리얼한 현실 속에서 아파하고 후회하며 그녀는 뒤늦게 육아를 배웠다. 그래도 그 후회를, 아직 늦지 않은 아쉬움이라고 바꾸어 본다. 아직 기회는 있다.

이즘 들어 어린 딸들은 곁에 없었던 엄마를 오히려 자랑스러워한다. 아이들에게 돌려받는 이만한 보상이 어디 있을까? "우리는요, 엄마처럼 살 거예요!" 곁에 있어주지 못하는 야속한 엄마지만, 열심히 오늘에 최선을 다하는 엄마를 기다리며 아이들은 오늘도 씩씩하다.

- -

워킹맘 송선미 (교원아카데미 세일즈매니저)

- ♂ 김○○ (과학고 졸/중앙대 생명과학과3/워킹홀리데이 중)
- ♀ 김○○ (경원고2)

엄마를 보면 아이를 알 수 있다고 한다. 그런데 아이를 보고 엄마를 짐작할 수도 있다. 세상에 법 없이도 살 수 있을 것 같은 너그러운 아들은 엄마가 키웠다. 포대기에 아이를 업고 아이를 위해 책을 들었다는 엄마는 아이와 책 읽는 일을 제일 좋아했다. 엄마의 수첩에는 인생의 사소한 기록들이 빼곡하게 들어 있다. 그녀는 틈틈이 글을 쓴다. 사소한 경험도 버리지 않는다. 그 능력이 아들에게 전해졌다. 아들도 글을 참 잘 쓴다. 진실을 담아 쓰는 글이다.

옆집 엄마의 사교육에도 흔들리지 않았다는 엄마는 옆집 엄마들에게 책의 소중함을 전하며 옆집 엄마들을 흔들어 왔다. 늘 집을 비워 미안했다는 엄마. 그 시간 믿음을 저버리지 않고 저희들끼리 잘 커준 아이들이 정말 고맙다. 착한 엄마의 심성만큼 아이들은 순수하고 예쁘다.

워킹맘 정보영 (정보영 스피치 대표/전 서울MBC 아나운서)

– ♀ 박○○ (이화여대 경영대학원 / 라쿠텐코리아 해외마케팅 담당)
– ♀ 박○○ (SBS 2013슈퍼모델/동국대 연극영화과3/YG Kplus 소속)

참 우아한 엄마와 우아한 딸이 눈에 들었다. "우리 딸은 공부를 못해…." 엄마는 손사래를 쳤다. 그런데 딸들은 잘하는 게 많다. 공부보다 건강함이 더 우선이었다는 작은딸. 운동 좋아하던 특성을 살펴 자신의 특성대로 배우의 길을 가고 있다. 무엇이든 억지로 하는 일은 절대 시키지 않겠다는 신념으로 딸들을 키웠다. 강요하지 않은 덕에 아이는 힘들어하면서도 제 길을 찾았다.

총명하다는 이야기를 많이 들었던 큰 딸과 달리 많은 것이 늦된 작은아이를 키우며 눈물 마를 날이 없었다는 엄마. 힘들었다. 그런데 요즘은 그 딸이 엄마를 웃게 한다. 엄마의 어깨에 힘이 들어가게 한다. 아이들의 미래는 아무도 알 수 없다는 진리를 엄마는 지금 현실로 인식하고 있다. 하고 싶은 대로 믿어주었더니 아이들이 제 길을 잘 찾아가더라는 진리도 마음에 꼭꼭 간직하고 있다.

워킹맘 정희자 (이탈리아 가스파레 스폰티니 공립음악원 박사
/바이올리니스트 겸 지휘자)

– ♂ 김○○ (부산대학교 신입공힉과 졸업/(주)DTR 근무)
– ♀ 김○○ (독일 쾰른국립음대 바이올린 전공 중)

평소 그녀는 꾸미지 않는다. 흡사 친정 자매 만나듯 편하다. 그런데 바이올린을 들면 돌변한다. 옆집 아줌마처럼 다정했던 모습은 온데간데 없다. 한번 몰두한 일은 끝장을 보고 만다는 생각으로 음악 앞에서 늘 최선을 다한다. 그래서 제자가 많다.

그런데 딸은 제자와 달랐다. 엄마의 꿈을 이어가던 소중한 딸이 어느 날 바이올린을 놓아버렸다. 엄마를 괴롭히기 위해 태어난 듯 사춘기를 겪으며 아픈 소리를 퍼부었다. 소리 죽여 흐느끼는 가슴에 멍이 들었다. 지옥 같은 시간을 보냈다. 하지만 아이를 이길 수 없었다. 아이는 제멋대로 돌아섰지만 엄마는 자식 앞에 등 돌릴 수 없었다. 음악을 포기한 딸을 끌어안기로 했다. 아이의 인생만 보기로 했다. 기다림은 아프고 길었다. 그러던 어느 날 딸이 바이올린을 들고 돌아왔다. 아이를 키우며 다시 인생을 배웠다는 그녀. 돌아보니 부모는 티내지 못하고 기다리고 기다리는 존재다.

워킹맘 김민옥 (부산교통방송 PD/전 CBS 아나운서)

- ♂ 김○○ (영재고 졸/카이스트 기계공학과 졸/부산대 의전원 본과3)
- ♀ 김○○ (중앙대학교 간호학과3)

많은 엄마들은 그녀를 부러움의 대명사로 꼽는다. 영재고를 졸업한 아들은 카이스트에 입학해 공학도가 되었다. 대학 졸업반 당시 모 케이블방송사에 히든싱어로 출연해 기타 치며 음악까지 즐겼다는 아들은 가슴에 남아 있던 의학인의 꿈을 이루기 위해 다시 의전원에 진학했다. 진로를 고민하는 아들 곁에는 항상 들어주는 엄마가 있었다. 엄마는 스스로 가도록 들어줄 뿐이다. 가는 대로 믿어주고 따라주다 보니 아들은 엄마와 참 살가운 사이가 되었다.

많은 시간 함께해주지 못한 워킹맘의 미안함이 언제나 가득했지만 양보다 질이라고 생각했다. 짧은 순간에 두 배로 정성을 다했다. 아이들은 진한 엄마의 사랑을 받으며 스스로 자란다. 마이크 앞에 앉으면 모든 것을 잊고 행복해진다는 엄마. 일을 지켜온 것이 얼마나 다행인가 생각한다. 그래서 종종 미안하지만, 이렇게 지켜온 일과 잘 자라준 아이들이 대견하기만 하다.

워킹맘 조은아 (문화기획자/사회적기업 ㈜문화콩 대표)

- ♂ 권○○ (동의대학교 경영학과4)
- ♂ 권○○ (군 복무 중)

"애들 할머니도 계셨고, 저는 주로 일만 했죠. 그러니까 결코 좋은 엄마는 아니에요. 아이 아빠가 저 대신 많은 걸 했습니다." 인터뷰 내내 그녀는 조곤조곤 느린 말투로 많은 생각을 하며 말을 이어갔다. 무엇보다 진심으로 아이들에게 참 미안하다고도 했다. 엄마였지만, 엄마가 아니었다고도 말했다. 그녀의 말이 아프게 진심으로 다가왔다.

옆집 엄마에게 휘둘리는 그런 엄마는 되고 싶지 않았다. 그런데 그 굳건한 '다름' 속에서 오히려 '차이'가 생겨버리고 말았다. 세상의 잣대로 보는 차이. 뒤늦게 공부를 시켜야 하나 걱정했지만 뒤늦게 마주한 아이들과 어색하고 힘들었다. 방황하던 사이, 아이들은 자라났다. 하지만 그 시절로 돌아간다 해도 공부를 강요하지는 않을 것이다. 모두 자기의 길이 있다고 생각한다. 여행을 함께 많이 하지 못한 것이 제일 마음에 걸린다는 워킹맘은 무심해 보이지만 세상의 가치를 먼저 생각해 주는 그런 엄마다. 지금 큰아이는 엄마의 길을 배우겠다며 곁으로 왔다.

1 대한민국에서 워킹맘으로 산다는 것

2 아이 참 잘 키우셨네요

다섯 편의 에피소드

에피소드 하나 – 아이를 낳는다는 건

"이렇게 참으시면 치아 다 상해요… 아프면 아픈 대로 소리 지르세요."

통증을 참느라 이를 악 물었더니 도리어 의사가 나무란다.

첫 번째 출산 예정일 전날. 배가 가끔씩 아파온다. 아픈 것 같다가 아니기도 했다가 오락가락했더니 남편은 긴장되니까 장난치지 말라고 되레 타박이다. 실제로 그런 것을, 배가 하는 일을 어쩌라고. 가만히 지켜보니 통증은 정확하게 시간을 지켜 찾아왔다. 2시간에 한 번씩 찾아오다가 1시간에 한 번씩 찾아오다가 급기야 15분에 한 번씩 신호를 보내왔다.

그렇게 병원을 찾았다. 그리고 여섯 시간이나 지나 본격적인 진통이 시작되었다. 허리가 끊어질 것처럼 아픈 통증이 엄습하다가 잠시 뒤 살 만해졌다. 그렇게 살 만해지면 다시 또 통증이 밀려왔다. 살기 위해 나는 생각의 순서를 바꿔야겠다고 맘먹었다. 조금 있으면 다시 아플 거라는 두려움이 아니라, 조금 있으면 다시 괜찮아질 거라고 생각의 순서를 바꿨다. 통증은 시간에 맞춰 똑같이 찾아왔지만 마음의 순서를 바꾸니 견딜 만했다. 그리고 두어 시간 뒤, 참을 수 없는 통증이 이어졌다.

힘을 주라는 의사의 말에 젖 먹던 힘까지 다했으나 힘이 약하다고 무지막지한 야단을 들어야 했다. 아기의 어깨가 빠져나올 무렵 잠시 힘을 놓았다가 호통 치는 의사의 목소리에 까무룩 놓았던 정신줄을 다시 추슬렀다. 아이의 어깨가 빠져나오기 시작하자 의사는 명치께 가슴 위를 압박하기 시작했다. 힘을 더 주지 못하는 산모를 돕기 위한 의사의 처방이었다.

아이 낳는 장면과 거룩한 모성애를 같은 무게로 동일시하던 나의 상상은 무참히 깨져 나갔다. 위대한 탄생의 응원 같은 건 현실이 아니었다. 그냥 난 죽을 것 같은 통증과 몸부림을 참느라 온 머리가 헝클어진 보기 딱한 여자였고, 아이는 아직 내 몸을 빠져나가지 못해 힘들이했고, 의사는 힘을 주리고 야단을 쳤고, 통증은 더 이상 아무것도 생각하지 못하게 만들었다. 그렇게 쉴 새 없이 고통이 휘몰아치더니 이내 울음소리가 들려왔다.

묵직하던 아랫배에서 뭔가가 시원하게 밀려나갔다. 이 느낌을 무에 표현할 길이 있을까. "건강한 아들입니다." 탯줄을 끊으며 의사는 내 가슴 위로 아이를 올려주었다. 세상에 나온 첫아이와의

만남. 얼굴 쭈글쭈글한 녀석이 힘겹게 눈을 뜨고 나를 본다. 눈이
마주친 순간이었다.

‘너였니?’ 안도의 긴 한숨으로 물으니 ‘예, 저였어요. 당신과 열
달을 함께한 분신….’ 울컥 친정엄마가 생각났다. 짧은 눈인사 뒤,
문득 배가 고프다는 사실에 눈을 떴다. 분만실을 나와 정신없이
미역국을 한 사발 들이켰다. 세상에서 제일 맛있게 먹은 다디단
미역국. 그리고 시나브로 단잠에 빠져들었다. 세상에! 내가 엄마
가 되었다니!

에피소드 둘 – 엄마가 되었다는 건

동화작가 고故 정채봉 님과의 인터뷰. 초록색 담쟁이가 붉은색
건물을 에워싸고 있는 대학로의 한 출판사. 옥상 한쪽에 선 자세
로 인터뷰를 했다. 나는 20대의 젊은 싱글이었다. 지방 출장을 앞
두고 기차 시간에 쫓기는 작가를 붙들고 막간을 허락받은 터라 앉
을 새도 없었다.

감성을 건드리는 시詩로 우리에게 다가오던 그가, 인터뷰 도중
‘엄마’를 소재로 한 자신의 자작시 앞에서 끝내 무너지고 말았다.
그의 시 「엄마가 휴가를 나온다면」을 읽다가 말고.

하늘나라에 가 계시는 엄마가 / 하루 휴가를 얻어 오신다면
/ 아니 아니 아니 아니 / 반나절 반시간도 안 된다면 / 단 5분
그래 5분만 온대도 나는 원이 없겠다 / 얼른 엄마 품속에 들

어가 엄마와 눈 맞춤을 하고 / 젖가슴을 만지고 / 그리고 단 한 번만이라도 엄마! 하고 소리 내어 불러보고 / 숨겨놓은 인생사 중 / 딱 한 가지 억울했던 그 일을 일러바치고 / 엉엉 울겠다.

쨍쨍한 햇살 아래에서 그의 엄마는, '눈물'이 되었다. 자식의 일이라면 무조건 신발 벗어 누군가를 야단쳐 줄 수 있는 온전한 내 편. '엄마'는 그런 존재라며 그는 힘주어 말했다. 싱글의 나는 가슴이 아닌 머리로 그 말을 이해했다.

세월이 흘러 결혼을 했고 엄마가 되었다. 어느 날 전문직 여성들과의 저녁식사에서 우연히 그 시가 화제가 되었다. 스마트폰으로 시를 찾아 목소리 낭랑한 후배가 읽어 내려가기 시작했다. 두어 줄을 읽다 말고 그녀의 목소리가 잠겼다. 옆에 앉은 다른 이가 다시 다음 줄을 받아 이어가다가 또다시 목이 메었다. 네댓 사람을 돌고 돌면서 겨우 마지막 줄의 낭송이 끝났다. 엄마가 된 우리에게 시詩는 다르게 들어왔다. 똑같은 시詩가, 다르게 들어온 순간이었다.

에피소드 셋 – 워킹맘이 된다는 건

오래전, 한 방송사에서 〈어머니〉라는 주말 프로그램을 제작했다. 이 땅의 무수한 어머니들 중 자식들을 위해 희생하며 인생을 바친 어머니들을 칭찬하고 격려하는 프로그램이었다. 자신의 인생을 저당 잡혀 자식을 성공시킨 어머니들이 줄줄이 소환되듯 방송에 출연했다. 어머니들의 희생에 감동하며 무릇 어머니라는 사람들은 자신의 인생을 반납하는 게 진정한 모성인 듯 그런 시절을 우리는 살았다. 어머니라는 주어 앞에 희생은 당연한 수식어가 되었다.

워킹맘으로 직장과 가정을 병행하며 나는 '우리 시대 엄마의 자화상'이 반복되는 것을 온몸으로 거부했다. 가족을 위해 희생하고, 자식을 위해 군소리 없이 자기 인생을 반납하는 그런 엄마는 결코 되지 않겠다고 되뇌었다.

〈유정임의 미시타임〉이라는 젊은 주부들의 라디오 프로그램을 11년이나 진행하면서 자신의 결혼반지 팔아 자식들 대학 보내는 엄마는 사라져야 한다고 주장했다. 아이들의 돌반지 팔아 자신들의 대학원비로 사용해서 지혜로운 엄마가 되어야 한다고 강조했다. 거룩한 모성의 굴레에서 애써 벗어나려는 나의 노력에 찬물을 끼얹는 사람들 앞에서 더 뻔뻔하려고 노력했다.

그러나 이건 무슨 아이러니인가. 아이를 키우며 나도 모르게 그 '거룩한 모성'의 대열에 본능적으로 합류하고 있음을 뒤늦게 깨달았다.

워킹맘으로 사는 일은 두 개의 자신 앞에서 종종 당황스러워지는 일이다. 자신의 일을 놓지 않으려고 안간힘을 쓰는 이중고 앞에서 사람들은 너무 쉽게 상처를 주었다. 벌면 얼마를 벌겠느냐, 나라를 구하는 일도 아니지 않느냐, 일하는 엄마가 아이를 망친다, 그 돈이면 차라리 엄마가 키워라, 남에게 맡기다가 후회할 일 생긴다 등등. 쏟아지는 편견은 여성의 일을 자신의 세상을 지키려는 여성의 노력이 아니라 생활비가 필요한 돈벌이 수단으로만 비추었다.

남들 다 가는 아이의 초등학교 첫 공개수업에 가지 못할 때, 발품을 팔아야 하는 정보를 제때 얻을 수 없어 모두 가는 여름특강에 내 아이만 몰라서 가지 못하고 홀로 집으로 돌아왔을 때, 옆집 엄마들의 대화 속에 끼지 못해 눈동자만 굴려야 할 때, 특집 방송이 있는 일요일에 출장 간 남편 대신 아이를 봐줄 사람이 없어서 발을 동동 구를 때, 친정과 시댁 모두 다 서울에 있어 급한 일을 아무도 도와줄 사람이 없을 때…. 세상이 나한테만 야박한 것 같아서 두 손 놓고 두 발 뻗고 펑펑 운 날도 많았다.

이렇게 동동거리다가 남들 말대로 결국 아이를 망치고 말까봐 앞이 캄캄했던 순간들은 셀 수 없었다. 내 일이 뭐라고 이렇게 미련을 떨고 있는가. 아이가 클 동안 잠시 쉰다고 해서 무슨 난리가 나겠는가. 머리가 복잡했다. 그때 선배들의 위로가 다가왔다. 위로는 뭉게뭉게 힘을 솟아나게 했다. 그리고 주위를 둘러보니 잊고 있던 사실이 떠올랐다.

2남 3녀 키우며 한평생 자식 해바라기로 살아온 나의 엄마에게도 자식들인 우리는 종종 불만을 가졌었다는 사실 말이다. 결국 곁에 있어도 멀리 두어도 모든 것이 완벽한 만족이란 있을 수 없다는 사실 앞에 용기가 생겼다. 나는 아이도 지키고, 일도 지킬 것이라고 독하게 입술을 깨물었다.

에피소드 넷 - 일과 가정을 함께 지킨다는 건

　돈을 벌겠다 작정했으면 진즉 일을 버려야 했다. 산술적으로 아이 맡기고 쓰는 비용을 따지면 아무리 수학에 약한 사람도 단박에 계산이 나온다. 평범한 월급쟁이, 그냥 살림하면서 내가 육아를 전담해야 계산이 맞다.

　일을 한다는 건 돈만을 보는 일이 아니다. 일 안에 '내'가 있었다. '나'를 키워야 했다. 언젠가 아이들 훌훌 떠나보낼 그날, 온전한 나의 이름으로 남고 싶었다. 그래서 일을 버릴 생각은 눈곱만큼도 없었다. 자식을 위해 온전히 내 인생을 바치고 "너를 어떻게 키웠는데…." 하면서 뒤늦게 한탄의 레퍼토리를 내뱉고 싶지 않았다.

　부모가 되고 나면 희생이라는 단어로 종종 아이에게 견줘보는 기대가 있다. 그 기대를 완전히 놓아야만 우리는 그제야 자유로워진다. 인생은 각자 거둬들여야 할 제 몫이 있다. 돈을 버는 일, 보람 있는 일, 남을 위한 일, 혼자만 좋은 일. 일은 여러 모양이다. 무엇이든 온전히 '나'로 인정받으며 당당히 내 이름 석 자로 세상과 마주할 수 있어야 그 일이 오래간다. 지칠 때마다, 포기하고 싶을 때마다 앞서간 선배들의 격려. 손을 잡는 이유가 거기 있었다.

어느 날 문득 듣게 된 아이와 친구들의 대화.

"이거, 우리 엄마가 만든 거거든… 우리 엄마가 이번에 하는 작품은…." 곁에 엄마가 없는데도 아이들은 나를 찾아주고 있었다. 그 보람으로 견뎌야 했다. 그리고 그 보람에는 숨겨진 남편들의 적극적인 헌신과 기여가 있다. 워킹맘에게 침묵으로 일관해 주는 남편들의 보이지 않는 기여는 대단한 공로다. 기꺼이 무관심으로 일관해 준 남편으로서의 외조. 무엇보다 아이들의 교육에 있어서는 의구심 없이 아내의 철학을 무조건적으로 지지하고 따라준 남편이 있어 워킹맘인 나로서는 그 수고가 한결 가벼웠다.

에피소드 다섯 – 그래도 우리가 엄마라는 건

책을 쓰기 위해 빛바랜 태교일기며 육아일기를 꺼내들었다. 11년 동안 젊은 주부들을 대상으로 진행했던 KNN 라디오 〈유정임의 미시타임〉 자료도 정리해 보았다. 프로그램을 제작하며 만난 교육전문가들의 이야기도 편편이 다시 읽었다. 다양한 분야에서 워킹맘으로 살아가며 아이를 기워낸 주변의 워킹맘들도 틈틈이 만났다.

참으로 잊을 수 없는 일은 강철 같은 마음으로 자신의 일을 지켜온 그녀들이 약속이라도 한 듯 인터뷰 도중 한 번씩 눈물을 삼켰다는 사실이다. 그래, 우리는 모두 '엄마'였다.

그런 그녀들의 눈물 속에서 큰 깨달음을 얻었다. 도움을 얻지 못하여 발을 동동 구르면서도 '엄마'라는 이름은 많은 것을 감수하게 했다는 사실을 말이다. 그래서 더 아프고 더 힘들었지만 더 보람 있었다는 사실을 말이다. 이건 아니라고 도리질 치면서도 '엄마'이기에 그 힘든 시간을 기꺼운 즐거움으로 받아들일 수 있었다는 사실을 말이다.

누구의 인생도 리허설은 없다. 그러나 엄마의 인생은 '아이'라는 소중한 존재의 무게감 때문에 할 수 없는 리허설이 더 두렵고 무섭다. 상상할 수도 없는 일들이 예고 없이 밀려오는 엄마의 인생. 고비를 만날 때마다 나는 간절히 원했다. 누군가의 격려를 말이다.

"잘하고 있어. 그래, 누구나 힘든 거야. 너도 엄마는 처음이잖아. 네 잘못이 아니야. 너도 누군가의 소중한 딸이야. 미안해하지 마. 괜찮아, 정말 괜찮아."

토닥임을 바랐다. 종종 그렇게 안아주는 이가 있어 미안함과 죄의식을 덜어낼 수가 있었다.

나는 종종 자문한다. 나는 과연 좋은 엄마일까? 나는 과연 좋은 방송인일까? 하루에도 수없이 많은 질문이 꼬리에 꼬리를 문다.

물리학과 수학을 공부하는 큰아들은 대학에 입학하며 이렇게 말했다. "정말 가고 싶은 길을 가게 해주셔서 감사해요, 엄마."

방송PD를 꿈꾸는 작은아이는 대학 새내기가 되어 다짐을 했다. "빨리 엄마처럼 좋아하는 일을 하고 싶어요. 엄마가 뉴욕에서 받은 상, 20년 뒤에는 그곳에서 더 큰 상을 받을 거예요."

격려는 매우 중요하다. 이 책에 실린 성공한 워킹맘들은 한결같이 자신을 사랑하고 자신을 격려했다. 그것이 이기적인가? 아이를 사랑하는 만큼, 자신에 대한 사랑 역시 흔들리지 않아야 잘 달릴 수 있다.

상위 1프로는 성적에만 있는 일이 아니다. 놓여진 자리에서 최고의 자존감을 지키는 상위 1프로. 우리는 그 1프로의 자존심이 되고 싶다.

워킹맘이여! 세상의 엄포에 흔들리지 말라. 그 누구도 내 인생을 대신할 수는 없다. 스스로 단단해져라. 눈물은 혼자 있을 때 흘려라. 내 꿈을 잃지 않는 당당한 엄마의 모습을 먼저 보여줘라. 아이는 엄마의 행복을 보며 자신감을 얻어간다. 지혜를 나눠라. 나에게는 없는 해법이 누군가에게는 있다. 나누고 얻어라. 워킹맘의 삶, 어디에도 리허설은 없다.

상위 1프로 워킹맘이 되는 길, 아이와 일 앞에서 그 순간에 몰입하는 길 뿐이다.

대한민국에서
워킹맘으로
산다는 것

워킹맘과 전업맘은 탯줄로 이어진 쌍둥이다.
서로를 꿈꾸기도 하고
서로를 시샘하기도 하고
때때로 손을 잡기도 한다.

대한민국에서 워킹맘으로 산다는 건
종종 전업맘으로 살며 그 현실을 살피는 일.
양쪽을 모두 통달해야 하는 일이다.

취재로 만난 워너비들

라디오 주부프로그램을 11년 동안 제작하며 참으로 많은 사람을 만났다. 학벌, 인품, 명예와 경제적 지위까지. 그 무엇 하나 부족하지 않은 성공인사들은 물론이거니와 딱하다 싶을 만큼 안타까운 환경에 놓인 사람들까지. 다양한 사람들의 이야기를 취재하고 방송했다. 무엇보다도 젊은 주부들을 대상으로 하는 프로그램이다 보니 청취자 대부분이 제1순위로 자녀교육에 관심을 두었다. 이런 관심도 시대 따라 변하는 모양이다. 요즘은 경제정보가 1위, 자녀교육이 2위라고 하니 말이다.

어쨌든 참 흥미로운 건 행인지 불행인지 자녀교육이라는 것이 반드시 콩 심은 데 콩 나고 팥 심은 데 팥 나지는 않는다는 사실이었다. 누구나 이름만 들어도 알 만한 내로라하는 사회적 저명인사가 맘대로 풀리지 않는 제 자식 교육에 골머리를 썩는가 하면, 변변한 학벌은커녕 사는 처지도 어려운 사람이 학업은 물론 인성까지 번듯하고 훌륭하게 갖춘 아이를 키워 부러움을 사는 경우도 참 많았다. 자식농사는 겉으로 보이는 것이 다가 아니었다.

유전자나 환경적 영향이 전부는 아니었다는 말이다. 흔히 금수저, 흙수저 논란으로 이런저런 환경을 언급하지만 결코 그것이 모든 것을 대변할 수는 없었다.

물론 자식교육의 성공이 굳이 명문대나 영재가 다일 수는 없지만, 일반적 통념의 잣대로 성공했다는 무수한 사례들을 취재하며 육아는 끊임없이 공들이면 원하는 방향으로 성공할 수 있다는 가능성을 생각하게 되었다. 자식농사야말로 도전해 볼 만한 가치가 충분했다.

대치동에서 공부한 아이들은 모두 공부를 잘하나? 미술을 전공한 엄마 밑에서 다 미술학도가 나오나? 확률은 우리가 만들어 내는 '명분의 신화'일 뿐, 보이지 않는 확률들이 현실로 드러났다.

10여 년 전 한국교육의 현실을 진단하기 위한 다큐멘터리를 제작하며, 대한민국의 내로라하는 각계의 전문가들과 마주했다. 수많은 부모와 이이들, 교육전문가들, 교사들, 하버드, MIT, 서울대 등의 입학사정관들, 중국기술교육 전문학교 현장의 졸업생들, 대한민국 천재와 영재의 부모들, 자살로 세상을 마감한 안타까운 아이의 부모들, 현장의 교육기자들, 이제 막 교사가 된 새내기 선생님들…. 만나고 또 만났다.

놀랍게도 아이들은 우리가 생각하는 상식의 확률로 대답하고 있지 않았다. 아이에게 진심의 정성을 기울일수록 '그렇다더라'는 상식의 확률은 무참하게 깨어졌다. 육아는 정답 없는 무조건적 맹신이 아니라 '정성의 과학'이었다. 기본자질이나 바탕마저도 '엄마의 정성'이라는 손길로 뒤바꾸어 놓을 수 있는 일정 법칙을 가진 과학이었다.

특히 일과 가사를 병행하면서 아이들과 물리적으로 함께할 시간이 적은 워킹맘은 더더욱 그 정성을 어떻게 만들어 내고 적용할 것인가를 공부하고 방법을 탐구해야 할 것이었다.

첫아이를 임신하면서 주부프로그램을 연출하게 되었으니 제작 중에 만난 모든 육아 사례의 경험담과 전문가들의 이야기를 내 아이에게 적용해 볼 수 있었다. 기가 막히게도 앞선 이들의 성공적 경험들은 '정성의 과학'이라는 생각을 더 확고하게 만들어 주었다. 겉으로 보이는 아이의 이름표가 화려하다고 내면까지 완벽할 수는 없다. 실력은 단기간의 노력으로 종종 결과를 만들었지만, 인성은 어림없었다. 인성은 끝없이 지고 가야 할 부모들의 숙제였다. 그래서 육아에는 계획된 정성이 필요하다.

전국의 소문난 영재들을 1년간 집중 취재한 적이 있다. 그리고 그 엄마들의 공통점 앞에서 무릎을 쳤다. 초긍정의 힘으로 무한히 아이를 기다려 주었다. 절대로 부정적 언어를 사용하지 않았다. 궁금증은 그때그때 미루지 않고 풀어주었다. 아이가 가진 자질 안에서 최선, 긍정으로 화답하고 덜 보채는 특성을 보여주었다. 엄마의 극성이 아니라, 엄마의 정성이 아이를 만들어 갔다. 아이 앞에서 아이의 능력을 보채지 않는 일이 얼마나 힘든가는 키워본 엄마라면 알고도 남음이 있다.

미국에서 만난 워킹맘 황경애 씨는 2녀 1남의 아이들을 모두 남부럽지 않게 키워냈다. 많은 강연을 통해 얼굴을 알리기도 했고 아이들과 동행하여 해외강연을 하기도 했다. 빌 게이츠 재단의 20억이 넘는 장학금을 받은 딸의 이야기로 화제가 되었던 그녀를 애틀랜타에서 만났다. 워킹맘으로 혼자 세 아이를 키운 그녀는 어떠했을까?

이혼녀의 몸으로 3남매를 키우며 미국에서 양품점을 했다는 그녀는 항상 긍정의 엄마였다. 깨끗하게 치우지 않는 큰딸에게도 치우라는 잔소리 대신 "아무래도 너는 집안일을 도와주는 메이드를 두고 살 모양"이라며 은근한 비유로 돌려 자극을 주었다. 누나들에 비해 학업성적이 떨어지던 아들을 참고 인내하다가 본인이 원하는 캠프에 보내주기 위해 비상금을 탈탈 털었다. 캠프에 다녀온 아들이 그곳에서 만난 성공인사들을 떠올리며 스스로 공부에 열의를 보이기 시작했다. 스스로 시작했으니 잘 해냈다. 백악관 인턴까지 했던 아들은 한 지역 언론사와의 인터뷰에서 이렇게 이야기했다.

"내가 가장 힘들고 외로울 때면 엄마가 늘 곁에 있었다. 이제, 내 차례다."

아, 이렇게 엄마를 말할 수 있다니. 눈물이 핑 돌았다.

"내가 가장 힘들고 외로울 때, 엄마의 잔소리가 늘 곁에 있었다."

그렇게 말할까봐 아이들의 눈치를 봐야 하는 현실 앞에서, 힘들고 어려운 상황 속에서 곁을 지켜준 사람으로 엄마를 이야기하다니. 그렇게 아들을 키운 엄마라서 참 부러웠다.

강원도에서 인터뷰를 진행한 에스더의 엄마도 내게는 큰 배움이 되었다. 중학교 시절 꼴찌를 도맡아했다는 에스더가 하버드 대학원의 장학생으로 입학했다. 학기 시작 전, 잠시 한국에 들어온 그녀를 취재하기 위해 강원도를 찾았다. 꼴찌 여중생 에스더는 아버지의 직장을 따라 가족 모두 영국으로 이주했다. 생활비가 넉넉지 못해 벼룩시장에서 프라이팬을 팔아 생활비에 보탤 만큼 힘들었다는데 유색인종에 대한 차별까지 이어져 녹록하지 않은 생활을 이어가야 했다. 그런 생활 속에서 자신의 삶을 일으켜 준 것은 엄마의 한마디였다고 했다.

"영국에 와서 케임브리지라는 대학이 명문이라는 것을 알게 됐죠. 그곳에 가야겠다고 마음먹었어요. 하지만 한국에 있을 때 중학교에서 거의 꼴찌를 도맡아했으니 여기 와서 열심히 했다고 영어도 수학도 잘될 리가 없었죠. 당연히 떨어졌죠. 시험에 떨어진 뒤 방에서 울고 있는데 엄마가 들어오셨어요. 그때 엄마의 말씀이 제 인생의 화살을 바꾸었어요."

그녀는 엄마의 말을 기억하고 있었다. 엄마는 에스더의 곁에 앉아 눈높이를 맞춘 뒤 너그러운 말투로 이렇게 물었다.

"에스더야, 왜 울고 있어…. 네 꿈이 뭐였지?"

"생화학자가 되어서 가난한 이를 돕고 싶었어요."

"그럼 더더욱 울 필요가 없네. 가난한 이를 돕는 길은 수천수만 가지의 방법이 있지. 생화학자가 되어 도울 수도 있고 다른 방법으로도 도울 수가 있어. 생화학자가 꼭 되어야 한다면 케임브리지를 거칠 수도 있고 우리 동네의 작은 대학을 거칠 수도 있단다. 굳이 대학을 가지 않아도 가난한 사람을 도울 방법은 여러 가지가 있어. 너는 내 꿈을 이루는 수천수만 가지의 방법 중에 케임브리지를 통한 단 하나의 길을 잃었을 뿐이야. 꿈이 사라진 것도 아닌데 왜 울고 있지?”

정신이 번쩍 들었다고 했다. 그녀는 다시 도전했다. 열정을 다해 공부했고 자신감을 키워갔다. 결국 이듬해 케임브리지에 입성한 뒤 졸업을 했고 하버드 대학원에 장학생으로 입학했다.

무한긍정의 마인드, 아이들이 스스로 일어설 수 있도록 힘을 준 엄마의 한마디. 엄마의 격려는 아이들의 세상을 바꿨다.

이런 사례들이 나를 단련시켜 주었다. 오히려 엄마놀이를 설레게 해주었다.

그러나 아무리 긍정으로 무장해도 아이가 종종 엄마를 실망시킬 때가 있다. 그럴 때면 나는 아이를 바로 만나지 않았다. 이것 역시 워킹맘 선배들의 조언이었다.

퇴근 후 차 안에서 내리기 직전, 마음을 힐링할 수 있는 음악을 두어 곡 들으라고 했다. 그렇게 마음을 먼저 다독이며 정리하라고 했다. ‘엄마의 부풀어진 욕심 바이러스’를 우선 제거하라고 했다. 바이러스에 감염된 채 아이를 마주하면 자신도 모르게 날 선 목소리로 상처를 입힐 수도 있다고 했다. 그런 상처는 사라지는 것이 아니라 아이의 가슴에 박혀 쌓이고 만다.

나를 다스린 후에 아이와 마주하니 그제야 아이가 온전히 보인다. 그 순간 제일 속상하고 마음이 아픈 것은 엄마가 아니라 아이일 것이다. 슬퍼하는 아이를 한번 안아주면 상황은 끝난다. 안아준 엄마의 인내를 아이는 격려로 인식한다.

한 게임기획자의 특강을 들은 적이 있다. 아이들이 왜 게임에 열광하는가? 기획자는 게임은 언제든 다시 시작할 수 있다는 매력으로 아이들을 열광케 한다고 강조했다.

현실은 아이들이 실패했을 때 실패자의 낙인을 찍고 상처를 준다. 상처는 아이들을 다시 일어서기 힘들게 만든다. 그러나 실패하고도 언제든 다시 시작할 수 있는 게임. 그래서 아이들은 열광한다는 것이다. 고개가 끄덕여졌다. 아이들은 갈 길이 멀다. 힘들고 아파도 티내지 않는 모습으로 아이들을 격려해야 하는 것은 엄마에게 주어진 숙제다.

워킹맘의 가슴은 두 개여야 한다. 한쪽은 나의 길을, 한쪽은 엄마의 길을 담아야 한다. 양쪽 가슴 모두에 내 꿈과 아이의 꿈을 함께 담고 그 평형을 잘 맞추어 가야 한다.

취재 중 만난 여러 워너비들이 나에게 '엄마'의 자리를 설레고 자랑스럽게 만들어 주었다.

▶ 주위를 돌아보며 마음속 워너비를 몇 사람쯤 품어보라. 한결 힘이 된다.

엄마는 히말라야에 있습니다

한국PD협회에서 주는 올해의 PD상 중 라디오 부문의 특별상을
받았다. 수상 PD들에게 주어진 부상이 상賞인지 벌罰인지 모를 '히
말라야 안나푸르나 트레킹'이었다. 그해 전까지만 해도 유럽이나
기타 등등의 여행지를 돌아오는 것이었다는데, 세상에나 히말라
야라니.

하지만 곰곰이 생각하니 남의 나라를 단순히 구경하는 그런 여
행이 아니라 더 이끌리기도 했다. 5천 미터에 달하는 안나푸르나
정상까지 오르려면 보름 동안 집을 비워야 했다. 나는 초등학교에
다니는 두 아이에게 히말라야 지도를 보여주며 다짐을 받았다.

"엄마가 열심히 일했다고 상을 받았어. 너희들도 상 받으면 기
분 좋지? 그래서 엄마는 이 여행을 꼭 가고 싶어. 엄마가 없는 동
안 할 일을 잘 해주면 엄마는 매일매일 이 산들을 잘 넘어갈 거야.
그런데 너희들이 게으르게 생활하면 엄마는 눈 덮인 산속에서 길

을 잃을지도 몰라."

부풀린 협박에 초등학생 두 아들은 비장한 각오로 고개를 주억거렸다. 흡사 자신들이 엄마의 안위를 책임져야 한다는 듯한 눈빛으로.

25명의 수상PD 중 여성수상자는 나밖에 없었다. 갈지 말지를 묻는 협회의 말에 남편은 위험을 들이대며 극구 말렸다. 그런데 내 돈 들여가며 결코 갈 것 같지 않은 독특한 여행이다 싶어 가겠노라 덜컥 신청을 했다. 협회에서는 단 한 명의 여성을 위해 협회의 여성기자 한 사람을 동행토록 배려해 주었다. 셰르파는 남성들보다는 우리 주위에서 늘 서성거렸다.

5천 미터, 위용을 자랑하는 안나푸르나가 눈앞에 있었다. 허벅지까지 눈이 쌓인 산맥. 눈발은 앞을 보이지 않게 했다. 헉헉 숨을 몰아가며 묵묵히 정상을 향해 걸었다. 아이들과의 약속을 지켜야 한다는 굳은 의지 때문에 엄살을 부릴 수도 없었다. 엄마도 스스로 잘하고 있으니 너희들도 스스로 잘하고 있겠지? 마음을 단단히 먹었다.

휴대폰이 터지지 않아 첫날은 전화 금단현상이 생기는 것 같더니 이틀이 지나니 해방된 기쁨이 대단히 크게 느껴졌다. 히말라야는 무수한 장관을 보여주고 있었다. 산자락을 넘어설 때마다 펼쳐지는 황홀한 장관들. 다듬지 않은 천혜의 자연이 입 다물 수 없는 아름다움을 보여주었다. 얼음 빙벽에 달라붙어 발 한번 잘못 내딛으면 바로 떨어질 것 같은 천 길 낭떠러지의 불안감을 극복하고 어렵사리 앞으로 나아간다. 힘든 고비를 넘을 때마다 상상도 못할 기막힌 풍경이 고된 걸음을 달래준다. 여정은 행과 불행을 반복하는 인생 같았다.

아이를 키우는 일이야말로 흡사 히말라야를 걷는 일과 같다. 상상 못한 풍경 속의 감동에 취해 있다 보면 다시 또 이어지는 가파른 현실의 고개들. 그러나 그 힘든 고비를 딛고 나면 황홀경이 다시 위로를 준다.

아이가 아직 걸음을 떼지 못하던 시절, 나는 불어터지지 않은 라면 한 그릇을 꼬들꼬들하게 단숨에 먹어보는 것이 소원이었다. 배달시킨 자장면을 쫄깃하게 단숨에 먹어보는 일이 소원이었다. 그깟 소원이 뭐라고 아이는 꼭 라면을 한 젓가락 입에 물거나, 자장면을 비비고 나면 깨서 울었다. 불지 않은 쫄깃한 자장면을 먹고 싶다는 그 사소한 소원을 성취하기까지는 몇 년이 걸렸다.

눈 돌릴 틈 없이 시종일관 아이를 관찰해야 하는 엄마의 일이란, 퇴근 후에도 쉴 틈 없이 이어졌다. 남편이 도와준다고 해도 엄마니까 해야 할 일들이 더 많았다. 아니, 엄마의 손이 가야 해서 무조건 맡길 수 없는 일도 너무 많았다.

아이가 돌이 될 무렵, 조기 살을 발라 죽을 끓여 먹이면 아이에게 살이 붙는다는 요리전문가의 조언에 따라 아이의 이유식을 만들기 위해 새벽 1시까지 졸린 눈을 비비며 조기를 삶았다. 가시가 많은 조기의 특성상 눈에 잘 보이지도 않는 가시를 발라내기 위해서는 손으로 생선살을 일일이 발라내야 했다. 발라낸 살을 다시 헤집어 보면 숨겨진 가시가 나왔다. 공들여 그렇게라도 하지 않으

면 물리적으로 많은 시간을 함께하지 못하는 아이에게 미안해서
마음이 편치 않았다. 마음 편하자고 몸을 혹사했다.

한 선배는 아이를 그리워할지언정 아이에게 미안해하지 말라
고 조언했는데, 그 말은 생각처럼 쉽지 않았다. 퇴근 후 채 몇 시
간도 못 봐주는 아이에게 나는 늘 미안하고 죄 짓는 듯한 워킹맘
이었다.

이유식을 만들며 피곤에 지친 눈으로도 기분은 행복했다. 엄마
의 이유식을 먹고 살이 포동포동 오를 아이를 상상하며 졸음을 쫓
았다. 까짓것 잠이 대수랴. 몸이 비록 피곤해도 함께 있는 시간에
정성을 다하면 마음은 편안했다.

히말라야의 보름은 워킹맘의 아슬아슬한 일상을 새롭게 돌아보
는 힐링의 경험을 깨우쳐 주었다. 두려움 속에서 마주한 산행은
힘든 만큼 많은 추억으로 채워졌다.

집으로 일터로 두 배로 바빠야 하는 워킹맘의 하루하루. 비록
히말라야를 오르듯 힘든 고비도 많지만 추억과 보람은 보통사람
보다 두 배가 될 거라고 나는 매일 자신을 위로한다.

▶ 사회가 아이를 키운다는 서구사회와 달리 엄마가 아이를 키워야 하
는 부담이 더 큰 한국사회. 대한민국의 워킹맘은 현실적인 책임감 속에
서 힘든 날이 많다. 그럴 때면 마음속으로 나에게 응원을 보내주자. 괜
찮아, 괜찮아, 잘하고 있어. 그럼그럼, 잘하고 있고말고.

그럴 바에는 네가 키워라!

워킹맘들은 일에 대한 주위의 가치폄하에 서운할 때가 많다. 특히나 가까운 주위에서 자신의 일에 대해 인정은커녕 살기 위한 생계수단 정도로 일을 취급하는 가족들의 반응을 마주하게 될 때, 그 사기 저하의 부담감은 표현하기 어려운 아픔이다.

출산휴가와 육아휴직까지, 근 2년을 쉬고 돌아온 젊은 PD가 끝내 사표를 냈다. 아이를 키우며 워킹맘으로 살아가려니 어린이집에 맡기거나 돌봐주실 아주머니를 고용해야 하는데 어차피 그 돈이 들어갈 거면 "그럴 바에는 그 돈으로 네가 키워라."는 시어머니의 강요 때문이었다.

차라리 남이라면 그러려니 한다지만 가까운 가족들이 이렇게 나오면 마음이 더 답답하다. 그 말 속에 '며느리'는 없다. 그냥 손주를 돌보는 사람만 있다. 참 맥이 풀리는 이야기다.

아들만 둘인 내가 혹여 이다음에 며느리에게 그런 주장을 펼칠까 두렵다. 그래서 주위에 소문을 내고 다닌다. 내가 나중에 이상한 소리 하면 바르게 잡아달라고 말이다. 내 아들의 일은 소중한 일이고, 며느리의 일은 아이를 키우는 일이 우선되어야 한다고 생각하는 그런 시어머니가 될까봐 나는 벌써부터 두렵다. 진심이다.

남편과 9년이라는 긴 연애를 했다. 남편을 만난 건 지도교수셨던 시아버님의 중매가 있어 가능했다. 사실 연애 중에도 결혼을 인생의 필수사항이라고 생각해 본 적이 없었다. 진심 유학을 떠나 자유롭게 성공하고 싶었다. 정치외교학을 전공한 내게 교수님들은 중국이 곧 개방이 될 터이니 중국어를 배워 유학을 다녀오면 더 많은 일을 할 수 있을 것이라고 조언해 주셨다. 대학 졸업 후 열심히 일을 하면서도 유학에 대한 미련이 종종 고개를 들었다.

게다가 방송에 대한 관심 역시 버릴 수 없어서 외국계 은행의 홍보실 직원으로 합격한 후 퇴근 후면 방송작가교육원에서 작가과정 교육을 이수했다.

그러다가 90년 〈이문세의 별이 빛나는 밤에〉 공채작가로 선발되어 낮에는 은행 홍보실 사보기자로, 저녁에는 방송작가로 두 가지 일을 겸하게 되었다. 밤낮으로 일에 매달려야 하니 친구 만날 시간도 없었다. 돈 쓸 시간이 없으니 수입은 고스란히 통장에 쌓여갔다. 고액의 보수를 양쪽으로 받으며 하고 싶은 일을 실컷 하고 쓰고 싶은 용돈을 실컷 쓰고 남들은 한번이라도 봤으면 하는 유명 연예인들과 일상을 함께하니 부러울 것이 없었다. 현실에 만족하는 삶이 이어졌다.

9년간의 연애는 정말 다사다난했다. 결혼을 포기하고 싶었던 순간도 많았지만 나의 운명은 결혼으로 삶을 이끌었다. 살면서 힘들 때마다 그때 유학을 갔더라면 하고 생각도 해보지 않은 건 아니다. 하지만 가지 않은 길을 돌이키는 건 별무소득이다.

시어머님을 편하다고 말하는 며느리가 몇이나 될까마는 특히 내게는 '지도교수님의 사모님'이었던 어머니는 더 어려웠다. 하지만 결혼 후 어머니는 보통의 시어머니들과 달랐다. 워킹맘 며느리에게 이보다 더 좋을 수 없었다. 개인의 프라이버시를 침해하지 않으려 애쓰시는 모습이 눈에 보였다. 며느리와 딸이 제 일을 포기하지 않고 잘 지켜가기를 바란다고 응원해 주셨다. 일을 좋아하는 내게 어머니의 그런 태도는 한 줄기 빛과 같았다. 두 아들을 낳고 셋째를 가질까 고민할 때도 아이가 셋이면 개인의 인생이 없을 거라며 만류하셨다. 며느리에 대한 이런 태도는 일에 대한 열정을 굳건히 갖게 해주었다.

"지금은 돈 모으려고 애쓰지 마라. 아이들 키우는 일에 다 써. 아까워하지 말고 최대한 엄마가 편하도록 해. 엄마가 편해야 육아도 즐거워지는 법이지. 일하러 나갈 수 있다는 사실에 감사하면서 육아에 돈 쓰는 걸 아까워하지 마라. 그래야 나중에 너에게 '일'이 남는다."

돈 쓸 바에는 네가 키우라는 시어머니들과는 달리 네 일을 지키라는 격려 덕분에 통장잔고는 비어갔지만 돌봄 아주머니의 도움을 오랜 기간 받으며 심리적으로 육체적으로 편할 수 있었다. 그렇다고 엄마의 할 일이 다 사라진 것은 아니었지만 상대적으로 한결 나았다. 물론, 종종 시어머님이 아이를 도맡아 주는 친구들은 저축까지 할 수 있다며 벌어서 다 남 준다고 핀잔을 주는 친구들도 있었지만 시어머니나 친정어머니께 의지하지 않고 직접 육아를 해결하니 양쪽으로 늘 당당했다. '돈이야 먹고 살 만큼만 있으면 되는 거지.'라든가 '열심히 일하면 벌 기회는 얼마든지 있을 거야.'라는 속 편한 생각을 억지로라도 키우며 마음의 부담을 덜어냈다. 산 좋고 물 좋은 완벽한 정자가 어디 있으랴. 돈을 모으지 못한 만큼 마음은 편했던 것이다.

워킹맘 며느리를 위해 제삿날이면 부산에 오셨다가도 다음날 바로 올라가시는 어머니는, 내가 출근한 사이 그릇 하나를 꺼내도 퇴근 후에는 꼭 무슨 일로 네 살림을 뒤졌노라 설명을 붙이셨다. 침실에도 그냥 들어오시는 법이 없었다. 노크와 함께 거실로 부르신다. 혹자는 그것이 더 불편한 거리감이 아니냐고 묻기도 하는데 시어머니의 30센티미터 거리감은 외려 인정받는 기분이었다. 며느리를 위한 각별한 배려의 거리라고 생각했다. 시어머니를 친정 엄마처럼 편하게 생각할 수는 없지만 결혼생활 내내 그러한 배려는 시어머니를 존경하게 했다.

사람은 상대적이다. 시어머니의 협조를 얻기 위해서는 며느리의 협조도 따라야 한다. 사사건건 시어머니라서 힘들 거라는 의견을 들이밀면 조율이 되기 힘들다.

신혼 시절 남편이 어머니께 매일 전화를 드리도록 부탁했는데 기꺼이 받아들였다. 하지만 초짜 며느리가 시어머니와 그리 속 깊은 이야기를 나눌 거리가 있겠는가. 나처럼 수다 떨기 좋아하는 사람도 쉽지 않았다. 사실 이 일은 은근한 스트레스가 되기도 해서 종종 짜증이 나기도 했지만, 나중에는 궁리하여 방법을 만들었다. 전화를 드리기 전, 취재노트에 시어머니께 드릴 이야기 소재들을 몇 줄로 정리해 본다. 한 줄 두 줄 한 페이지가 얼추 다 차면 그제야 전화를 걸었다. 그러고는 내용을 한 줄씩 지워가며 이야기를 이어갔다. 지금 생각해 보면 좀 어이가 없지만 오죽하면 그랬을까 싶다. 나름의 노력은 있었으니 마음은 편했다.

특히 내 일을 인정해 주시는 어머님께 보답하기 위해 사소한 일에 신경을 썼다. 아이들이 한창 자랄 때는 김치도 시어머니의 방식대로 담가 먹었다. 시어머니의 방식을 정성껏 배웠다. 대개의 시어머니는 며느리에게 무엇인가를 물려주는 것에 대해 대단한 자부심을 가지고 있다. 그것이 별것이 아닐지라도 이어가려고 애쓰는 모습을 보인다면 잘하지 못해도 얼마나 예쁘겠는가. 그녀들도 결국 며느리에서 출발한 시어머니이며, 우리도 결국 며느리에서 출발한 시어머니가 될 것이다.

주위에서 종종 1년 열세 번의 제사를 두고 입방아를 찧었지만 한 번도 힘들다거나 부담스럽다는 이야기를 밖으로 뱉은 적이 없다. 제사를 끝내고 잠자리에 든 뒤 새벽방송을 나가려면 새벽 4시에 일어나야 했는데, 어느 날은 눈꺼풀이 내려와 뜨기 힘들어도 내가 선택한 내 몫이라고 생각하며 참아냈다. 아침방송을 하며 진한 커피를 연거푸 들이켜야 하는 날이었다.

솔직히 말하자면, 딸이 아니다 보니 시어머니와 친근해지는 일은 시간이 걸렸다. 그래서 궁리한 것이 말끝마다 '어머님'이라는 호칭을 붙이는 것이었다. "예, 알겠습니다, 어머님." "이것 좀 드셔보세요, 어머님." "어디 다녀오세요, 어머님?" 호칭을 말끝마다 붙이니 좀 더 가까워지는 느낌이 들었다. 노력은 워킹맘 며느리에 대한 격려로 돌아왔다.

바쁘다고 귀한 내 아들 저녁밥도 종종 준비해 주지 않는 며느리(요즘이야 급한 사람이 챙겨들 먹겠지만), 주말을 독수공방 홀아비로 만드는 더더욱 바쁜 워킹맘 며느리, 회사일 바쁘다고 집안 대소사 일일이 오지도 못하는 며느리에 대한 불만을 내색하지 않고 참고 계신 걸 잘 알기에 어쩌다 생기는 어머니에 대한 나의 서운함을 서로 보상하듯 지워갈 수 있었다.

그럼에도 사람 일이란 게 때때로 말 못할 서운함이 생기기도 했다. 19회 한국방송PD대상 시상식에서 수상했을 때다. 평소 제대로 돌봐주지 못한 미안함을 덜어볼까 싶어 여섯 살, 다섯 살 두 아이를 엄마의 시상식에 데리고 갔다. 때는 한겨울, 칼바람이 품속을 파고들었다. KBS 본관. 황량한 서울 여의도에서 친정집은 10분이면 닿는 거리지만 남편은 그래도 시댁에 먼저 들러야 한다고 출발 전부터 당부했다. 나 역시 그것이 도리라고 생각했지만, 시가는 광진구 자양동. 여의도에서 족히 1시간은 걸리는 거리였다.

날은 춥고, 길은 어둡고, 코흘리개 아이 둘을 데리고 발을 동동 구르며 40분을 기다렸는데 택시는 오지 않았다. 아이들은 춥다고 징징거리기 시작했고 난감했다. 한참을 그렇게 기다리다가 하는 수 없이 모범택시를 탔다. 미터기 올라가는 소리에 가슴이 철렁였다. 고생 끝에 시댁에 도착했는데 마침 시이모님 가족들이 놀러 와 계셨다. 시이모님은 웬일이냐며 반기셨는데 나는 어머님이 나의 수상 소식을 자랑해 주실 거라 기대했다. 그런데 어머니는 "어미가 일이 있어서 애들 데리고 왔다."며 손주들만 환대하실 뿐 나의 수상 이야기는 한마디도 꺼내지 않으셨다. 친정엄마 같으면 우리 딸이 큰 상을 받았다고 칭찬부터 시작하셨을 텐데…. 서운했다.

사람이 상대적인 건 부모 자식 사이도 예외가 아니다. 하지만 서로 마음에 들지 않는 부분만을 보기 시작하면 한도 끝도 없다. 서로 불편한 이야기는 자제하려고 애써야 했다. 특히 마음에 안 들어도 지적할 이야기를 꿀꺽 삼켜주시는 어머니 덕분에 6대 종부가 해야 할 일들을 별다른 불만 없이 이어온 듯하다. 나 역시 소소한 불만은 꿀꺽 삼켰으니까. 완벽한 만족이란 친정엄마와도 쉽지 않다. 친정엄마와도 마음의 갈등을 겪는 친구들을 많이 본다.

워킹맘들이여, 자신의 일을 지켜가고 싶다면 시어머니의 협조는 필수적이다. 관계가 불편하면 오랫동안 내 일을 이어가기가 편치 않다. 사소한 부분을 기꺼이 받아들이고 협조를 얻어내도록 더 신경 써야 한다. 공들인 만큼 돌아오는 게 세상 이치다.

▶ "저는 시어머님이 제일 좋고 편해요."라는 주변의 자랑을 들을 때면 3대가 나라를 구했거나 조금쯤 부풀린 자기만의 위안이라고 치부한다. 낳아서 기르며 속속들이 알고 있는 친정엄마와도 지지고 볶는 것이 현실인데 어떻게 그렇기만 할까? 서로를 침해하지 않는 적당한 거리. 그 거리를 유지하는 건 현명한 배려다.

모유수유에 목숨 거는 이유

모유수유라는 말은 엄마들에게 대체로 두 가지 생각을 갖게 한다. 모유수유에 성공한 자와 그렇지 못한 자. 먹일 수 있으면 먹이고 그렇지 못하면 분유를 선택한다. 별스럽지 않아 보이는 이 간단한 모유수유의 원리가 일하는 엄마들에게는 그렇게 간단한 일이 아니다. 일을 한다는 이유로 모유수유를 실천에 옮기기 더 어렵기 때문에 미안한 마음은 아기에게 죄의식으로 가게 되는 것이다.

전업맘이라면 충분히 해줄 수 있는 일을, 워킹맘이라서 못한다는 그런 마음은 엄마의 책임감을 무겁게 한다. 그래서 워킹맘들에게는 더욱이 해결하고 싶은 숙제이며, 성공했을 때 스스로 대견함까지 느낄 수 있는 소중한 선택이다.

평소 잘 알고 지내던 후배 아나운서가 아이를 낳고 출산휴가에 들어갔다. 워킹맘의 바쁜 생활 속에서도 모유수유에 성공한 나를 보며 자신도 당연히 모유수유를 할 것이라고 늘 입버릇처럼 말해왔다. 그랬던 그녀에게 전화가 왔다. 그것도 훌쩍거리면서 말이다.

"언니! 내가 일하는 엄마라서 다른 건 못해 줘도 모유는 먹이려고 했는데… 이게 마음대로 되는 게 아니네. 너무 속상해."

그녀는 울고 있었다. 아이를 낳아보지 않은 사람이라면 이 애타는 마음을 이해할 수 없다.

일단 모유수유란 게 정말 공들여야 가능하다. 아이가 태어난 시점부터 환경을 만들고 노력해야 한다. 보통 아이를 낳자마자 젖을 물게 해서 가슴의 유선이 원활하게 움직이도록 초기 대응에 신경을 쓰는데, 출산 후 크게 부푼 유두는 일단 신생아의 입에 버겁다. 더구나 한두 곳에서 일정하게 우유가 나오는 우유병과 달리 모유는 여러 군데의 유선에서 한꺼번에 모유가 분출되기 때문에 아직 어린 아기가 모유를 빠는 일은 쉽지 않다. 벅차게 밀려나오는 모유로 젖사레가 걸릴 때도 많다.

그러다 보니 배는 고프고 젖을 빨기는 벅차고 아기가 심하게 칭얼대는 경우도 흔하다. 이때 아기를 위한답시고 우유병을 사용해 분유를 먹이다 보면 입에 물기 쉬운 인공 젖꼭지에 금세 익숙해져서 결국 모유를 거부하는 사태까지 벌어진다.

안쓰러운 마음에 참지 못하고 우는 아기 달래려고 우유병을 물리다가 모유적응기를 놓치기 십상이다. 중요한 그 초기의 적응타임을 놓친 후배가 뒤늦게 노력했지만, 아기가 모유먹기를 거부했고 먹지 않으니 모유량도 점점 줄어들어 결국은 모유가 나오지 않더라는 것이었다. 실패다. 사람에 따라서는 모유량이 적은 사람도 있는데, 그럴수록 자꾸 젖을 물리고 가슴 마사지등을 해야 하는데 산후조리와 함께 이마저 게을러지면 아예 모유량이 현저히 줄어들어 말라버리고 만다.

모유 좋은 것이야 새삼 말해 무엇 하리. 세계보건기구는 적어도 6개월은 완전 모유수유를 적극 권장하고 있는데 초유의 면역글로불린으로 인한 강한 면역력이나 알레르기 발생률이 적어진다거나 소아비만을 예방한다거나 아기들의 지능을 높인다거나 이런저런 이유는 다 차치하고, 가장 소중한 유익은 '엄마와의 교감'이며 그 무엇도 능가할 수 없는 '정서적 안정감'이다.

모유를 수유할 때 느끼는 아기와의 연대감은 감동에 가깝다. 아기와 교감할 수 있는 행복의 눈맞춤. 젖을 물리고 품에 안은 아기와 가장 가까이에서 둘만 느끼는 간절하고 은밀한 눈빛은 경험 외에는 무엇으로도 설명이 불가하다.

연년생 동생을 보게 된 큰아이는 작은아이 임신으로 8개월밖에 그 혜택을 누리지 못했지만 작은아이는 18개월 내내 엄마의 가슴을 독차지할 수 있었다. 돌이 지나면서 이가 제법 자리를 갖춘 아이는 젖을 먹다 말고 가끔 장난을 칠 때가 있었는데 제법 자란 치아 때문에 젖꼭지가 물리면 눈물 쏙 빠지게 아프기도 했다.

어느 날은 나도 모르게 너무 아파서 젖을 먹는 아이의 뺨을 찰싹 때리기도 했다가 아이가 자지러지게 울어 얼마나 미안했는지 모른다. 돌이 지난 아이는 젖을 먹기 위해서가 아니라 엄마의 품에 안겨 있다는 안정감으로 가슴을 파고든다.

이렇게 좋은 모유수유를 맘껏 하기에는 방송사의 상황은 다소 열악했다. 초기 대응도 좋았고 모유의 양도 풍부했지만 시간상 여건상 아이에게 모유수유를 계속하기가 쉽지 않았다. 주위에서는 모유에 대한 나의 맹목적인 집착을 두고 포기할 건 포기하라고 했지만, 나는 좀 생각이 달랐다. 이 문제는, 할 수 있다면 집착일지라도 일단 하는 것이 우선이라 생각했기 때문이다.

아기에게 모유수유를 성공하지 못해 갖게 되는 일말의 미안함은 엄밀히 말하자면 미안함이 아니라 애틋함이다. 어느 엄마가 방법만 제대로 안다면 포기를 먼저 선택하겠는가.

당시 새벽방송을 제작하고 있어서 새벽 5시면 출근을 해야 했다. 자고 있는 아기를 깨워서 잠결에라도 모유를 먹이고 출근하면 두어 시간 간격으로 가슴이 부풀어 올랐다. 유선에 모유가 차오르면 가슴이 딱딱해지고 너무 아프다. 그런 상황에서는 간혹 사람들과 부딪쳐 가슴에 울림이 전해지면 말도 못할 통증이 왔다. 사람 많은 엘리베이터에 오르는 것이 제일 고통이었다. 사람에 밀려 슬쩍 부딪치기라도 하면 돌덩이처럼 부풀어 굳은 가슴을 부여안고 속으로 찔끔찔끔 눈물을 흘렸다. 특히 모유량이 많은 친구들은 가슴을 꽁꽁 씨매고 있어도 흥건히 자국이 배어 나오기도 하고 비릿한 냄새가 새어 나와 곤혹을 치르곤 했다.

일을 하는 중 틈틈이 가슴이 부풀어 오르면 여직원 휴게실에 가서 모유를 유축했다. 텅 빈 휴게실에 유축기를 들고 앉아 모유를 짜내고 있는 내 모습이 하도 우스꽝스러워서 속으로 헛웃음을 날릴 때도 많았지만, 아이를 생각하면 그래도 포기할 수 없었다. 유축한 모유는 구내식당 아주머니께 특별히 부탁해서 냉장고에 넣어두었다가 보온병에 얼음을 채운 후 우유병을 집으로 들고 왔다. 큰아이에 이어 둘째아이까지 근 2년 동안 이 일을 반복했다.

선택은 엄마의 자유다. 물론 모유를 먹이지 않았다고 해서 문제가 생기는 것도 아니며 요즘은 성분 좋은 분유도 널려 있다. 선택에 대해 감 놔라 대추 놔라 할 상황은 아니지만, 모유수유의 정서적 장점은 엄마이기에 가질 수 있는 마술 같은 신비함이다.

포기하기 전에 포기할 수 없다는 마음으로 달려들어 보자. 모유수유는 평생 다시 올 수 없는 순간의 축복이다.

▶ 어떤 일이든 방법은 있다. 포기하느냐 마느냐는, 방법을 찾은 뒤에 선택해도 늦지 않다.

엄마! 나는 무엇이 될까요?

담당하고 있는 주부프로그램 방송이 끝나면, 출연한 전문가들에게 아이의 변화나 특성을 종종 상담했는데 전문가들이 들려주는 이야기는 매우 유용하고 흥미로웠다. 전문가들은 타고난 기질은 바뀌는 것이 아니니 장점을 극대화하도록 계획을 세워 실천하라고 했다.

지나치게 내성적이고 얌전한 기질의 큰아이에게는 일부러라도 큰 목소리로 칭찬해 주었다. 자신감을 심어주기 위해 아이가 이룬 작은 것들을 좀 더 요란하게 칭찬했다. 다소 엉뚱한 행동 앞에서도 결과를 탓하기 전에 그 과정의 이유를 먼저 물었다.

이런 방법은 자신이 몰입하는 부분에 대해서는 자신감이 넘치게 만들어 주었다. 많은 사람 앞에 나서는 스타일은 아니었지만 대학에 가서 학생회장까지 해낸 것도 어린 시절 조금씩 자신감을 갖도록 노력한 방법이 반영되었던 것 같다.

말수가 적은 큰아이는 만들고 관찰하는 일을 좋아했다. 엉성하게나마 물체의 전개도를 그리고, 자고 있는 내 머리맡에 엄마가 잠에서 깨면 놀라게 해줄 작전도를 만들고 붙여두었다. 전시회를 다녀오면 그것을 응용한 것들을 방방마다 색종이로 만들어 붙였다.

하루는 자고 일어나 거실에 나갔더니 어제는 없었던 종이화산이 한가운데 세워져 있다. 밤새 아이가 만들어 붙여둔 손바닥만한 것이었다. 색종이 하나를 위로 올려붙인 초록색 작은 화산을 두고 큰아이는 가족에게 조심해서 피해 다니라고 주의를 주었다. 엉뚱한 호기심에 맞장구를 치며 장단을 맞춰주었다. 두 주가 지나서야 마그마가 분출됐다면서 종이화산을 떼어냈다. 우리는 모두 장단 맞추며 아이의 흥미가 담긴 바보놀이(?)를 거들었다.

둘째는 달라도 참 달랐다. 소문난 천재를 둔 엄마를 인터뷰한 적이 있는데 달라도 너무 다른 둘째들 이야기로 우리는 서로 공감하며 웃은 적이 있다. 한배에서 나고 똑같은 환경에서 키운다고 하지만 아이들은 각자 다른 기질로 태어난다.

정독보다는 실적쌓기 식으로 대충 책을 훑어보는 둘째가 만화 『코난』에 빠지더니 시간만 나면 헌책방에서 낡은 만화책을 사서 모았다. 코난처럼 청소년들이 좋아할 만한 한국형 애니메이션을 만들겠다는 의지가 불타올랐다. 고등학교 자기소개서에도 독서목록 기재란에 만화책까지 써서 제출했는데 입학사정관이 매우 흥미롭게 보았다.

"자소서 독서란에 만화책 써온 놈은 네가 처음이다. 하긴 프랑스에서는 만화도 문학이다…."

호탕하게 웃어준 입학사정관은 만화의 길로 진로를 잡은 아이의 독서목록인지라 만화책의 기록을 나쁘게 보지는 않은 듯했다. 합격했으니 말이다.

어느 날 엄마들의 모임에서 작은아이가 만화에 관계된 일을 하고 싶어 한다고 전했더니 엄마들이 난리가 났다. 만화로 어찌 먹고살 거냐며 그러다가는 공부를 안 하니 생각을 고쳐줘야 한다는 것이었다. 사춘기에 들어선 아이에게 우격다짐의 강요는 삐딱선을 타게 한다. 나는 나름 합리적인 방편을 찾아 작은아이와 대화를 시도했다.

"그렇게 만화가 좋아?"

"네. 엄마, 나는… 일본의 코난처럼 우리나라 청소년들이 열광할 만한 만화를 만들 거예요."

"좋네… 한국판 코난이라…."

"예, 그런데 많은 아이들이 보려면 어떻게 할까 고민 중이에요."

"책보다는 방송으로 만화를 내보내면 더 많은 아이들이 볼 수 있지 않을까?"

"청소년 만화를 방송국에서도 해준 적이 있어요?"

아이는 며칠 동안 인터넷을 뒤지기 시작하더니 어느 날 소리를 지르며 내 방으로 왔다.

"엄마! 민영문 PD라는 분이 〈달려라! 하니〉라는 청소년 애니메이션을 방송으로 했대요."

아이는 자신의 길에 대한 확신을 얻은 듯 기뻐서 펄쩍 뛰었다.

"아, 이제 나는 방송사에 가야겠어. 큰 방송사에 가려면 어떻게
해야 돼요?"

기쁨에 들뜬 아이가 인터넷의 한 유명포털에 키워드를 넣었다.
"방송사에 가려면?"
누군가의 답변이었을까? 답변은 한 줄이었다.
"SKY 가세요!"
누가 올렸는지 모를 그 한 줄의 대답이 그날 이후 아이를 바꾸
었다. 아이는 좋은 대학에 가기 위해서가 아니라 청소년 애니메
이션 제작이라는 자신이 원하는 미래를 위해 큰 방송사에 가야 했
고, 큰 방송사에 가기 위해 SKY를 가야 했고, 그래서 공부를 열
심히 해야 했다. 공부하라 강요할 일 없으니 나는 속이 편했다. 열
심히 공부하니 성적이 유지되었다. 주위 엄마들이 손 안 대고 코
풀었다고 농을 건넨다.

일과 가정, 양쪽의 일이 두 배이다 보니 워킹맘들이 아이의 일
을 시시콜콜 리드하기에는 솔직히 한계가 있다. 우스갯소리로 요
즘 강남의 진짜 효자는 자기가 무슨 일을 좋아하는지 빨리 알려주
는 아이라고 하지 않는가. 자질을 빨리 파악하면, 낭비하지 않고
몰입할 수 있으며 아이에게 무조건적으로 시간을 투자하지 않으
면서 엄마의 일도 발전시킬 수가 있다.
방송 일을 하다 보면 전도유망한 직업군에서 자신의 미래를 불
태우는 성공한 사람들을 자주 만난다. 그 노력이 대단하고 존경스
러워서 나의 아이도 좀 닮아주기를 바랄 때가 많다. 부럽기도 하

다. 그러나 제각기 가진 그릇이 다르니 그 접근도 달라야 한다.

하여 엄마가 할 수 있는 일이란 하고 싶은 것을 잘하도록 등을 밀어주는 일뿐이다.

1년 제사 13번의 6대 종부

워킹맘에게 슈퍼우먼은 되지 말라고 한다. 스스로 죄의식만 갖게 되는 일이라고 한다. 스스로의 사기를 꺾는 일이라고 한다. 다른 사람들은 어쩌할지 모르지만 나는 상황에 따라 선택형 슈퍼우먼이 되는 일은 의미가 있다고 생각했다. 그건 충분히 가능하며 중요하다.

종종 주위의 여자동료들이 내게 밉지 않은 불만을 전해 왔다.

"유정임 PD는 제사에 살림에 육아에 돈까지 벌어온다는데, 그러면서도 아침밥까지 꼭꼭 챙겨준다는데, 당신은 아이 하나 키우면서 그걸 못해?"

크크크, 빛 좋은 개살구! 내 속을 못 보고 하는 소리다. 내 속의 위장이 어떻게 활활 타들어 가면서 그 시절을 견뎌냈는지 몰라서 하는 말이다. 아마 그들의 위장상태는 나보다 한결 우등하고 훌륭할 것이다. 역시 남의 떡은 크고 맛있어 보인다.

무쇠로 만든 몸이 아닌 이상 그 모든 일을 어찌 다 잘할 수 있겠는가. 나는 잘할 수 있는 것을 골라 그것에는 최선을 다하는 선택형 슈퍼우먼이 되기로 작정했다. 나머지는 대충대충 때우면서 견디면서 살아왔다. 다행히 가족들은 그런 나의 선택을 따라주었다.

6대 종손 맏며느리인 나는 1년에 13번의 제사를 모신다(그나마 식목일이 공휴일에서 제외되는 바람에 한식 차례가 한 번 줄어서 13번이다). 제사를 부산으로 모셔와 직접 모시기 전에는 서울 시댁에서 어머님이 맡으셨다. 제사 전날이면 퇴근 후 밤비행기를 타고 정신없이 서울로 날아갔다.

한 번은 제사를 지내고 다음날 출근을 위해 새벽같이 공항으로 갔다. 두 살배기 큰 녀석은 손에 잡고 8개월배기 둘째를 품에 안고 남편은 시어머님께서 싸주신 제사음식과 트렁크를 끌고 종종 걸음을 치고 있는데, 파리특파원인 남편을 따라 여행을 떠나던 친구와 공항에서 마주쳤다. 딩크DINK족으로 살고 있던 친구는 한껏 멋을 낸 차림으로 나를 참 안타깝게 훑어보았다. 눈곱도 떼지 못하고 미친 여자처럼 머리는 산발을 하고 아이 둘을 안고 종종걸음 치는 나를 보고 어떤 마음을 가졌을까? 부산으로 돌아오는 비행기 안에서 나는 내내 울적했다. 내게도 꿈이 있었음을. 내게도 잘나가던 시절이 있었음을 생각하니 더 우울해졌다. 결혼생활에 내 미래를 저당 잡혔다는 생각이 들었다. 하루 종일 마음이 그저 그랬다.

그 일 후, 다시 마음을 정리해야 했다. 맏며느리로서 최소한의 도리를 하는 것, 육아를 잘하고 싶은 것, 나의 일에서도 뒤지지 않는 것. 모두 잘하고 싶은 것들이었다. 그러나 이것 외에 요리나 청소, 세탁과 같은 살림 영역은 슈퍼우먼 콤플렉스를 버리고 한 푼이라도 더 아껴서 돈으로 해결하기로 정리했다. 금수저가 아닌 이상 모든 것을 돈으로 해결할 수는 없었지만 아끼고 절약하니 방법이 생겼다. 몸과 마음을 최대한 아끼려고 노력했다. 아이들의 소풍도시락은 직접 만들어 준다거나 일요일 한 끼는 별식을 만든다거나 최소한 할 수 있는 일만 골라서 원칙을 세웠다.

통장의 잔고는 비어갔지만 최대한 몸이 덜 피곤한 쪽으로 살림의 방향을 잡아갔다. 덜 피곤하니 집에 돌아와 아이들과 비교적 편안하게 시간을 보낼 수 있었다. 하지만 노후를 나 몰라라 할 수 없는 현실이니 외식이나 쇼핑 등 소비성 지출에 조금 더 알뜰함을 구사하면서 아이들의 학습태도를 잡아주는 일에는 나름 열심히 투자했다.

때때로 살기 위해 변명을 늘어놓기도 했다. 아이들의 지능발달에는 깔끔한 엄마가 도움이 되지 않는다는 전문가들의 말을 방패 삼아 책으로 어질러진 방을 치우지 않고 당당히 넘어갔다. 손과 발이 닿는 곳에 책을 놀이삼아 두어야 지능이 발달한다는 사실을 강조해 주는 전문가들이 얼마나 고마운지 몰랐다. 다행이었다.

언젠가 집에 놀러 온 옆집 엄마가 눈을 둥그렇게 뜨고 말했다.

"어머, 방송국에 다닌다고 해서 깔끔하게 잘 꾸며놓고 살 줄 알았는데 완전 다르네."

어지럽혀진 집안을 보고 놀라서 한 이야기다. 다소 무안했지만 뻔뻔하게 응대했다. 집이란 게 편하면 그만인 공간 아닌가? 구차한 변명을 당당하게 둔갑시켰다.

옷장에 옷을 정리해 놓고 서랍장을 닫을 새 없어 왼발로 오른발로 걷어차며 서랍장을 닫았더니 어느 날 아이들이 나를 따라했다. 아차! 싶어서 그 이후에는 손을 사용하기 시작했다. 아이들은 정말 어른의 거울이다. 종종 아이들이 보고 있다는 사실을 망각해선 안 되었다.

엄마로서 아이를 챙기고 집안 대소사를 챙기며 정신없다가도 방송국에 나가 '일' 앞에 서면 마음이 안정됐다. 인정받는 한 사람의 사회인으로 대접받을 때, 그 순간들이 나를 살렸다.

한 지인이 내게 집이 몇 채냐고 묻는다. 둘이 벌어 다 뭐했냐고 말이다. 집집마다 투자전략이 다르다. 고도의 재테크전략으로 재산을 불리겠다는 사람이 있는가 하면, 나의 일을 지키며 아이들이 원하는 제 길을 찾는 곳에 투자를 하겠다고 결정한 나 같은 사람도 있다. 무엇에 어떤 선택으로 공을 들이든 그 결과는 겸허히 받아들일 각자의 몫이다.

돈을 벌 기회란 종종 있지만 아이들에게 투자할 순간은 다시 돌아오지 않는다는 것이 나의 생각이었다. 선택적 슈퍼우먼이 되는 일. 각자의 환경에서 우리는 목표도 다르고 처한 환경도 다르다. 어떤 선택이 나에게 가장 유의미한지를 먼저 헤아려 봐야 한다.

> ▶ 워킹맘으로 성공하기 위해서는 선택과 집중, 현명한 포기도 중요하다. 그러나 지나가면 다시 오지 않는 것들 – 특히 아이들과 관련되는 생활 – 은 포기할 수 없었다.

3살까지 엄마가 키워라?

두 아이를 키우며 각각 2개월의 출산휴가를 사용했다. 그 당시 그나마 2개월의 출산휴가도 라디오 제작국에서는 내가 첫 수혜자였다.

분리불안으로 엄지손가락을 빠는 21개월 큰아이와 겨우 고개를 가누기 시작한 2개월 작은아이까지 모두 두고 방송국을 향해야 했다. 특히 새벽 프로그램을 맡아 새벽 5시면 출근을 해야 했는데 몇 년 동안 아이들이 어린이집 갈 때 한 번도 배웅해 주지 못한 일이 늘 마음에 남아 있었다. 어쩌다 일찍 퇴근할 일이 있어 어린이집에 들러보면 한구석에 앉아 있다가 엄마를 보고 자지러지게 울며 다가오는 큰아이의 눈물 콧물을 생각할 때마다 깜깜한 새벽에 출근하다 말고 차 안에서 혼자 펑펑 눈물을 쏟았다. 모든 것이 내 잘못 같아서. 일을 포기하지 않는 나 때문에 가족 모두가 힘든 것 같아서 마음이 아렸다. 하지만 방송국에서 나는 그저 PD 유정임

일 뿐이었다. '엄마'는 집에 두고 나와야 했다.

생각에 생각을 거듭하며 매일 마음이 바뀌었다. 아무래도 안 될 것 같다는 생각이 봇물처럼 밀려와 사표를 매일 가슴에 품고 다니던 어느 날, 이름만 대면 누구나 알 만한 유명한 여성학자와 언론사 여성 간부 몇몇이 점심을 하게 되었다.

"너무 힘들어서 그만두려고요. 아이들이 연년생인데, 너무 어려서 마음이 늘 아파요!"

주위에서 아이 울음소리만 들어도 고개가 저절로 돌아가던 워킹맘의 현실. 말을 내뱉어 놓고 눈물이 왈칵 쏟아질 것 같았다. 주변에 앉으신 선배님들이 내 마음을 훤히 들여다보고 계실 것 같아 더 어리광을 부리고 싶었다. 한 선배가 말을 건넸다.

"알지, 그 마음. 몇 살까지 키우고 나오면 마음이 놓일 것 같아?"

내 마음을 알아주는 것 같아 서러운 투정이 막 쏟아져 나왔다.

"작은애가 제 발로 걸을 때까지요. 전문가들 얘기를 들어보니까 만 두 살, 그러니까 세 살까지는 엄마가 키우는 게 좋다고 하더라고요."

다른 워킹맘 선배가 여유 있게 다시 이야기를 받았다.

"만 두 살? 맞아, 내가 아이를 키워보니까 그렇더라. 그런데 아이가 유치원에 들어가면 그때야말로 진짜 중요한 때가 와. 초등학교에 보내지? 이때는 꼼짝없이 엄마가 옆에서 지켜줘야 하더라고. 중학교? 사춘기에는 엄마가 진짜 필요하다. 고3? 대한민국고3 엄마들, 멀쩡히 일하다가 사표 내고 아이 옆으로 가는 경우도 있잖아. 얼마나 중요하겠어! 그리고 그 다음에….”

그제야 나는 행간의 의미를 읽을 수 있었다.

“한번 엄마는 죽을 때까지 엄마야. 3살까지 키우면 다음은 안 중요할 거 같아? 죄의식 갖지 마. 엄마니까 그리워하고 보고 싶을 수는 있지만 미안해하진 마. 힘내!”

큰 위로가 되었다. 매일매일 내 품을 들락거리던 사표를 온전히 던져버렸다. 같은 경험을 하고 같은 길을 간 선배들의 이야기에 마음이 놓였다. 힘들고 외로울 때 같은 길을 걸어간 그녀들의 이야기는 가장 힘이 되는 보약이었다.

▶ ‘언제까지 엄마가 키워라.’는 정설은 어디에도 없다. 물리적으로 곁에 있지 않다고 해서 마음마저 곁을 떠난 것은 아니니까. 엄마는 평생 곁에 남는 존재다, 엄마…니까.

친정엄마의 희생이
저의 꿈을 지켜줬죠

워킹맘 황보승희 (전 부산광역시의원)

– ♀ 조○○ (남항초등학교 6학년)
– ♀ 조○○ (남항초등학교 4학년)

"주 양육자가 얼마나 중요한지 잘 알고 있어요. 아이들이 태어나서 지금까지 친정엄마가 다 키우셨어요. 친정엄마가 안 계셨다면 저의 오늘은 상상할 수 없어요. 제가 과연 엄마 자격이 있을까 생각하면 고개가 숙여져요. 아무것도 한 일이 없는 거 같아요. 때가 되니 결혼했고 준비 없이 엄마가 됐어요. 후회 투성이죠. 저처럼 살면 안 된다고 알려주고 싶어서 인터뷰에 응했어요."

그렇게 시작한 이야기 속에 그녀의 진심 어린 눈물이 있있다. 엄마 없이 자란 것 같아 바라보면 미안한 마음뿐인 두 딸. 돌아갈 수 있다면 마음이라도 아이들 곁에 다시 주고 싶다. 오래도록 손가락을 빨았던 큰아이를 보며 애정결핍 때문은 아닐까 마음이 아렸다.

여러 사람과 어울려 살 수 있도록 조화로운 인생을 키워주고 싶다는 엄마는 워킹맘들의 현실 속에서 함께 아파하고 함께 후회하며 육아를 배웠다. 그래도 어린 딸들은 이제 늘 곁에 없었던 엄마를 원망하기 전에 자랑스러워한다. 다행스럽다. 아이들에게 돌려받는 이만한 보상이 또 있을까 생각해 본다. 엄마처럼 살겠다는 두 딸을 보며 아직 늦지 않았다는 마음으로 딸들과의 사랑을 다시 시작한다.

어린 시절은 엄마의 손이 필수적이라고 말한다. 그녀에게는 참 거리가 먼 이야기였다. 그럴 수도 없었고 그럴 생각도 없었던 그녀의 육아. 그럴 생각이 없었다는 것이 더 맞는 표현이겠다. 그녀의 인생계획서에서 결혼이나 육아는 그다지 관심 사안이 아니었다. 그런 상황 속에서 결혼을 하고 덜컥 엄마가 되었다. 친정엄마의 조력 없이는 그 무엇도 가능하지 않았다. 아이들은 엄마의 손에서 자란 것이 아니라 외할머니의 손에서 주로 자랐다.

그럼에도 한 번도 일을 놓아야 한다고 생각해 본 적이 없다는 그녀는 친정어머니의 응원을 많이 받고 자란 딸이었다. 고학력의 부모님은 아니었지만 능력 있는 여자는 혼자 살아도 된다는 신념을 친정어머니는 강조하셨다.

"3남매인데 딸이라서 차별받거나 그래본 적은 결코 한 번도 없었거든요. 특히 여중, 여고, 여대를 다니다 보니까 남자랑 부딪칠 일이 없어서 이 세상에 여성과 남성이 양쪽의 고정관념을 가지고 존재한다는 걸 피부로 느끼지 못했던 거죠. 제가 늘 여자로서 우대받고 살아온 것처럼 사회도 그런 줄 알았어요. 여자라서 일을 접는다? 이런 생각 당연히 안 했죠. 그런데 결혼하고 나서 '아! 세상은 남녀를 다르게 취급하기도 하는구나….' 그제야 안 거죠.

동갑내기 남편과 결혼했는데 살면서 보니까 너무나 가부장적인 거예요. 육아란 게 부부가 같이해야 하는 건데 저한테 '아이들을 똑바로 가르쳐라, 당신이 문제다….' 이런 지적을 자주 해서 한때는 정말 가슴이 터질 것 같은 울분이 일었어요. 남편이 자동차계열 회사를 다녀서 결혼 초창기에 부산 영도에서 울산까지 출퇴근을 했는데, 제가 부산 영도구 구의원을 하다 보니 영도를 떠날 수가 없어서 남편이 아침 7시 반까지 출근하려면 매일 아침 새벽에 나가야 했죠. 본인으로서는 엄청나게 양보를 한다고 한 건데, 아내인 제가 철이 좀 없어서 그런 건 몰라주고 동등함에 대한 주장만 하니까,(웃음) 지금 생각하면 남편도 쉽지는 않았을 거예요.”

주말이 오면 남편은 자유를 찾고 싶어 했다. 겨우 숨을 돌릴 수 있는 주말, 친구도 만나고 개인시간을 갖고 싶어 했지만 그녀 역시 오롯이 숨을 쉬고 싶은 개인시간을 원했다. 젊은 부부의 자유를 향한 갈망은 서로 간의 다툼으로 돌아왔다.

친정어머니는 저녁에 문을 여는 작은 가게를 운영하셨는데 평일에는 학교에 다녀온 아이들을 돌봐주시다가, 교사인 동생이 퇴근 후 한 시간쯤을 돌봐주었고, 친정아버지가 이어서 한 시간을 살펴주셨다. 그 뒤 남편이 돌아와 아이를 보았다. 모두가 바쁜 낮 시간, 가끔은 베이비시터가 다녀갔다. 늦은 밤이 되면 그제야 나타나는 엄마. 아기 시절, 친정어머니가 오롯이 봐주시던 시절을 제외하고 아이들에게는 주 양육자가 특별히 정해지지 않았다. 이 사람 저 사람, 자꾸 바뀌는 양육자 속에서 아이들은 그렇게 자라고 있었다.

“돌봐주는 사람이 계속 상황에 따라 바뀌었으니 지금 생각하면 미안하고 미안하죠. 초등학생이 되어서도 계속 손가락을 빨았어요.

애정결핍에 대한 행동이라고 하더라고요. 육아도 공부를 해야 한다는데, 저희 부부는 낳으면 다 저절로 크는 줄 알았던 완전 초보였던 거죠. 지금 생각하니 부모로서 철이 없었어요. 양육자가 수도 없이 바뀌는 상황 속에서 오히려 아이들을 야단치느라 바빴어요.

'너희들은 할머니, 할아버지, 이모까지 그렇게 많은 사람들이 예뻐하는데 왜 아직도 아기처럼 굴어?' 저는 야단치고 남편은 가끔 체벌하고…. 휴! 이제 와 생각하니 아이가 얼마나 불안했을까 싶어요. 가슴 아프죠. '내가 엄마로서 해줘야 하는 건 많이 안아주고 품어주는 진정한 모성애였구나.' 뒤늦게 반성 중입니다. 오늘도 아이에게 물었어요. '엄마가 뭘 해줄 때가 제일 좋아?' 그랬더니 안아주고 뽀뽀해 줄 때래요. 지나간 세월이 너무 미안하죠."

그렇게 세월이 가면서 아이들은 커갔고 후회만이 남아갔다. 더구나 그녀의 직업은 평범하지 않은 정치인. 자신의 생활을 규칙적으로 디자인하기에 결코 수월치 않은 일이다.

대학교 4학년 1학기, 어학연수를 가고 싶은 열망이 너무 강해서 잠시 휴학을 했다가 우연히 한 국회의원의 비서로 8개월을 근무하게 되었다.

"정말 우연이었어요. 휴학하고 고향인 부산 영도에 내려와 어학연수를 구상 중이었는데 엄마 친구 분께서 산이나 가자고 하셔서 따라서 등산을 갔어요. 나중에 보니 지역구 국회의원의 산악회 모임이었는데 생각 없이 따라간 거죠. 아줌마 아저씨들이 가득한데,

젊은 학생 하나가 끼어 있으니 누구냐고 물으시더라고요. '영문과 4
학년인데, 비서학을 부전공으로 공부하고 있습니다.' 제 소개를 했
더니 마침 비서를 구하고 있다 하셔서 그렇게 여의도로 가게 됐습
니다."

사실 그전까지만 해도 영문과를 나오면 대기업 취업이 제법 쉬운
시기였다. 하지만 해외여행 자유화, 어학연수 보편화에 이어 97년
IMF 사태가 터지면서 기업은 자연스레 영문과를 나오지 않아도 비
즈니스 마인드까지 갖춘 영어 잘하는 학생을 찾기가 쉬워졌다.

"얼떨결에 9급 비서로 국회에 출근하게 된 거죠. 솔직히 전공 살
려서 외국계 기업의 전문비서를 하고 싶었기 때문에 국회의원 비서
는 저의 미래를 설계하기에 거리가 있었죠. 그래서 얼떨결에 들어
간 자리라 8개월 만에 미련 없이 그만둘 수 있었어요. 그런데 어학
연수 비용을 모으려고 하니까 서울에서 직장생활 해가지고는 월세
에 생활비에 도무지 어림도 없겠더라고요."

다시 부산에 와서 영어학원에서 일을 했다. 중학생 아이들을 가
르쳤는데 일은 정말 보람도 있고 재미있었다. 하지만 친구들을 만
날 때마다 누구는 의사가 되어 있고 누구는 외국계 은행 과장이 되
어 있고 누구는 정부기관 공무원이 되어 있고 누구는 교사가 되어
있었다. 친구들이 모두 전문직에서 자신의 입지를 굳혀 가는데 변
변한 명함 하나 없다는 사실이 자신을 힘들게 만들었다. 결국 모든
것을 그만두고 임용고시를 준비하던 차에 함께 일했던 보좌관을 만

나 정치인의 생활에 들어서게 되었다.

"영도구의원 보궐선거가 있는데 출마할 의사가 없냐고 묻더라고요. 사실 선거란 게 막상 판을 펼치면 생각 못했던 일도 파헤쳐지고, 없던 흠도 생겨나게 마련이라서 연세가 좀 있으신 여성분들은 남편들이 극구 말리기도 했었는데, 저처럼 젊은 여성은 말릴 사람도 없으니까 더 쉽게 기회가 온 거죠. 제가 대단해서가 아니라 어찌 보면 시대적인 운명이란 게 있나 싶기도 해요. 그렇게 구의원 3번 더 하고 시의원으로 당선됐으니까요."

정치인 엄마의 하루하루는 어떻게 흘러갈까? 어찌 보면 좀 더 여유로울 듯하고 어찌 보면 아예 여유란 것이 없을 듯도 하다.

"경우에 따라 생활이 참 달라져요. 구의원 재선 때 큰애를 임신 중이었어요. 사실 그때는 공천제가 막 생겼을 때인데 우리나라 정치계의 현실이 아직까지는 남성이 주류다 보니 남성경쟁자도 많은데 배까지 불러서 뒤뚱뒤뚱 선거운동을 하러 다니는 여성을 좋게 봐줄 거라고 생각하지 않았어요. 더구나 제가 영도의 여성선출직 1호인데 임신했다고 하면 공천을 주겠나 싶어서 임신 5개월인데도 사실을 숨겼어요. 풍성한 점퍼 입고 남들과 똑같은 스케줄을 소화하고 다니느라 정말 힘들었어요. 선거운동 할 때도 전혀 표가 안 났으니 아무도 몰랐을 정도였어요. 선거운동 다 끝나고 나니 몸무게가 팍 늘더라고요. 아이도 뱃속에서 노심초사했나 봐요."

둘째아이를 임신하고도 그녀는 선거운동으로 바빴다.

"18대 대통령 선거랑 다음해 국회의원 총선이 있었는데 참 치열했던 선거였거든요. 둘째가 6월생인데 선거가 4월이었으니까 임신 8개월에 선거운동에 합류했습니다. 그때는 뭐 제 선거가 아니고 지원하는 역할이었기 때문에 당당하게 배를 내밀고 선거운동을 도우러 다녔죠. 선거운동 하는 트럭 아시죠? 봉 하나 세워져 있는 거요. 달리는 차 안에서 마이크로 이야기하잖아요. 차 안에 세워진 봉을 부여잡고 한 손에는 마이크를 쥐고 연설을 하러 다녔는데, 배가 불러서 많이 힘들었습니다. 그렇다고 남자들이 '임산부는 힘들다, 하지 말라.' 이런 얘기 당연히 안 하죠. 정치에서 선거는 전쟁이거든요. 젊은 제가 조금이라도 전달력이 있어 보였는지 열외를 시켜주는 분이 아무도 안 계시더라고요. 이거 좋아해야 하는 거죠?(웃음) 영도에 산복도로가 좀 많습니까? 울퉁불퉁 차는 막 출렁거리는데 몸도 따라 흔들리고⋯.(웃음)"

남편은 남 앞에 나서는 일 자체를 싫어하는 사람이었다. 그냥 평범하게 사는 일이 인생 모토인 사람. 반대로 늘 남의 눈에 띄어야만 하는 아내와 함께하려니 남편은 아내의 일을 매우 싫어했다. 7년간의 연애 동안 구의원 자리에 있을 때도 말리지는 못하고 싫은 속을 표시하느라 한 번도 선거사무실에 오지 않았다. 그래도 선거운동 시작할 무렵 "네가 좋아서 하는 거니까⋯." 하며 신발 한 켤레를 사준 것이 전부였다. 그 운동화를 아직도 버리지 못하고 있다.

여성 한 사람을 성공시키기 위해선 또 다른 여성 한 사람이 희생

해야 한다는 것이 대한민국 워킹맘들의 현실이다. 그녀에게는 친정어머니가 그랬다. 그녀의 아이 둘, 여동생의 아이 하나. 친정어머니는 세 아이를 다 맡아주셨다.

"저희 집에서 육아를 도맡으시면서 세 집 살림을 다 맡으셨으니 사실 친정어머니 없었으면 아무것도 못했을 겁니다. 어머니의 마음은 딱 한 가지죠. 내 딸이 잘됐으면 좋겠다는 거요. 사실, 얼마나 힘드시겠어요. 내 자식 하나 키우기도 힘든데 자식 다 키우고 나니 손주 셋까지…. 엄마처럼 손주를 볼 수 있느냐고 물으면 저는 단호하게 못하겠다고 하곤 했는데 저도 딸만 둘이니 장담할 수는 없을 거 같아요."

이즈음의 육아시스템은 하루가 다르게 좋아지고 있다. 아침 일찍 출근하면서 보낼 수 있는 어린이집도 많고 저녁 6시까지 맡길 수 있는 곳도 늘어나고 일주일에 사나흘 늦는다고 해도 베이비시터를 이용할 수도 있다. 하지만 무엇보다 고민인 것은 시스템에 대한 믿음이다.

"아이들을 남의 손에 떠돌게 하는 걸 원치 않는다고 하시면서 친정어머님께서 '차라리 내가 그냥 봐줄게.' 하시더라고요. 시스템을 믿어야 하는데…. 아직 무한신뢰 정착이 잘 안 되는 것 같아서 안타깝죠."

돈을 벌기 위해 일한다면 차라리 일하지 않고 집에서 아이 보고 좀 적게 쓰는 것이 수학적으로는 더 나을지도 모른다고 생각했다.

그럼에도 불구하고 이렇게 나와서 애를 쓰는 건, 자신의 일에 대한 수학적 접근이 아니라 사회학적인 접근 때문이다. 사회생활 하면서 나의 존재를 통해 뭔가 사회에 긍정적인 영향을 미칠 수 있다는 보람은 무엇으로도 바꿀 수가 없다.

"지역주민들이 전화를 걸어와요. '시에 아무리 얘기해도 귓등으로 듣는다… 나는 너무 절실하다… 하소연할 데가 없다….' 그러면, 그분들의 고민을 해결하도록 돕는 게 큰 보람이었죠."

매일 매일 들러야 하는 곳들이 많았다. 차량유지비, 품위유지비, 경조사비, 기본적 모임비. 버는 일보다 나가야 할 돈이 한결 많다. 게다가 사람과 사람 사이를 조율하는 많은 일들 속의 스트레스. 이 모두를 두고 솔직히 돈 벌러 나간다고 하면 마음이 서글퍼졌다.

"남편은 스트레스 받아가며 왜 그렇게 사냐고 묻죠. 거기다가 밖에 나가면 늘 스마일 해야 하잖아요. 집에 들어가면 그게 다 스트레스인 거죠. 남편한테 짜증내고 애들한테 그럴 때도 많아요. 어쩌다가 아이가 물을 쏟으면 조심하라고 부드럽게 말해야지 생각은 하는데 소리부터 빽 지르고 스트레스를 가족에게 푸는 것 같아 마음에 걸렸죠. 그러면서도 또 이렇게 일을 버리지 못하니, 인간으로서의 어떤 가치를 인정받는 기쁨은 말로 설명 안 되는 것 같아요."

철이 없는 부모라서 아이를 제대로 키울 줄 몰랐다는 워킹맘은 준비 없이 부모가 되고 보니 허둥지둥하다가 후회만 키웠다고 속내를 쏟아낸다.

"큰딸이 7살쯤 되었을 무렵이에요. '나는 크면 절대로 직장 같은데 안 다닐 거야. 절대 일 안 할 거야. 전업주부 할 거야.' 이렇게 말하는데 너무 가슴 아파서 눈물이 났어요. 별로 많이 배우지 않으신 우리 엄마 밑에 자라면서도 저는 사회의 구성원으로 끊임없이 자신의 존재를 인정받고 살아야 한다고 생각했는데, 오히려 배웠다는 엄마 밑에서 크면서 절대 일하지 않을 거라고 다짐하는 아이를 보니 사실 충격이었죠."

2010년 선거를 치르며 7살 큰아이는 엄마가 시의원 선거에서 떨어지기를 기도했다. 엄마가 떨어져서 집에 있으면 좋겠다고 간절히 소원을 빌었다. 부모 노릇을 제대로 하지 못해 늘 미안했던 큰아이, 엄마가 떨어지길 바랐던 그 아이는 자라면서 엄마를 보았고 생각의 키를 키웠다. 그 아이가 요즘 생각이 달라졌다. 그래서 그녀는 위로받는다.

"떨어지라고 기도하던 큰아이가 생각이 달라졌더라고요. 지난 선거에는, 엄마가 시의원 당선이 되었으면 좋겠다고 말을 바꾸면서 엄마가 정장 예쁘게 입고 나가서 당당하게 일하는 것이 좋아 보인다고 해요. 너무 고마웠죠. 지역행사에 제가 참여하는 걸 보고는 친구들 앞에서 당당한 엄마가 은근히 자랑스러웠나 봐요. 지역구 활동을 하면서 횡단보도 하나, 공원 하나, 열심히 노력해서 일궈지는 사업들이 있을 때마다 아이들에게 열심히 이해를 구했어요. 물론 제가 혼자 한 일은 아니지만, 엄마가 함께 힘을 보태서 이런 일도 가능하게 만든다고 제 일의 중요성을 강조했죠.

한 번은 외할머니랑 택시를 타고 가다가 영도의 함지골 산책로를 지나면서 큰아이가 그러더래요. '아저씨. 이거요, 우리 엄마가 도와서 한 일이에요. 우리 엄마 황보승희 의원이에요.' 다행히 기사님이 영도 분이라서 저를 아셨는지, '너희 엄마가 황보승희 의원이구나.' 맞장구를 쳐주서서 아이들이 의기양양해서 돌아왔어요. '엄마가 옆에 없는 건 싫지만 계속 일했으면 좋겠어.' 요즘에는 이렇게 말을 바꿨어요. '하지만 주말에는 집에 있어주면 안 돼?' 한마디는 꼭 붙이면서요."

워킹맘에게 잘한 일을 꼽아보라면 쉽게 말이 나오지 않는다. 못해 준 것에 대한 아쉬움이 더 크게 남아 기억을 지배하기 때문이다. 그녀라고 예외일 수 없다.

일에 지쳤다가 집에 들어가면 피로가 더 크게 몰려온다. 서류도 보고 남은 일도 마저 해야 하는데 상황이 여의치 않다. 결혼하면 아이 낳고 아이 낳으면 그냥 크는 줄 알았던 단순했던 상상은 그냥 상상일 뿐이었다. 모든 것이 그녀의 일로 돌아왔다.

평일에 하지 못하는 엄마 노릇을 만회하고자 그래도 주말만은 꼭 데리고 자려고 노력했다. 지금 생각해 보면 딱 한 가지, 그것만은 잘한 것 같다.

"일을 하려고 서류 펴면 끄집어 당기고 자판 위에 올라와 방해하면서 두드리고…. 철없는 엄마인 저는 막 짜증이 나서 밀어내고 그랬어요. 한숨이 나왔죠. '결혼하니까 온전한 내 인생이 반토막이 나는구나!' 이러면서요. 그때서야 느낀 거죠. 남편이 헌신적인 서포트를 해주는 게 아니라 서로 각자의 일이 있다는 현실도 그때서야 깨우친 거고요.

그러다 보니 남편에 대해서는 큰 기대를 안 하게 됐는데 시댁이 생긴다는 게 또 다른 문제였죠. 특히 남편은 장손이라서 시댁에 챙길 일이 많았는데 시가와의 역학구조를 그제야 깨우친 거예요. 참 뒤늦었죠.

결혼으로 내 인생이 절반이 줄더니 큰아이 낳으니까 또 줄고 작은아이 낳으니까 더 줄고…. 속상했어요. 소리 없이 울었죠. 그런데 그렇게 생각했던 것들이 다 지나고 나니 너무너무 미안해요. 세월이 너무 빨리 흘렀어요. 뭔가를 알아차리기도 전에 다 사라지고 없더라고요. 지금 생각하니까 엄마가 아이를 돌봐야 했던 그 순간은 너무 빨리 흘러가고 너무 짧더라고요. 어차피 일은 계속해야 하는 건데 그 순간에 그 소중한 것들을 왜 몰랐는지 후회가 됩니다."

엄마가 된 그 시절로 다시 돌아간다면 그녀는 집에 가면 핸드폰부터 꺼버릴 것이라고 뒤늦은 후회를 단다. 자조적인 반성도 한마디 내놓았다.

"많은 사람들을 만나니까 시도 때도 없이 전화가 와요. 집에 와서도 한 시간씩 전화통에 매달려 있곤 했어요. 아이가 간신히 걸음마를 뗄 때였는데 전화를 받고 있으면 막 다가와서 제 다리를 잡고 매달려요. 그러면 저는 간섭받기 싫어서 아이를 피해서 이 방 저 방 도망 다니면서 전화를 받곤 했죠. 어느 날 시어머님께서 그러시더라고요. 애들이 휴대폰 장난감 가지고 놀면서도 전화기를 들고 이 방 저 방 돌아다니면서 전화받기 놀이를 하더래요. 가슴이 철렁했죠. 아이들에게 엄마의 모습이 어떻게 남겨져 있었을까 생각하니 지금도 그 점은 미안해요. 아, 말하다 보니 미안함 투성이네요….(웃음) 좀 더 안아줄 걸… 좀 더 업어줄 걸…. 아쉽죠.”

엄마가 되는 일에 서툴렀던 그녀였으니 교육정보에도 당연히 무심했다.

“남편은 물어보면 알아서 하라면서 학원 안 보내고 싶어 했어요. 뾰족한 대책도 없이 말이에요. 그것만은 양보 못하겠다고 했죠. 솔직히 부끄러운 고백입니다만 저는 학교에서 무조건 다 해준다고 생각했기 때문에 선행학습 같은 걸 생각도 못해 봤어요. 그런데 초등학생이 돼서 수학이 재미없고 힘들다고 하기에 아이가 능력이 모자란가? 수학적 재능이 없나? 이렇게만 생각하고 어느 날 시험지를 봤는데…. 세상에나, 제가 생각했던 것보다 너무 어려운 수준이더라고요. 완전 놀랬죠. 요즘 아이들이 이런 걸 배운단 말이야? 정보에 너무 어두웠던 거죠.

그때도 선거가 있을 때였는데 큰아이를 초등학교 입학시키고 6개월 동안은 정신없는 여자처럼 다녔던 때거든요. 아침 6시에 나가서 저녁 11시에 들어오는 생활이 반복됐어요. 아이는 늘 외할머니랑 의논해서 준비물 챙겨가고 등하교하고, 학습에 당연히 신경 못 써줬죠. 그러다가 기본을 다 놓쳤으니 어땠겠어요. 제가 못 챙기면, 학원이라도 보내야 했던 거죠."

초등 1학년 여름방학에 수학 100문제 풀기 숙제를 보며 그제야 초등 1학년에도 수학문제집이 있다는 걸 처음 알았다. 그러면서도 은근히 나름대로의 소신은 지키고 싶었다.

"굴복하고 싶지 않았던 거죠. 자존심이 상하니까요. 나는 우아하게 학원 같은 데 절대 안 보내. 나름대로 그런 개똥철학을 가지고 있었던 거죠.(웃음) 아이의 현실은 돌아보지 않고 저의 자존심만 봤던 거 같아요. 난 달라. 절대 글자는 빨리 가르치지 않을 거야. 글자를 빨리 알면, 그림책을 볼 때 그림을 안 보고 글자만 볼 거야. 그게 더 문제지…. 지금 생각하니 별나게 웃겼던 거죠. 그래놓고는 뒤늦게 문제가 생기니까 문제집 사서 며칠 풀게 하다가 이게 또 매일 되지 않으니까 엉망이 되는 거예요.

제가 헤매고 있으니까 친정엄마께서 그러다가 애 망치겠다고 못 하겠으면 학원이라도 보내라고 조언하셨는데, 그 후 학원에 가서 누군가 돌봐주기 시작하니까 재미를 붙여서 자기가 수학을 잘하는 학생이라고 자랑을 하더라고요. 정말 저의 엄마 노릇은 뒤죽박죽이었던 거 같아요."

그렇게 상처를 입고 견디며 아이들의 어린 시절이 지나가고 있었다. 이제 돌아보니 누군가는 나와 같은 후회를 겪지 않기를 바라게 되었다.

"몇 살까지는 엄마가 키워라! 이런 숫자가 아니라 엄마는 늘 엄마여야 하더라고요. 특히 상황이 허락되는 주말이라도 양적인 노력이 아니라 질적인 노력이 필요하다는 걸 뒤늦게 알았어요. 주말이 되면 아이들의 첫마디가 '오늘도 나가?' 이런 질문이에요. 주말에 행사가 많다 보니 되도록 조정을 하는데도 쉽지 않죠. 아무리 부족한 엄마라고 해도 함께 있고 싶어 하잖아요. 이번에도 8박 10일 해외연수를 다녀왔는데, 다녀와서 우연히 굴러다니는 딸아이의 일기장을 보게 됐어요. '엄마가 안 계셔서 할머니가 우리를 돌보신다. 우리 할머니는 정말 모든 걸 잘하신다. 요리도 짱, 마음도 짱, 빨래도 짱! 그런데 그래도 난 엄마가 보고 싶다. 하지만 괜찮다. 며칠 있으면 엄마가 온다. 엄마가 보고 싶을 때는 눈을 감고, 엄마 얼굴 한번 떠올리면 괜찮아진다.' 눈물이 핑 돌더라고요. 아! 애들이 이렇게 힘들어하고 있었구나.

덜컥 더 미안해서 그 뒤로는 꼭꼭 이렇게 말해 줘요. '엄마가 항상 밖에 나가 있잖아. 열심히 일하러 나가는데 엄마가 항상 마음에 뭘 가지고 있을까? 엄마는 우리 사랑하는 두 딸을 마음에 담고 나가.' 솔직히 밖에 나가면 시간이 어떻게 가는지 모를 만큼 아이 생각 못하지만요.(웃음) 전화 한 통 안 해서 불평을 사지만 이제 노력은 해보려고 해요. 물론 어떨 땐 그게 또 스트레스지만, 그래도 전 엄마니까요."

이제 남은 선택은 현재의 시간에 후회 없이 충실해지는 것이다. 만족은 아닐지라도 엄마의 역할에 생각이 많아진 요즘, 후회를 딛고 그녀는 최고가 아닌 최선의 엄마가 되겠다고 스스로를 다지고 있다.

"요즘 엄마가 되는 후배들에게 저는 공부하라고 해요. 엄마는 저절로 되는 게 아니더라고 솔직히 말하죠. 내가 너무 시행착오를 많이 겪었다면서 경험을 솔직히 고백하죠.

사실 저희 어머니도 스물셋이라는 어린 나이에 저를 낳으셨는데 뭘 알고 키우셨겠어요! 저는 늘 맏이로서 시험무대에 올랐던 것 같아요. 부모는 항상 시행착오를 겪는 거겠지요.

저도 큰애랑 작은애를 키울 때 제 마음가짐 자체가 너무 달랐다는 걸 인정해요. 저는 엄마가 저한테 너무 헌신적이어서 제가 첫애 낳으면 그럴 줄 알았거든요. 근데 막상 낳고 보니 아이가 그렇게 예쁘지도 않았고 귀찮았고 간혹 지저분하기도 했고, 서른한 살에 아이를 낳았는데도 너무나 준비가 안 된 철없는 엄마였다는 걸 몇 년 지나서 알았던 거죠. 그것도 아주 중요한 어린 시기를 다 보내고 나서 말입니다.

부모 역할은 본능적으로 할 수도 있지만 배우고 수련하면서 해야 하는 일이라고 생각하게 됐습니다. 진심으로요."

준비된 부모가 후회가 없다는 것을 이제야 절실하게 느껴본다는 그녀. 그래도 그녀에게는 아직 희망 가득한 어린 두 딸이 있다. 그래서 비록 후회 많은 워킹맘일지라도 최선을 다하여 지난 후회를 만회해 보겠노라 매일매일 다짐을 한다.

다짐 속에 남은 어린 딸들의 미소가 그녀의 아픈 후회를 분명히 잊게 해줄 것이다.

딸아!
네가 정말 하고 싶은 일을 하렴

워킹맘 정희자 (이탈리아 가스파레 스폰티니 공립음악원 박사
/바이올리니스트 겸 지휘자)

- ♂ 김○○ (부산대학교 산업공학과 졸업/(주)DTR 근무)
- ♀ 김○○ (독일 쾰른국립음대 바이올린 전공 중)

엄마의 음악 DNA를 고스란히 물려받았던 딸아이. 어린 시절부터 남다른 연주 실력으로 엄마를 능가하나 싶었던 딸이 사춘기에 들어선 어느 날, 돌변했다. 엄마는 당황했다. 그럴 거라 믿고 있었던 딸이 그렇지 않음을 보여줄 때. 아이는 꼭 부모의 기대대로만 자라지 않는다. 그래서 엄마는 힘들었고 방황했다.

엄마의 꿈을 이어주던 딸이 바이올린을 외면하면서 울기도 참 많이 울었다는 엄마. 아이를 이길 수 없었다. 아이는 제멋대로 이야기하고 돌아섰지만 엄마는 제멋대로 한 이야기를 듣고 가슴이 아팠다. 결국 음악을 버린 딸을 끌어안으며 아이의 인생만 보기로 굳게 마음먹었다. 엄마가 되어서야 음악보다 더 소중한 인생을 배웠다고 털어놓는다. 그 지옥 같은 시간을 지나 마음을 내려놓으니 그제야 딸이 보였다. 그러나 눈물로 인내한 세월을 보상이라도 해주듯 딸은 시간이 지나 스스로 활을 다시 들었다.

아이에게 인생을 가르칠 수 있는 자리가 엄마일까? 아니면 오히려 아이를 통해 우리가 인생을 배우게 되는 것일까? 이제 엄마는 어떠한 일이 닥쳐도 믿음으로 기다릴 수 있다. 상처가 오히려 자신감을 단단하게 만들어 주었다.

딸아, 정말 네가 하고 싶은 일을 하며 인생을 살렴. 엄마의 인생이 아닌 너의 인생을 살아가려무나. 아이들과 많은 여행을 하라고 조언하고 싶다는 그녀. 세월이 너무 빨리 흘러 함께했던 그 기억들이 아쉽다.

내가 하는 일이 보람 있고 즐거울수록 부모는 아이에게 그 일을 물려주고 싶다. 적어도 나를 닮았다면 이 정도는 할 수 있을 거라는 당찬 기대감도 갖게 된다. 아니, 나만큼이 아니라 나보다 더 나은 아이를 꿈꾸지 않는 부모는 없다. 부모란 그런 것이다.

음악에 대한 엄마의 DNA를 딸이 고스란히 받았다고 했다. 그래서 엄마는 자연스럽게 희망을 가졌다. 희망이 현실이 되면서 딸아이는 놀라운 실력을 보여주기 시작했다. 학교도 들어가기 전 고사리손으로 전문 오케스트라와 협연을 했고 음악신동이라며 칭찬이 모여들었다.

그런데 사춘기에 들어 반항하기 시작한 딸은 엄마의 DNA를 무참히 무시하고 곁길로 나가면서 엄마를 아프게 했다. 재능은 분명히 물려받았지만 아이는 엄마의 DNA를 버릴 작정이었다. 엄마는 지옥 같은 시간을 인내해야 했다. 울고 지치는 나날이 반복되면서 결국 딸을 이길 수 없었다.

세상에 자식을 이길 부모가 어디 있으랴. 자식은 부모를 아프게 해도 부모는 자식을 아프게 하지 못한다. 그래서 결국 더 이상 딸에게 부담을 주지 않기로 마음을 거둬들였다. 생각을 바꾸니 길이 보였다. 그동안 엄마의 인생 전부를 차지했던 딸. 돌려보니 딸만 있는 것이 아니었다. 딸과 씨름하느라 잊고 있었던 아들에게도 미안했다. 그 후 세상을 보는 눈을 바꾸었다. 딸만 보는 것이 아니라, 주위도 돌아보고 엄마 자신의 인생도 돌아보리라 마음먹었다.

못다 이룬 자신의 꿈을 위해 투자하기로 했다는 그녀는 그간 딸을 위해 아침저녁으로 아이들을 가르치며 모아두었던 금싸라기 같은 돈을 자신을 위해 투자하기로 과감히 생각을 바꿨다. 그것만이 딸을 살리고 자신을 살리는 길이었다. 그렇게 이탈리아까지 날아가 지휘과 박사과정을 등록했다.

'내일'은 나에게 존재하지 않을지도 모른다는 생각으로 항상 그 순간에 움직였다. 여기까지 들으면 무엇이든 하고 싶은 대로 하고 살았을 것 같은 급진형의 그녀. 그러나 꼭꼭 싸매둔 그녀의 이야기 보따리를 풀어보면 곧 그것이 착각이었음을 알게 된다. 그리고 왜 그녀가 딸에게 그렇게 연연했는지, 딸에 대한 포기가 왜 그렇게 그녀의 가슴을 아프게 했는지 이해되기 시작했다.

"사실 저는 8대 종부예요. 말만 들어도 어마어마하죠? 시어머니도 모시고 살죠. 저희 집이 2층 단독주택인데 1층에서 학원을 하고 있어요. 대학이나 대학원 강의도 10년 넘게 하고 있습니다. 지금 생각하면 지난 세월을 어떻게 이기고 제 일을 유지했을까 까마득합니다. 아이를 가지면 절대 일을 하지 마라, 살림을 잘하는 것이 진정 여자로서의 최선이다, 여자가 아무리 바깥에서 돈을 많이 벌어도 그것은 능력이 아니다, 살림을 잘하고 아이를 잘 키우는 것이 진짜 여자의 능력이다. 저희 시어머님의 지론이시죠. 남편은 공무원이에요.
저는 음악을 전문으로 했으니 계속 해보고 싶은 마음에 시어머니를 설득했는데 쉽지 않았어요. 조건이 걸렸죠. 살림을 해야 하는 며느리니까 아무리 한 달에 1억을 벌어도 저녁 7시 이후에는 절대 안 된다고 말이죠."

요즘 세상에, 그녀의 과거는 21세기의 결혼과는 좀 달랐다.

24살에 기혼녀가 되었다. 큰아이랑 띠동갑이니 제법 빠른 결혼이다. 결혼 후 대학원을 졸업했고, 아이들을 데리고 나가 외국에서 공부를 마무리했다. 대학원도 둘째를 낳고서야 졸업할 수 있었다. 결혼 후에는 시어머니와의 조건(?)을 지켜가며 대학원 레슨도 했다.

결혼이 빨랐던 이유가 뭘까?

"선을 봤는데, 한눈에 넘어갔죠. 제가 완전히 빠진 거예요. 사실은 참 아이러니하게도 전문적으로 음악을 하던 이력과는 달리 제 꿈이 현모양처였거든요. 철철이 뜨개질로 가족들 옷을 짜주고 된장찌개 끓이고 남편 기다리고 시어머니 모시고…. 그런 게 참 이상적으로 생각됐었어요. 이제 와 부끄러운 고백이지만, 남편을 보고 제가 한눈에 넘어갔죠. 남편은 저를 그저 그렇게 생각했는데 말이죠. 현모양처를 꿈꾸던 저의 모습이 남편에게는 참 착하게 보였대요. 심성 하나 보고 종갓집 며느리는 저래야 한다 생각했나 봐요. 제가 더 끌려서 좋아했으니, 일이라도 안 하면 남편의 그 데면데면한 상황을 못 견딜 것 같아서 그래서 일을 하고 공부를 했어요. 지금 생각하니, 남편이 아닌 몰입할 수 있는 다른 대상이 필요했던 거죠. 학위를 따서 뭘 어쩌겠다는 게 아니라 심드렁한 남편의 태도 때문에라도 나에게 힘을 줄 수 있는 탈출구가 필요했던 것 같아요.

저희 시가의 예전 구조가 재래식 부엌이었는데, 어떨 때는 부엌
에 숨어서 바이올린에 약음기를 꽂아놓고 바이올린 뒤판에는 소리
줄이려고 빨래집게까지 꽂아놓고 새벽 2, 3시까지 연습을 했어요.
그렇게 남편의 무관심을 잊어가면서 스스로를 위로했죠. 덜컥 결혼
을 하니 남편이란 존재는 생각보다 어려웠고 시어머니는 힘들었어
요. 게다가 환경은 바뀌었고, 너무 어린 나이에 숨 쉬고 기댈 곳이 필
요했죠.

제가 인형을 너무 좋아해서 결혼할 때 인형을 한 트럭 가져왔는
데, 하루는 밖에 다녀오니 시어머니께서 다 버리신 거예요. 며칠을
울었어요. 음악을 하다 보니 감수성이 좀 지나칠 만큼 강했거든요.
시 좋아하고 음악 좋아하고…. 결혼 후 두 달 만에 아이까지 가졌으
니 생각할 겨를도 없이 일사천리로 모든 게 진행됐어요.”

어느 순간 텔레비전을 보다가 뒤를 돌아보면 어린 아기가 누워
있었다. 내가 아이를 낳았나? 나에게 아이가 있다니! 어린 나이에 그
런 현실은 다소 충격이었다. 충격을 외면하고 싶은 충동이 종종 일
었다. 그것이 ‘일’이었다. 돈도 소신도 아니고 그저 그 환경을 극복하
기 위한 절규, 그것이 그녀에게 일을 하게 했다.

“울기도 참 많이 울었던 새댁이에요. 명절이 되면 친정을 안 보내
주시는 거예요. 그 마음을 달래려고 아무도 모르게 저 자신에게 혼
자 하는 술 한 잔의 ‘원 샷’ 의식도 만들었죠. 술을 한 잔 담아서 저를
위해 원 샷 해요. 그리고 울고 또 울고…. 시누들도 다 친정이라고

오는데 나는 왜 안 보내줄까? 서러움 같은 거였죠. 요즘 같은 세상에 명절에 친정 가본 적 없다면 안 믿기시죠? 다 지나고 나서, 지금이니까 이런 얘기 편하게 하네요.^(웃음)”

막내로 자란 그녀에게 친정엄마는 무엇과도 비교할 수 없는 의지처였다. 그랬던 친정엄마가 54세라는 젊은 나이에 갑자기 세상을 뜨셨다. 뇌출혈로 쓰러져서 일주일 만에 운명을 달리했다. 어머니의 부재라는 충격으로 매일 울다 쓰러지는 일이 반복되자, 큰일 나겠다 싶은 가족들이 새로운 의지처를 만들어 주려고 선을 보게 했다. 결혼을 빨리 하게 된 이유다. 남자를 사귀어 본 경험도 없는 그녀는 그렇게 허한 마음에 결혼을 서둘렀다.

주위에서는 종갓집 홀어머니에 대한 편견으로 결혼을 말리기도 했지만 그런 얘기는 들리지 않는 상황이었다. 사람이란 존재는 참으로 흥미롭다. 말리면 더 하고 싶듯 악조건이 제공될수록 인내심이 더 강해지기도 했다. 결혼 후 몇 년을 살면서 주어진 악조건들이 오히려 자신을 더 강하게 만들어 주었다. 이를 악물고 음악을 하고 공부를 하게 되었다.

그녀는 호탕하다. 강하다. 결코 약하지 않다. 누구라도 포용한다. 그런 그녀의 소망이 얌전한 현모양처였다니. 흥미로운 반전이다.

“그러게요. 상상이 안 가시죠? 현모양처를 지키기에는 제 남편이 다정한 남편이 아니었어요. 결혼 후 남편과 다정하게 외식 한번 한

적이 없을 정도예요. 정말 무.뚝.뚝 부산 남자, 그 이상도 이하도 아니에요.

한번은 정말 어쩌다가 남포동에 함께 갔는데 먹자골목에서 곰장어 말린 이상한 걸 먹자는 거예요. 저는 남편과 오랜만의 나들이라서 레스토랑 같은 데서 분위기라도 잡자고 했는데, 어머니를 두고 우리끼리 먹는다는 게 양심의 가책을 느낀다고 하더라고요. 효자아들, 참! 힘들죠.(웃음) 결국 다툼이 되어서 각자 집에 왔는데 라면 끓여먹고 있더라고요.”

효자인 남편은 집안에서도 받들어지는 매우 귀한 아들이었다. 누나가 셋, 시누들은 다 존재감 없이 자랐다. 시댁에는 남편만 있었다. 결국 시어머님은 손녀는 아랑곳없이 손주만 챙겼다.

“어쩌면 제가 딸에게 집착한 것도 시집살이에 대한 일종의 반감이었을지도 모르죠. 첫아들을 낳고 둘째로 딸을 낳았을 때, 둘째도 아들이었으면 얼마나 좋겠냐고 애 앞에서 그러시는데 서운해서 남편에게 말했죠. 그랬더니 오히려 오죽 화가 나셨으면 그러셨겠느냐고 그래요. 제가 약아져야 살 것 같았어요.”

너무 빨리 친정어머니를 여읜 터라 그녀는 딸을 보면서 더 마음이 아렸다. 딸들은 엄마를 닮는다는데 사춘기 반항 가득한 딸을 보니 흡사 자신을 닮아 그런 건 아닌가…. 아픔도 있었다.

“나는 엄마처럼 안 살 거야. 엄마처럼 안 살아…. 어려서 엄마 가슴에 못 박는 소리를 많이 했었어요. 엄마가 너무 착하셨는데 그게 너무 속상했거든요. 친정어머님이 돌아가시는 순간까지 한 번도 언성 높이는 걸 본 적이 없어요. 손에 금반지 같은 것도 어려운 사람들 보면 다 빼주고 오시는 스타일이었죠. 제가 철들고 금반지를 하나 해드렸는데 신신당부를 했죠. '엄마! 이 반지를 손에서 빼는 순간 엄마랑 나랑 완전 끝이야. 저승 갈 때 빼고는 절대 반지 빼면 안 돼. 이건 남 주지 말고 꼭 엄마가 지켜야 해.'

그렇게 당부를 했는데 얼마 안 되어 뇌출혈로 쓰러지신 거예요. 병원에 갔는데, 의사가 몸에 있는 걸 다 빼라는 거예요. 순간 직감적으로 어떤 느낌이 오는 거예요. 반지 빼면서 통곡했어요. 엄마가 하도 남에게 퍼주니까 그래서 한 소리인데… 손에서 반지를 빼는 마음이 어땠겠어요? 두 번 수술하시고는 못 깨어나고 돌아가셨죠.

청소년기에 아빠가 하시는 사업이 망해서 유학을 갈 수 없었는데, 저는 엄마에게 유학도 못 가고 사는 게 사는 게 아니라면서 막 대들었어요. 꾸중 한마디 없이 다 들으시고는 밤새도록 스스로 아프게 눈물을 거두시는 걸 보면서 며칠 동안 저도 아팠죠. 사춘기라 마음은 안 그런데 행동이 막 그렇게 나가더라고요. 울 엄마가 참 작았어요. 발도 220이었으니까요. 천생 '어자'라고 불린 자은 체구였던 엄마는 제가 하이힐도 신고 잘 차리고 나가면 너무 자랑스럽다고 하셨어요. 같은 여자로서 딸이 당당해져서 참 좋다고, 다음 주에는 멋지게 사진 찍으러 가자고 하시고는 돌아가신 거예요. 엄마처럼 안 살 거라고 화장터에서 악을 쓰며 대성통곡했죠.

그런데 결혼하고 나니 남편에게 주눅 들고, 시어머니에게 눌리고…. 그런 저 자신을 보니 한심했죠. 엄마에게 악다구니 썼던 대로 살지 못하는 저를 보면서 제 속에 숨어 있던 자아가 눈을 뜨기 시작했어요. 엄마처럼 안 산다더니, 너는 이게 뭐야? 자극이 된 거예요.”

아이들을 가르치면서 자존감이 살아나기 시작했다.

하나를 가르쳐도 열을 알아듣도록 전심전력을 다했다. 친정엄마처럼 남을 돕는 일에도 게으름을 피우지 않았다. 찾아가는 음악봉사를 십 몇 년 동안 이어가고 있다. 제자들과 함께하는 25인조 현악 앙상블 봉사단은 불우한 시설에 봉사연주를 다니다가 이제는 난치병환자를 돕는 자선 오케스트라로 모습을 바꿨다.

“겨를 없이 아이를 낳고, 새로운 환경에 적응하면서 엄마 노릇도 제대로 못했던 것 같아요. 너무 어린 엄마라 철이 없었던 거죠. 딸아이에게 음악을 시키겠다는 생각은 없었는데 어려서부터 바이올린을 가지고 놀다 보니까 음악을 하겠다고 하더라고요. 그래서 별 뜻 없이 하고 싶은 대로 두었는데 7살 때 우크라이나 국립오케스트라 협주까지 했어요. 만 6살이었는데 협연 무대니까 단원들이 그냥 꼬마가 귀엽네 하면서 지휘자가 캠코더를 들고 아이를 찍기 시작하더라고요. 악장하고 단원들도 다 따라서 찍기 시작했어요.

저도 저 아이에게는 뭐가 있구나, 처음으로 느꼈어요. 그 순간 제 마음속으로 ‘내가 너를 위해서 내 모든 걸 다 바칠게. 할 수 있는 한, 너를 위해서 다 할게.’ 마음을 먹었죠. 지금 생각하니 엄마의 뜻을 받들어서 저의 힘들었던 시간들을 보상받으려고 딸에게 집착했던 건

지도 모르겠어요."

　딸아이의 레슨비를 벌기 위해 쉼 없이 일을 했다. 새벽 1시 반까지 레슨을 하고 토요일, 일요일 없이 레슨하고 돈을 벌었다. 공무원인 남편의 월급으로 돈이 많이 들어가는 음악가를 키우는 일은 현실적으로 힘들었다. 허락만 해달라고 남편을 졸랐다. 그렇게 벌어서 모든 것을 딸의 레슨비로 충당했다. 친정엄마에 대한 미안함, 친정엄마가 애써 키워주신 자신에 대한 안타까움, 이런 마음들이 그녀를 움직였다. 외국을 데려가고 서울까지 가서 개인레슨을 받게 했다.

　"제 눈에는 딸만 있었던 거예요. 아들은 없었죠. 어찌 보면 제 딸은 친정어머니에 대한 못다 한 정이고, 제 현실에 대한 반항이고, 더 크지 못한 저 자신에 대한 분노이고…."

　딸이 없었다면, 엄마가 아니었다면, 이렇게 강인한 여자가 되지 못했을 것이다. 자신에게 투자하는 요가수업은 10만 원도 비싸서 선택을 고민했지만 자식을 위해서는 달랐다. 무조건이었다.

　그러나 세상은 마음처럼 녹록하지 않았다. 사춘기에 들어선 딸은 순풍에 돛 단 배처럼 마음대로 나아가 주지 않았다. 딸아이의 반항으로 엄마의 꿈이 산산조각 박살나고 말았다. 그렇게 모든 것을 몰입하여 공을 들였던 딸아이의 사춘기. 아이는 무섭게 돌변했다.

　"중학생이 되어서 하루에 10시간씩 연습하던 아이가 사춘기가 오니까 완전히 제 기대를 벗어나더라고요. 5년째 그 사춘기가 이어

졌어요. 나중에는 '제발 고등학교만 졸업해 다오.'라고 생각이 달라
졌어요. 허무했죠. 솔직히 제 꿈은 한국 최고의 음대를 보내서 2학년
때 유학을 보내고 그 뒤에 전문적인 음악가가 되고…. 혼자서 상상
하고 즐거워했어요.

　그런데 반항하는 아이를 돌이켜보며 생각하니 그건 못 이룬 제
꿈의 연장선이었을 뿐 딸아이의 꿈은 아니었던 거예요. 허탈하고
속상하고 그 분노를 뭐라고 말할 수 없었는데, 시간이 지나니 포기
하게 됐어요. 딸아이 때문에 제가 지나온 인생을 돌아보게 되었다
싶었죠. 인생 속에서 포기란 것도 겸손해야 한다는 것도 배우게 됐
어요."

　죽을 것 같은 허탈함이었다. 우울증이 왔다. 아이를 쳐다볼 때마
다 아무리 배가 아파 낳은 내 자식이지만, 인생을 다 바치듯 키워온
아이에게 분노가 극에 달하자 증오심까지 일었다.

"자식이지만 참을 수 없는 분노가 일었어요. 온 가족이 너 하나를
위해 그렇게 희생했는데 어떻게 그럴 수가 있을까? 기대를 깨고도
뻔뻔하게 지내는 딸아이를 견딜 수가 없었죠. 우울증에 이어 화병
까지 왔죠. 지나고 보니, 다 시간이 약이었어요. 결국은 제 욕심에서
비롯된 거라고 저를 위로하게 됐어요. 살기 위한 생각의 전환이었
죠. 처음부터 아이는 아무것도 없었던 거예요. 저를 위로하는 방법
을 터득하는 게 급했어요. 엄마인 저도 살아야 했으니까요."

　아이가 정말 열심히 했다 하더라도 건강이 없으면 다 엉망이 됐

을 거라고 스스로를 위로하며 현실에 감사하기 시작했다. 살아야 했다. 변해 버린 상황에 빨리 적응해야 했다.

"남편이 아이가 건강한 것만도 감사하라고 하더군요. 자신의 일을 스스로 찾아가게 두자고 마음먹으니, 이젠 버는 대로 저를 위해 투자하게 된 거죠. 박사과정 들어가고 수영 배우고…."

마음을 다잡았음에도 순간순간 억울함이 치밀어 연주회만 다녀오면 펑펑 통곡을 했다. 그만큼을 하고도 남았을 아이가 재능을 썩히는 게 무엇보다 참을 수 없었다. 그러나 참을 수 없는 안타까움은 엄마의 감정일 뿐 딸아이는 강 건너 불구경이었다.

"과감한 포기도 선택이라고 생각하며 저를 다독였죠. 음악 하면서 최고의 자리에서 스트레스 받느니, 좋은 남편 만나 행복하게 살겠다는 아이의 선택이 현명할 수도 있겠다고 생각하니 편해지더라고요."

능력 있는 엄마, 앞서가는 엄마는 딸에게 분명 부담이었을 것이다.

"한 번은 딸아이와 같이 차를 타고 가면서, '진짜 하고 싶은 게 뭔데?' 하고 물었더니 언마를 괴롭히는 거래요. 한밤중에 어찌나 눈물이 나던지 심하게 울었어요. 친정엄마 생각이 나서요. 저도 엄마 가슴에 대못을 박았는데 우리 딸도 어쩜 나와 똑같을까 생각하니 더 서럽더라고요.

새벽 1시에 주방에 쪼그리고 앉아서 펑펑 우는데, 우리 엄마도 나 때문에 이렇게 아팠겠지 생각을 하니 더 미칠 것 같은 거예요. 그렇게 울다가 다시 제 딸을 생각하면 또 가슴이 아파요. 언젠가 내 딸도 나처럼 엄마를 떠올리며 가슴이 미어질 텐데…. 이 아이도 내가 없는 먼 훗날 내가 엄마를 그리듯 미안해서 몸부림치며 울면 어쩔까. 그 생각까지 하게 되니까 친정엄마 때문에, 내 딸아이 때문에 눈물이 샘솟더라고요.

그래서 저는 건강하게 오래 살아서 딸 옆에 오래 있어줄 거라고 마음먹었어요. 그토록 미운 딸인데도 제가 해줄 수 있는 게 그거라고 생각한 거죠. 그래서 운동도 열심히 해요. 아무리 미워도, 저는 아이를 지켜줄 엄마니까요.”

그렇게 딸아이에게 몰입하는 동안 큰아들은 철든 사나이로 성장해 군에 다녀온 멋진 대학생이 되었고 졸업 후 자리도 잡았다.

“신경도 많이 못 써줬는데 지금도 스승의 날이 되면 전화가 와요. 정말 존경하는 스승이 엄마래요. 조금 부끄러운 이야기인데 저는 사실 아이들이 잘못할 때는 체벌을 하면서 키웠어요. 교양 있게 ‘너 종아리 걷어봐.’ 이런 말투도 아니고 그냥 잡히는 대로 때려줬어요. 성격이 불 같거든요. 생활 속에서 제가 시어머님께 화나고 남편에게 화나는 것이 복합적으로 아들에게 갔던 것은 아닌가 싶은데 다행히 아이가 착했어요.”

남자아이들이 한 번씩 치르는 의식처럼 큰아들은 아버지에 대한 반항심으로 사춘기를 넘었다. 고3까지 아버지에 대한 반항심으로 공부를 안 하고 대학 입학원서도 안 썼다. 재수를 선택한다기에 기숙학원을 보냈다.

"어쩌다가 사주보는 사람을 만나게 되었는데 부산의 국립대 두 군데는 무조건 걸릴 것 같은데 엄마가 별 도움이 안 된다고 하는 거예요. 그 말 듣고 바로 기숙학원 올라가서 짐 싸가지고 데려왔어요. 오히려, 내가 도움이 된다는 걸 보여주려고요.(웃음) 기숙학원에서 안 나온다는 걸 세 번 찾아가서 데리고 왔어요. 입시 3개월 앞두고 새벽 6시에 같이 학원 갔어요. 마마보이도 아니니 엄마의 태도에 돌아버리겠다고 했죠. 아니꼬우면 재수하지 말라고 협박했죠. 저도 옆방에서 공부하면서 학원청소도 거들어 줬어요. 그런 생활을 석 달 넘게 하니까 정말 몸무게가 6킬로그램이 빠지더라고요. 매일 아침 둘이서 길거리 햄버거를 먹었는데, 서로 한마디도 안 하고 신경전으로 싸운 날들이었죠. 3개월 만에 수능 68점이 올랐어요.

결국 부산대 공대에 합격했죠. 자신도 기적 같은 일이라고 했어요. 저는 아들과 많이 소통해요. 밤늦게 친구 데려와도 새벽 1시든 2시든 술상은 제가 다 차려줘요. 장가가면 며느리가 이상하게 볼 수도 있으니 지금 실컷 같이 노는 거죠."

아들은 늘 엄마를 못 챙겨 미안하다고 말해주는 고마운 남자다. 아들은 늘 엄마를 위로한다.

"엄마가 워킹맘이라서 못 챙겨줬다고요? 아니에요. 그렇게 치면, 전업주부로 있는 모든 주부의 자식들은 다 잘되어 있어야 하는데 꼭 그런 건 아니잖아요. 엄마가 워킹맘이었어도 열심히 하신 거예요. 늘 이렇게 말해 주죠."

지금이야 그녀에게 큰 위로를 주는 아들이지만 사실 아픈 날들도 많았다.

"남들이 군대 가서 구타당한 이야기를 하면서 하소연하면 큰아이는 번데기 앞에서 주름잡는다고 그래요. 자기는 엄마한테 더 맞았다는 거죠.(웃음) 사실 큰아이가 게임을 너무 좋아해서 많이 맞았어요. 워킹맘인 저는 열심히 바이올린 레슨을 하고 있는데, 집에 오신 학습지 선생님한테 아이가 없다고 전화가 와요. 놀라서 동네 오락실을 다 뒤지러 다녔어요. 레슨하다 말고 헐레벌떡 달려갔는데 오락실 지하 2층에 있는 아들을 보면 앞뒤 안 가리고 한 대 날아가는 거죠. 한 번은 치마를 입은 채로 이단 옆차기를 날렸더니 옆에 있던 고등학생들이 가방 싸들고 다 도망을 가요. 그래도 공부는 할 만큼 잘했어요. 오락을 좋아해서 그렇지.(웃음) 지나고 보니 다 웃음 나는 일들이네요."

불편하고 어려운 시어머님이었지만 그래도 육아의 도움은 늘 감사했다. 어머님 덕분에 일은 지켜갈 수 있었으니. 돌아보니 삶 자체에 후회는 없다. 그러나 지금, 하나의 아쉬움을 이야기하라면 아이들과 함께 여행을 많이 못했다는 것이다.

"다시 시간이 주어진다면 초등학교 졸업하기 전까지 어린 시절에 여행을 많이 다녀보고 싶어요. 그러지 못했던 것이 제일 안타깝죠. 여행이란 그런 것 같아요. 서로를 이해하고 서로를 담을 수 있는 기회. 그런 순수한 기회를 아이들이 어렸을 때 좀 더 많이 갖지 못한 게 안타까워요. 제 학위를 마무리하기 위해서 아이들을 데리고 외국에도 있었지만 그건 여행이 아니라 일이었을 뿐이죠. 순수한 여행이 너무 부족했어요. 워킹맘들의 일상이 숨 쉴 틈 없이 돌아가지만 그래도 노력하면 틈은 있으리라 믿어요. 노력했어야 했는데, 아쉽네요.”

딸아이가 명문대를 가고 엘리트 코스를 밟는 것이 엄마의 전부였던 시절도 분명히 있었다.

“애가 바이올린을 열심히 안 한다고 나름대로 행복이나 즐거움이 없지는 않더라고요. 그래서 또 그런 걸 감사하다고 생각하면 한도 끝도 없이 감사한 일 투성이었어요. 바이올린 안 해서 미워! 투자했는데 안 해줘서 미워! 말 안 들어서 미워! 연습 안 해서 미워…. 이렇게 생각하면 미움이 끝이 없는데 바이올린은 안 해도 학교 가줘서 감사해! 잘 먹고 건강해 줘서 고마워! 바이올린 안 해도 웃어줘서 고마워! 말을 걸어줘서 예뻐…. 그렇게 생각하니 다 고마운 거예요. 새벽 5시 반에 일어나서 밥을 차려주면 밥은 꼭 먹고 가는데 예쁘게 보자니 그것도 고마웠고 꼬박꼬박 학교에 가줘서 고맙고…. 그래서 그냥 그렇게 생각을 바꿨었어요.

사실 포기한다고 하면서도, 마음속에 티끌 같은 솔직한 속내는 남아 있었죠. 언젠가 아이가 다시 돌아와 바이올린을 켤지도 모른

다는 실낱같은 기대요. 하지만 그건 온전히 자신의 몫이고 선택이
니까 겉으로 드러내진 못했어요."

워킹맘으로서 그녀는 죄책감을 느끼지 않으려고 애를 썼다. 그
바쁜 생활 속에 죄책감까지 느껴야 한다면 그건 너무 잔인하지 않
은가?

"지금은 정말 행복해요. 아이들 가르치고 음악봉사 하고 제 공부
도 하고, 그렇게 일에 몰입하면 완전히 전율이 흘러요. 일을 놓지 않
고 지켜온 것이 너무 고맙죠.

얼마 전에 지역이 좀 떨어진 학교에 가서 봉사하기 시작했는데,
악기를 본 적도 없고 들은 적도 없는 아이들을 데리고 오케스트라
를 시작했어요. 3개월 만에 기적 같은 연주를 했어요. 콘서트 하면서
제가 인사말로 그랬어요. '바다가 갈라지고 하늘에서 별이 떨어지는
것만이 기적이 아니라 여러분은 여기서 작은 기적을 보게 될 겁니
다. 가슴으로 연주하는 작은 기적을 보실 겁니다.' 연주하고 다 울었
어요. 연주하는 아이들도 지켜보신 부모님들도 소름 돋을 만큼 눈
물이 났어요. 그 희열을… 제 일을 포기했더라면… 느낄 수 없었겠
죠."

현실 속에서 보이는 보통 엄마로서 그녀는 스스로에게 낙제점수
를 준다. 학습설명회에 가서 정보를 들어본 적도 없는 엄마. 학원을
전전하며 필요한 일을 체크해 본 적도 없는 엄마. 그런 면에서는 아

무엇도 한 것이 없지만 결코 그런 일은 미안하지 않았다. 부모와 자식은 서로 선택할 수 없는 거니까.

"코끼리가 새끼가 아프면, 하루 종일 아무것도 안 먹고 자기 새끼를 품고 있대요. 그런데 기적처럼 낫는다는 거예요. 하루는 큰아이가 몸이 좀 아프다고 해서 덩치가 산만한 아이를 제가 안고 있었어요. '부담스럽겠지만 잠시만 참아라.' 하면서 말이죠. 할머니들이 내 손이 약손이다 하는 거, 저는 그 기운을 믿어요. 정보를 가졌다고 아이들이 다 잘되는 건 아닐 거고요. 저 같은 사람에게는 별 의미가 없죠. 스트레스가 되는 정보는 오히려 독이죠. 저는 아이들을 믿어주는 엄마의 신념 같은 거, 그런 응원들이 자연스럽게 발휘되는 때가 있을 거라고 생각해요. 아이를 키우는 엄마로서 아이에 대한 믿음과 소신이 정보보다 더 큰 힘을 준다고 생각해요."

큰아이의 꿈은 한의사였지만 성적이 안 되니 쿨하게 접었다. 공대를 다니니 즐기면서 할 수 있는 나름의 일을 찾으라 했는데 현실이 되었다. 안 되는 것에 매달려 시간을 허비하지 말고 할 수 있는 일을 즐기면서 하자는 게 엄마의 모토다.

"폭풍 같은 시간이 지나고 제가 마음을 비우고 나니, 지금은 기적처럼 딸아이가 다시 바이올린을 켜고 공부하고 있습니다. 기다림은 참 길었지만 그래도 기다린 끝에 아이가 스스로 선택을 하게 된 거죠. 지금 먼 땅에서 자신의 길을 가고 있어요. 이제 와 곰곰이 생각해보니, 끌고 가는 것이 아니라 할 수 있는 일을 도와주는 게 부모의 역할 같아요.

우리가 뭔가 착각하고 있는 게 한의사가 되겠다고 노력한 100명 중 5명이 한의사가 되면, 나머지 한의사가 안 된 아이와 부모는 헛고생만 한 걸까요? 그렇다고 한의사가 된 다섯은 무조건 모든 것이 행복할까요? 어느 순간에 어떤 결론이 나든, 또다시 자기의 길을 가면서 역할을 새롭게 찾는 것 같아요."

연약한 그녀에게 무소의 뿔처럼 강인하게 나아가도록 밀어준 단어. 그것이 '엄마'였다.

"아침에 10분이라도 꼭꼭 저에게 상을 주는 시간을 만들죠. 차를 몰고 카페라테 한 잔 사서 바다가 보이는 달맞이고개에 가서 음악을 크게 틀어놓고 핸들 위로 다리를 편안하게 올리면 꼭 비행기 탄 기분이에요. 진짜 힘들고 죽을 것 같을 때는 음악 틀어놓고 헤드셋 쓰고 춤을 추면서 몸도 풀었어요. 미친 듯이…. 다 저를 위한 위로죠."

"다 지나간다."는 말처럼 지나갔다. 고통이 지나갔다. 외로움도 지나갔다. 시간이 지나갔다. 힘든 일상 속에서 아이들은 탈 없이 잘 자랐고 그녀의 일도 온전히 지켜졌다. 감사하게도 아이들은 시나브로 돌아와 각자 자신의 길을 가고 있다.

"저희 집은 주택이니까 마당이 있어요. 꼬맹이 둘이서 수영복 입고 큰 대야에 수영하다가 제가 들어갈 때 반겨주던 그 모습이 한 폭의 그림같이 남아 있어요. 추억이 결국 삶의 위로죠."

지금 와 생각하면 엄마의 삶도 희생이었지만 아이들의 삶도 희생이었다. 이제 와 딸에게 미안한 것은 한창 사춘기에 엄마가 필요할 때 곁에 있어주지 못한 일이다. 늘 바쁘다 보니 딸은 늘 엄마를 당연히 따라올 것이라고 방심한 것이 아이를 방황하게 했던 거라고 생각한다. 엄마는 바빴고 아이는 외로웠다.

"모든 게 원인이 있을 거예요. 제가 좀 더 신경을 써서 끊임없는 사랑을 주고 관심을 주었어야 했는데…. 아이도 항상 '엄마는 왜 늘 내가 필요할 때 없어요?' 이런 질문을 자주 했어요. 그런 어려움 속에서도 제 일을 지켜가며 부지런히 살아온 사실만으로 저는 자랑스러워요."

연주하다가 몰입하는 순간 연습을 방해하는 아이들에게 히스테리를 부렸던 순간들이 주마등처럼 스쳐간다. 아이가 자지러지듯 울어도 바로바로 기저귀를 갈아주지 못할 만큼 숨 가빴던 유학생활….

돌아보면 한없이 아프지만 그녀는 이제 잊기로 한다. 부모자식으로 얽힌 서로의 인생을 격려하기 위해 어쩔 수 없는 타협이었다고 생각한다.

"내가 사라지면 온 우주가 사라지죠. 내가 사라지면 아이들을 지켜줄 수가 없어요. 나이 들수록 나의 건강과 우주를 지키는 것도 엄마의 의무예요. 행복하게… 엄마 자신을 지켜야 해요. 그래야 모두가 행복해요."

자리를 일어서며 그녀가 각별히 부탁했다.

대답과 말대꾸 – 아이와 대화하기

어린 시절, 그렇게 다정했던 아이들도 사춘기에는 말수가 줄어드는 현상이 자연스럽다. 사춘기라는 괴물이 입을 닫게 만드는 주범이 된다. 대답이 퉁명스러워지면서 그 짧은 대답이 말대꾸처럼 여겨지기도 한다. 나 역시 부족한 시간 속에서도 틈이 날 때는 완전 수다쟁이 엄마가 되어야 했다. 그러다 보니 가끔 의심이 들었다. 대화를 하고 있는 건지 일방적으로 쏟아내고 있는 건지 말이다.

간밤 중국출장에서 돌아와 피곤한 몸을 이끌고 주말 새벽 아이와 함께 부산을 떠나 서울로 향했다. 아이의 수학경시대회가 서울에서 있었던 것이다. 대회를 끝내고 돌아가는 지하철역. 지친 어미는 졸고 있는데 아이는 생생하다. 졸고 있던 나를 깨우며 아이가 코앞에 들이미는 액정화면을 보니 수학문제의 대답이 걸작이다.

[다음의 문제를 증명하시오.] 화면에 쓰인 이 문제에 초등학생의 대답 [예?]
[다음 문제의 답이 어떻게 1이 되었을까요?] 문제 속의 아이는 계속 대답한다. [예?]

문제에 실린 엉뚱한 답을 보니 갑자기 아이의 초등학교 1학년 시절이 떠오른다.

오랜만에 아이의 수학교과서를 들춰보다가 나는 배를 잡고 굴렀다. 아이는 교과서의 문제마다 공손한 대답을 적어둔 뒤에야 문제를 풀었다.

[다음 문제를 풀어보세요.] [예. 1+1=2]

하하하, 저도 그랬으면서 다 잊은 모양이다.

당시, 수학교과서는 물론 매사 시키는 일마다 무조건 공손하게 대답부터 하던 큰애의 기질에 나는 색다른 주문을 했었다.

"무조건 '네'만 하는 게 다 좋은 건 아니야. 의견을 분명하게 말해야 할 때도 있는 거야."

그랬는데, 그.랬.던 큰애가 사춘기에 들어서며 의견을 분명히 전달하기 시작했다. 그렇게 하라고 가르쳐 놓고 나는 뒷머리가 아팠다.

지금 대화를 나누는 거야, 말대꾸를 하는 거야? '예?'와 '예!'의 차이는 뭘까? 말대꾸와 대답은 뭔가? 아이가 아기였을 때는 모든 것이 내 마음속 느낌표였다. 어느 순간부터 아이는 대답과 말대꾸를 혼용하게 되었을까?

혹자는 그나마 묵묵부답의 함구보다는 말대꾸라도 해주는 것이 낫다고도 한다. 말대꾸일지언정 대화는 습관이다. 이렇게라도 하지 않으면 아예 대화가 사라지기도 하니까.

퇴근 후, 회사에서 있었던 일들을 꺼내들며 아이에게 대화를 시도할 수도 있다. 조금 피곤하더라도 아이의 방으로 건너가 관심을 표시해 주는 일은 매우 중요하다. 책상에 앉아 있는 아이에게 회사생활이 얼마나 힘든지 가끔 투정을 하는 것도 말문을 여는 중요한 시작이기도 하다. 아이는 귀찮아하면서도 한두 마디 퉁명스런 훈수를 두기도 한다. 소통의 시작이다.

"엄마가 너무 피곤해서, 엄마가 오늘은 너무 힘들어서, 정말 졸려서!"

돌아보자. 습관적인 말들로 다가오는 아이들을 막고 있는 건 아닌지.

> ▶ 아이를 알기 위해 대화해야 하고, 아이가 다가오도록 여지를 마련해야 한다.

점점 대화가
힘들어진 아이들

워킹맘 조은아 (문화기획자/사회적기업 ㈜문화콩 대표)

- ♂ 권○○ (동의대학교 경영학과4)
- ♂ 권○○ (군 복무 중)

"워킹맘이라기보다 워킹우먼으로 살아온 시간들이었습니다. 주변과 비교하기보다는 나만의 방식으로 해결하자는 생각이 늘 있었어요. 아이들의 할머니도 계셨고, 아이 아빠가 많은 걸 했고 저는 일만 했죠. 결코 좋은 엄마는 아니었어요. 그래서 아이들과 대화를 많이 나누지 못한 게 참 아쉬웠는데 오랜 시간 그렇게 지나다 보니 대화의 물꼬를 트는 게 쉽지 않았어요. 한다고 했는데도 일에 몰두하다 보니 그게 잘 안 되었던 거 같아요. 어설펐던 거죠."

보통의 엄마들처럼 안타까워하거나 종종거리지 않을 거라고 다짐했다. 대범하게 뭔가 다르게 키우리라 생각했다. 그런데 막상 그러다 보니 '다름' 속에서 '차이'가 생겨버리고 말았다. 아무리 대범한 척 마음을 먹어도 결국 세상에 발을 딛고 있었다. 세상의 잣대로 보는 차이. 아이들이 뒤쳐지기 시작했다. 힘들어하는 아이들을 보니 뒤늦게 걱정이 밀려왔다. 공부를 시켜야 하나 아이들과 마주했지만 뒤늦게 마주한 아이들은, 내 자식인데도 어색하고 힘들었다.

엄마 역할에 방황하던 사이, 아이들은 소리 없이 그렇게 자라났다. 남편이나 할머니가 엄마의 자리를 대신할 수는 없었다. 엄마라서 가능한 일들이 따로 있었다. 돌아보니 그것들을 놓치고 지나왔다. 한 지붕 밑의 부모 자식이라 해도 대화는 꾸준한 소통의 과정이 있어야 가능한 일이었다. 그 대화의 물꼬에 답답함이 생긴 것이 참으로 안타깝고 아쉬웠다.

아이들을 앉혀 놓고 엄마로서 이야기를 하노라면 직원들을 대하는 건지 자식들을 대하는 건지 헷갈릴 만큼 그녀는 엄마로서 서툴렀다고 고백한다.

"정말 웃기는 일이죠. 아이들에게 이야기를 하고 있는데, 그 자리에서 아이들의 엄마가 아니라 회사대표 조은아를 발견해요. '네 삶은 네가 책임져야 하는 거야.' 이런 말을 늘 했는데, 그러다 보니까 아이들로서는 우리 엄마는 엄마라기보다 객관적으로 내 인생을 평가해 주는 사람이라고 생각하게 됐을 거예요. 조금 더 큰 틀을 이야기해 주려고 하다 보니까 나중에는 사회생활 하듯 아이들을 대하게 됐어요.

일하러 나가서는 웃고 그러는데 집에만 가면 그게 쉽지 않았어요. 하루 종일 쌓인 피곤함과 사람들 사이에서 받은 스트레스가 올라오니까 아이들에게 되레 편하다는 이유로 별거 아닌 것도 짜증을 내고 그랬던 거 같아요. 사실 집에 있는 시간보다 회사에 있는 시간이 더 많으니까, 아이들과의 대화시간이나 대화방법에 대해 제대로 된 틀을 못 만들었어요. 남편도 워낙 말이 없는 사람이라, '밥 묵자! 치이라!' 이런 스타일이니 다들 표현이 없는 말 그대로 '조용한 가족'이었죠."

일에 대한 자신의 세계는 손꼽힐 만큼 열정을 쏟아 부은 그녀였지만 개인적인 일에는 그러지를 못했다. 워킹우먼으로서의 일은 점점 커져 갔지만, 그럴수록 엄마의 자리는 좁아져 갔다.

"모처럼 밖에 나가서 외식을 할 때도 우리 가족은 정말 밥만 먹고 나와요. 아예 대화가 없어요. 그런데도 그걸 특별히 문제라고 생각하지 않았어요. 그게 문제였던 거죠. 워낙 말이 짧은 남편, 저도 그렇게 수다스러운 스타일은 아니니까요. 그게 뭐 어떻다는 거야? 쉽게 생각했는데, 부모가 그러니 아이들도 다를 게 없었겠죠. 소통을 전혀 생각해 보지 못하고 키우니까 아이들이 커서도 그 습관이 달라지지를 못하더라고요.

그런 데다 아이들에 관계된 일은 신랑이 알아서 다 챙겼어요. 엄마인 저는 아이들 교복도 다려본 적이 없어요. 세탁이며 청소, 집안일 역시 모두 다 남편과 시어머님이 전적으로 도와주셨죠. 제가 돕지를 못하니 도우미라도 부를까 물어보면 남편과 어머님이 필요 없다고 해요. 저는 정말 가끔 반찬 만들고 설거지하고 그게 다였어요. 어쩌다 세탁기 한번 돌리려고 하면 그만두라고 했어요. 서투르니까 제가 하는 게 맘에 안 들었던 거죠."

그녀는 가끔 이런 상상을 한다. 워킹맘이 아니라 전업맘으로 살았더라면 뭐가 좀 달라졌을까? 일을 안했더라면 더 좋은 엄마가 될 수 있었을까? 그녀는 결코 고개를 끄덕거릴 수가 없다. 자신을 잘 알기 때문이다.

"분명히 그렇진 않았을 거예요. 사람마다 다 자기 그릇에 어울리는 스타일들이 있는 거겠죠. 저는 일을 해야 하는 사람이었어요. 저뿐만 아니라 남편도 그렇게 말해 줄 정도니 제 스타일을 이해하시겠죠? 일은 인정받았지만, 엄마로서는 돌이켜 생각하면 아쉬움이 많이 남죠. 억지로라도 아이들하고 조금 더 시간을 보냈다면 어땠을까 싶고. 그렇게 소통했더라면 지금 좀 달라지지 않았을까 하는 아쉬움이 커요. 특히 둘째에게는 더더욱요. 큰아이는 어린 시절 제가 좀 돌보기도 했는데 둘째는 전적으로 맡겨두고 일에 매진하다 보니 엄마로서의 정을 쌓을 기회를 놓쳤던 거 같아요. 많이 여행 다니고 얘기 많이 하고 싶었는데 실제로 집에 있을 때는 일에 대한 스트레스로 자꾸 잔소리하고 짜증이 나더라고요."

사람들이 흔히 말하는 엄마의 역할이란 무엇일까? 부산문화계에서 알 만한 사람은 다 알 만큼 왕성하게 활동을 해온 그녀에게 엄마라는 단어는 그다지 흥미롭지 않았다. 그녀에게 엄마의 역할이란 소신껏 자신의 방식대로 아이를 키우는 딱 필요한 만큼의 모성이었다.

"지금 젊은 세대는 어찌 되었든 일을 해야지 하는데 우리 세대는 중간에 끼어 있는 것 같아요. 일하는 엄마와 전업 엄마 사이에서. 좀 애매한 게 있더라고요.

얼마 전 교육청에서 하는 밥상머리 교육 우수사례 토크콘서트 행사를 맡아서 연출한 적이 있어요. 흔히 밥상머리 교육이라고 하니까 부모와 자식 사이의 왕성한 대화를 기대했죠. 저는 요즘 젊은 가족은 당연히 대화가 많을 거라고 여겼거든요. 그런데 예나 지금이나 대부분 가족 간의 대화가 그다지 활발하지 않다고 하더라고요. 오히려 어렵다고 말하는 가정들도 많았고요. 다소 충격적이었죠."

　가족 간의 소통이 기본이라고 생각하면서도 현실적으로 이루지 못했다는 그녀. 지금 와 생각하면, 해준 게 없어서 늘 미안하고 마음이 아리다.

　"어떤 방식은 없지만 아이를 너무 가둬두고 틀 안에서 묶어놓은 채로 키우지는 않겠다고 마음먹었어요. 그리고 그게 옳다고 생각했죠. 그런데 이제 와 돌이켜 보니 너무 가두지 않아서 그냥 방치한 것처럼 되어버렸어요.(웃음) 제대로 역할을 못해 준 엄마가 된 거예요. 학교생활에도 적응훈련을 제대로 못해 줘서 특히 작은애는 학습능력이 부족해 많이 힘들었을 거예요. 성격도 좋고 친구도 많은데 엄마인 제가 학습적인 기본을 잡아주지 못했어요. 학업을 따라가는 능력을 못 만들어 준 거죠.

　친구들이 종종 그런 질문을 해요. '너희 애들 잘 커?' 하고요. 대부분 잘 큰다는 의미가 학교는? 성적은? 이런 걸 묻는 거잖아요. 질문이 다 그런 요지를 담고 있으니 솔직히 할 말이 없어요. 제 일 하느라 마음을 써주지 못했으니까요. 그냥 '잘 커….' 하고 대답하죠. 그렇다고 많이 데리고 다닌 것도 아니고 뾰족하게 공부를 밀어준 것도 아니니, 어떻게 대답하는 게 잘 크는 건지 정답을 모르겠어요.

　그나마 큰애는 어려서 많이 데리고 다녔는데 사춘기 들면서부터 서로 대화가 없어졌어요. 둘째 역시 성격적으로 막 나서는 아이가 아니라서 점점 엄마와 대화가 줄어들게 된 거 같아요. 제가 적극적으로 시도조차 하지 않았으니까요. 큰애는 군대 가면서부터 친구 같은 사이가 되었는데, 제가 하는 일의 분야에 관심을 갖고 공부하고 있어서 이런저런 대화를 이제라도 많이 하는데 안타깝게도 작은 애는 늘 거리가 있는 것 같아서 마음이 쓰여요”

대개의 부모에게 큰아이라는 존재는 아무래도 좀 더 관심을 주는 대상이 된다. 그녀 역시 큰애는 일터에도 많이 데리고 다녔다. 일의 특성상 연극무대든 극장이든 공연장이든 가급적 함께였다. 광고회사에 근무할 때는 엄마를 따라 인쇄소도 많이 다녔다. 밤늦은 모임에도 아이를 태우고 다녔다. 특별히 돌봐줄 사람이 없어 큰아이는 어린 나이부터 엄마의 곁에서 엄마의 일터를 전전했다. 그러다가 작은애를 낳고 시댁에 들어가 7년을 함께 살면서 작은아이는 시어머니의 손에 자랐다.

“어머님도 많이 돌봐주셨지만, 남편이 주로 아이들을 키웠죠. 제일이 현장에 나가면 밤늦게 들어가는 일이 많다보니까, 학원강사인 남편이 저보다 시간적으로 여유가 있었죠. 늦게 나가도 되니까요. 남편이 그렇게 도와주지 않았으면 제 일을 이렇게 못했을 거예요. 제가 힘들어서 그만두고 싶다는 이야기를 두어 번 했는데, 그때마다 남편이 오히려 등 떠밀어 줬어요. 사실 집안일도 제대로 못하고 아이들도 제대로 못 키우니 일하는 아내가 많이 불편했을 텐데도 봐준 거지요. 전혀 내색하지 않았어요. 결혼하고 10년간은 저한테 요구나 불만이 많았는데 세월이 지나면서 적당히 포기하더라고요. 일 좋아하는 아내! 쿨하게 인정.(웃음)”

그런 남편이었기에 육아에 대해 특별한 갈등은 없었다. 아내의 일을 인정하면서 남편은 예측불가능한 주말의 스케줄도 관대하게 이해했다. 늘 늦게 들어가는 일이 다반사였으니 어느 날 저녁 7시쯤 집에 들어가면 너무 일찍 왔다고 가족들이 의아해할 지경이었다. 그렇게 일에 빠져 살다보니 남편과 어머니의 손에 전적으로 맡긴 둘째아들과도 계속 멀어져 갔다.

"어찌 보면 시댁에 들어가서 살다보니 믿을 구석이 있다는 사실 때문에 더 편하게 작은아이를 방치했는지도 모르겠어요. 그전에 따로 살 때는 큰애를 시댁에 맡기고 출근했다가 저녁에 다시 데려가곤 했었는데 작은애는 어리다는 이유로 그냥 할머니 곁에 두었거든요. 특히 얌전한 작은애 성격상 엄마 일터를 따라나서겠다고 떼를 쓰는 것도 아니니, 더더욱 함께 다닐 일이 없었죠."

그렇게 멀어진 아이에게 사춘기가 오면서 아이와의 단절은 그 정도가 절정에 이르렀다. 아이는 점점 말수가 줄어갔다.

"점점 말이 없어졌어요. 한 번은 성인 사이트를 보다가 저한테 딱 걸렸는데 저는 너무 쇼킹했어요. 큰애 때는 전혀 그런 일이 없었는데, 어쩌면 모르고 지나갔을 수도 있겠죠. 남편에게 놀래서 말했더니 요즘 초등학교 때 다 보는 거라고 하더라고요.

그 후에 후배 집 아이랑 넷이서 제주도 여행을 갔는데, 그 집 딸은 엄마 옆에 딱 붙어서 수다가 이어지는데 저희 작은애는 아예 제 옆에 안 오는 거예요. 낯선 사람처럼 말이죠. 다른 형들하고만 놀고 제

주위를 빙빙 돌면서 곁을 안 주더라고요. 그때 제가 다가섰어야 했는데, 엄마인 저도 마음 여는 방법이 너무 서툴렀어요. 제가 키우지 않아서 그런지 마음은 열고 싶은데 그게 참 어색하더라고요. 꼭 다른 집 아이들이랑 대화하듯 어색했어요. 이후로도 사춘기의 방황이 오래갔어요."

그녀의 교육철학은 학교에 자주 가는 것이 아니라 학교를 믿는 것이었다. 아이들의 인성을 지도하는 곳이니 선생님과 학교에 대한 기본적인 믿음을 가지고 있었다. 굳이 학교에 들러 이런저런 소문을 만들고 싶지 않았다. 그러다가 중학교 3학년이 되어 담임선생님과 특별히 이야기할 기회가 있었다.

"아이가 학교에서 말도 잘하고 유머감각도 있다는 거예요. 정말 의외였죠! 집에서는 전혀 입을 열지 않으니까요. 학교에서는 봉사활동도 잘한다고 하시더라고요. 특히 공부에 대해서는 제 아빠가 학원선생님이니까 알아서 하겠지 하고 신경 쓰지 않았어요. 남자 대 남자로 알아서 키워주겠지 하고요. 학습적인 건 그렇게 믿었는데, 나중에 보니 믿어도 너무 믿었던 거죠.

한 번은 중학교 때 기초가 영 되어 있지 않아서 영어실력을 잡아주려고 살펴준 적이 있어요. 이 정도는 배웠겠지 싶었는데 발음기호조차 헷갈리고 있으니 답답하더라고요. 초등 5학년 때부터 영어학원을 보냈는데 발음기호도 안 되어 있다니…. 가슴이 덜컥 내려앉았죠. 급한 마음에 단어집을 사서 같이 몇 단어라도 외우자 하고는 한 열흘쯤 진행을 했는데, 이게 또 일하러 나간다고 지속이 안 되고 게다가 너 혼자 해봐 하고 맡겨놓으니 잘될 리 만무하죠. 이래저래 일을 핑계 삼아 아이의 기초적인 학습태도도 해주다 말다 했으니 아이는 얼마나 혼선이 컸을까요? 그 생각하면 마음이 아픕니다. 말 그대로 학원'만' 보낸 거죠. 학원'만'…. 씁쓸해요.”

아이들 생활에 개입하지 않으려고 했던 것이 관심조차 끊은 결과가 되고 말았다. 학습의 앞 단계가 없으니 다음 단계를 살펴주는 일도 의미가 없었다.

“지금 생각하면, 그런 답답한 상황을 마주하면서 저 스스로 회피하고 도망가고 싶었던 거 같아요. 아이들의 현실적인 모습과 마주치니까 그렇게밖에 못 키운 저 스스로에게 화가 났던 거 아닐까요? 뒤늦게 신경 쓰는 게 더 큰 스트레스가 되니 자꾸 피하고 외면하고 일 속으로 도망치는 과정을 반복하게 됐어요. 스스로 해야 한다고 윽박지르면서….”

어느 분야라도 일정 부분 일을 성취해 낸다는 것은 그리 만만한 일은 결코 아니다. 특히 회사를 운영한다는 것, 누군가의 월급을 책임지는 자리가 어찌 간단할 수 있을까. 일에서 성공할수록 작은아이와의 거리는 더더욱 멀어져 갔다.

“어릴 때는 그래도 아이들하고 사이가 좋았다고 생각했는데 돌이켜 보니 그것도 아니었나 봐요. 작은애 때문에 참 여러 번 울었어요. 자질은 있어 보이는데, 기초가 없으니 아이는 아이대로 얼마나 답답했겠어요. 아무것도 도와주지 못한 저의 자책감이 저를 울게 하더라고요. 큰애보다 오히려 작은애에 대한 기대가 좀 더 컸는데…. 잘할 수 있는 아이를 망쳐놓은 것 같아서 참 심란했죠. 특히나 요즘은 사사건건 진두지휘하듯 이끌고 다니는 부모가 흔한 세상인데 저는 너무 신경을 안 쓰고 방치해 둔 것 같아서 마음이 짠했던 거예요.”

그녀는 모두가 정해진 방향으로 몰려가는 것처럼 경쟁하는 세상이 마음에 들지 않았다. 꼭 다들 간다고 해서 꼭 그 길이 정답일 리는 없다고 자신을 달랬다. 그럼에도 불구하고 세상은 그렇게 가야 한다고 소리를 높였다. 그런 시스템이 싫다고 생각한 반감으로 아이들에게 교육으로부터 자유로움을 주고 싶었다. 하고 싶은 걸 스스로 깨닫는 것이 중요하다고 생각했고 필요에 의해 공부해야 한다고 생각했다. 성적을 위한 공부가 아니라, 자기주도적인 공부가 성적을 만드는 것이라고 믿었다. 생각은 너무 순진했다. 세상의 교육은 그렇게 그녀의 생각처럼 만만치가 않았다.

“부모들 모임 같은 것에는 역시 잘 안 갔고요. 큰아이가 초등학교 다닐 때 학부모 모임에 딱 한 번 가보고 그 뒤로는 가지 않았어요. 갈 시간도 없었고 관심도 없었고요. 운영위원이란 걸 큰아이 초등학생 때 한 번 했는데, 어느 날 회의에 한 번 빠졌다고 엄마들로부터 야단을 들어야 했죠. 좀 심하다 싶은 소리를 들으면서 내가 왜 이런 이야기를 들어야 하나 부아가 나서 그 뒤로는 학교생활을 완전

히 끊은 셈이 되었죠.(웃음)

제가 좀 별난가요? 학교도 안 가고 학부모 모임도 안 가니까 별로 주위 엄마들과 소통의 끈이 없었어요. 분당 사는 친한 친구의 아이도 저희 큰애와 같은 나이였는데, 갈 때마다 야단맞았죠. 대치동이나 분당의 이야기를 전해들을 때마다 친구들이 저에게 통박을 줬어요. 아이가 고3 때는, 고3 엄마가 어떻게 이 정도로 모르냐고 여러 소리 들었는데, 한 번은 어느 학원의 입시자료집을 제 손에 쥐어주더라고요."

그제야 아이들의 입시도 엄마가 알아야 한다는 말에 정신이 들었다. 일에 빠져 살다 보니 아이들이 어느새 대학에 가야 할 나이가 되었다. 뒤늦게나마 수능에 대한 공부를 하고 수시며 정시를 살펴보고 수준에 맞는 학교 선정법을 탐독했다. 뒤늦게 정신 차리고 보니 그때는 이미 포트폴리오를 만들 수도 없었고, 알면 알수록 복잡해지는 대입에 정신을 차리기 힘들었다.

그녀는 내게 어떻게 대학을 보냈느냐고 오히려 물었다. 우리는 함께 웃었다.

"희한한 건, 걱정을 하면서도 그렇다고 해서 불안하지는 않았다는 거예요. 저는 우리 애들을 보면 학업 면에서는 앞서가지 않아도 착하고 어른들께도 예의 바르게 잘하는 게 참 좋은데 그런 면은 사람들이 잘 평가를 안 해 주더라고요. 그래서 아이들 성적이 안 좋으니 다른 면까지 엮어서 바라본다거나 엄마가 일한다고 자식들 건사 제대로 못한 듯이 깎아서 보는 그런 해석방식들이 참 못마땅했어요.”

　세상은 늘 그런 식이었다. 일하는 엄마니까, 성적이 뛰어나지 않은 아이들이니까. 세상은 자신의 잣대를 아이들에게도 들이댔다.
　“그런 말 듣는 게 죽기보다 싫었죠. 희한하게도 자신의 기준을 남에게도 들이대서 비교하는 것 같아요. 각자의 몫대로 각자가 소신껏 가는 게 맞을 텐데…. 왜 그렇게 남의 기준으로 평가를 하는지. 사실 저는 경제적으로도 아껴야 하니까 이 학원 저 학원 애들에게 다양하게 원하는 대로 다 보내주지는 못했는데, 그래도 아이들 스스로 어느 정도 할 의지가 있었고 그렇게 해왔으니 크게 동요하지는 않았어요. 아이들도 서서히 집안 경제에 대해 판단할 나이가 되어가면서 상황이 안 좋아 보이면 조르지도 않았죠.
　남편은 쿨하게 ‘하기 싫으면 안 해도 된다!’는 식이었고, 아이들도 엄마인 저를 대할 때는 다른 집 엄마에게 기대하는 것과 다른 이야기를 하곤 했죠. 특히, 용돈이나 무엇이 필요할 때만 저를 찾아요. 한번은 앉혀놓고 이야기하다 보니 제가 저를 욕하고 있더라고요. 애들이 잘못한 게 아닌데, 결과에 대해 스스로 분노해서 아이들에게 화를 내고 있었던 거예요.
　그래서 ‘엄마, 이제부터 일 안 할게! 너희들이 이런 식의 결과를 보이는데 내가 나가서 일하는 게 무슨 의미가 있어!’ 속상한 마음에 한소리를 했어요. 애들 앞에서 우리 가족이 먹고살기 위해 엄마도 나가서 벌어야 한다는 구차한 이야기는 하기 그렇잖아요.(웃음) 그랬더니 애들이 같이 울면서 엄마가 일하는 게 좋다고 그래요. 에고, 그렇게 또 넘어갔던 거죠.”

주 양육자는 되어주지 못했지만, 살뜰한 가족들의 보살핌으로 아이들은 엄마가 늦는다고 불만 한 번 보인 적이 없었다. 다른 엄마들은 집에 있는데 엄마는 왜 매일 나가 늦게 들어오느냐고 타박 한 번 한 적이 없었다. 외려 일하는 엄마를 인정하고 자랑스러워했다. 그녀 역시 자상한 엄마의 자리를 채우지 못한 미안함이 자리했지만, 아이들의 위로에 힘을 얻고는 했다.

공연기획이란 늘 촉각을 곤두세워야 하는 긴장의 연속이다. 사실, 대표라는 자리에 앉고 보니 일은 늘 힘에 부칠 만큼 쉽지 않다. 나이 50에 대학원에 다닌다고 하자 주위에서 말리는 사람도 많았다. 아예 일을 그만두지 않는 이상 뭔가를 계속 담고 있어야 하니 스스로 마음은 늘 분주하다. 그녀는 꿈을 꾸어도 항상 일하는 꿈에 시달린다고 한다.

“아이가 고3일 때는 고3 엄마로 후회 안 하려면 몇 달만이라도 열심히 정보를 찾아보자고 마음먹었어요. 수시마감 때는 새벽까지 원서를 써서 함께 넣고 바로 다음날 제주도 출장을 가서 일주일 내내 행사제작으로 시달렸죠. 그러고는 아이에게 너 스스로 고민해 봐야 한다는 이야기를 입버릇처럼 붙이고 살았어요. 자꾸 애한테 정말 하고 싶은 게 뭔지 네가 생각하라고만 밀어붙였으니 아이도 난감했을 거예요.

둘째아이의 특성상 인문계보다는 대안학교가 한결 나을 것 같았는데 그랬으면 적극적으로 아이를 데리고 학교도 가보고 도와줬어야 했는데, 대안학교가 나을 것 같다고 말만 툭 던지고는 '네가 함 검색해 볼래?' 이러면서 또 엄마의 할 일을 방치하고 제 일에만 빠져요. 무심한 엄마 만나서 애가 고생했죠."

좋은 엄마란 무엇일까? 기획사를 운영하는 친구 중에 중학생 딸을 어려서부터 데리고 다니며 부지런히 대학로 공연을 자주 보여준 친구가 있다. 참 부러웠다. 학교수업을 빼고라도 여행을 데리고 다닌 친구는 출장 갈 때도 국내고 해외고 아이와 동행했다.

"딱 한 번 런던에 3주 갈 때 아이 둘을 데리고 간 적이 있었어요. 초등학생, 중학생이었는데 공식적으로 함께한 여행은 그 단 한 번이 유일했죠. 그래도 큰애는 출장길에 몇 번 동행했지만 작은애하고는 전혀 기억이 없으니까요. 그런 아쉬움에 후회를 해요. 학원을 잘 보내주는 것보다 뭔가 경험을 자주 함께한 부모. 그게 참 부러웠는데, 같이한 게 없어 쓸쓸하죠.

일과 가정 사이의 적당한 안배가 중요하다고들 하는데 저는 그냥 무쇠처럼 일만 했던 거 같습니다. 뭐 그래서 지금까지 제 일을 유지하는 건지는 모르겠지만요.(웃음) 사는 방식이 꼭 정해져 있는 건 아니라고 그렇게라도 스스로를 위로하죠. 이제야 놓친 것들이 보이네요."

늘 일에 바빠 쫓기던 사람, 엄마를 그렇게 기억해 주지 않기를 바라지만 솔직히 자신이 없다. 그나마 엄마로서 유일하게 노력한 것은 시간이 날 때마다 부지런히 뭔가를 해 먹이기 위해 요리를 해주는 일이었다.

"사실, 엄마와 함께 뭔가를 편하게 할 수 있다는 건 어린 시절의 경험치가 있어야 가능한 일들인데 기억 저장고에 곡식이 너무 없다 보니까 쉽게 안 되었던 것 같아요."

부모는 늘 해주면서도 더 해주지 못한 것 같아 마음이 안쓰럽다. 워킹맘 엄마의 바쁜 일상을 아는 아들들은 다른 집의 일상적인 이야기들을 꺼내지도 않는다. 그런 상황을 지켜볼 때마다 엄마에게 투정 한번 부려주기를 바랐지만 아이들은 스스로 삭히고 포기했다.

"어쩌다 학교에서 입시설명회 있다고 계속 문자가 와서 엄마가 학교에 가야 하지 않느냐고 물으면 상관없다고 해요. 다른 엄마들도 잘 안 오신다고 저를 위로해 주죠.

친구 집에 놀러 갔는데 집에 계신 친구 엄마가 음식도 해주고 이야기도 나누었다고 하면 솔직히 맘이 편할 리는 없죠. 아이들이 집에 왔을 때 집은 늘 불이 꺼져 있고 엄마는 항상 늦게 왔으니까. 하지만 한 번도 내색을 안 했으니 고마워해야 하는 거죠?(웃음)"

아이들과 엄마의 관계는 전업맘이냐 워킹맘이냐의 문제가 아니라 각자의 입장에서 어떤 인식을 심어주느냐가 관건이라고 여겼다.

"30대 중반에 주변을 보니 일하고 있는 친구들도 자기 정체성을 고민하고 있더라고요. 일을 하는 친구들은 더 안정적인 것을 고민하고, 가정을 지키는 친구들은 남편에게 무시 당하는 것으로 스트레스를 받고, 결국 다들 힘든 점이 있었어요. 워킹맘이다 전업맘이다를 평균적으로 비교해서 행과 불행을 따진다는 게 참 무의미한 거죠.

그러다가 몇몇 친구들은 완전히 엉뚱한 방향으로 가정을 두고 떠나기도 했었죠. 나는 뭘 할 수 있을까. 그런 갈등이 일어나는 게 30대 중반이었던 거 같아요. 그런 상황에서 어쨌든 자기 일을 가지고 있다는 건 굉장히 중요하게 다가왔죠. 일과 가정을 두고 갈등이 생기면 주어진 시간을 제대로 안배하는 것도 필요해 보여요. 그렇게 해서라도 자기 일을 지키는 건 큰 의미가 있다고 생각하죠."

80세가 되어도 정정한 사회, 평균 나이 120세를 바라보는 시대가 되었다.

"우리가 40, 50대 라고 해도 앞으로 살날이 더욱 길어지니까 어찌 보면, 가족 간의 소통할 날들이 더 길어지죠. 이런 상황에서 대화가 끊기는 건 참 큰 문제라고 생각해요. 저 역시 겪어봤으니까요. 내 삶에 대해서 자신감이 있다면 윗세대나 아랫세대에게 당당히 자신이 사는 모습을 보여줘야 한다고 느끼죠.

살아가는 나의 모습이 가식적이거나 보여주기 위한 것이라면 얼마나 힘이 들까요. 제대로 살고 있다면 정직하게 이해를 시켜서 아이나 엄마 각자 자기가 해보고 싶은 일을 하는 게 중요하다고 봐요. 다들 자존감을 가지고 사는 게 필요하죠."

대개의 워킹맘들은 육아 때문에 가정사 때문에 눈물을 흘린다는데 그녀는 오히려 자신 때문에 눈물을 쏟은 일이 더 많았다.

"괜히 아이들하고 이야기하다가 제가 미안해서 울고 제가 속상해서 울고 그랬던 거 같아요. 제 풀에 우는 거죠. 좋은 엄마 나쁜 엄마가 따로 없지만 굳이 현실적 기준으로 따지자면 전 나쁜 엄마에 속해요. 하지만 그 와중에도 부모가 뭘 생각하는지 아이들이 알 거라는 믿음을 항상 가지고 있어요. 굳이 좋은 대학에 가야 한다는 생각 한번 안 해봤고, 성적표 보고 속상하면 그냥 안 봤어요. 수시원서 넣으면서 그제야 2년 만에 성적표를 본 것 같은데 기대를 벗어나지 않게(?) 엉망이더라고요.(웃음)

자기소개서를 쓴 걸 보니까 '기초가 너무 안 되어 있어서, 학업에 손을 놓았다가 선생님께서 주신 학업프로그램으로 자신이 생겼는데 수학이 잘 안 됐다. 다시 노력했는데도 안 되었다.'라고 아주 솔직히 써놨더라고요. 그걸 읽으면서 '해도 안 되더라.'는 대목이 마음에 걸렸어요. 조금 더 도와줬더라면 아이가 좀 편했을 텐데 안타까움이 밀려왔죠.

그렇다고 특별한 미련 같은 건 아이나 저나 없어요. 서로의 재능이 다른데 같은 틀 안에서의 상대평가에 고민하지 말라고 조언을 하죠. 세상이 실력만 가지고 결정 나는 건 아니니까 포기만 하지 않는다면 아이들이 갈 길은 멀잖아요. 제가 별말 안 해도 양쪽 할머니들도 다 챙기고 인사도 드리러 다니기도 해요. 그런 걸 보면 성적은 별로였어도 사람 됨됨이는 잘 컸다 싶어요. 사실 그런 게 제가 중요하게 여긴 것들이죠. 그 정도면 된 거 아닌가 싶기도 하고요."

뒤늦은 소통으로 종종 아파야 했지만 이제 엄마는 좀 더 먼 미래를 보기로 한다. 포기하지 않으면, 엄마와 아이들에게 남은 시간은 무궁무진하니까.

마트에 두고 온 작은아이

싱글이었던 우리가 결혼을 하고 특히 워킹맘이 되면서 가끔 엄마가 되었다는 사실이 낯설 때가 있다. 특히나 살림에 일에 두 가지 전쟁터를 전전하다 보면 내 한 몸 챙기는 일도 쉽지 않아서, 서둘러 출근하다가 뒤늦게 슬리퍼를 신고 왔음을 버스정류장에서 깨닫고 다시 집으로 돌아갔다는 동료들도 종종 있었다.

남의 이야기니 웃음이 났지만 급한 출근길, 이해 가고도 남음이 있다. 심지어 나는 블라우스를 뒤집어 입었다는 사실을 차 안에서 깨닫고 웃다가 울다가 그랬던 일도 종종 있었다. 일하랴 살림하랴, 나에게 아이가 둘이 생겼다는 사실을 제대로 인식하는 데까지는 꽤 오랜 시간이 걸렸다. 둘이 살면서 일이 바쁠 때는 나가서 밥 사먹고 스트레스가 극에 달할 땐 가방도 싸지 않은 채로 여행을 떠났던 신혼시절과 달리, 아이가 생기고 나니 부수적으로 따라오는 일이 너무 많았다.

작은아이를 낳고 두어 달쯤 되었을까? 아직 아이가 둘이라는 사실이 낯설었을 때 작은아이를 유모차에 태우고 큰아이의 손을 잡고 동네의 작은 마트에 찬거리를 사러 갔다. 사람이 붐비다 보니 유모차를 밀고 들어가는 것이 민폐다 싶어서 마트 입구에 잠시 유모차를 세웠다. 작은아이는 쌔근쌔근 자고 있다.

큰아이와 필요한 몇 가지를 얼른 사고 빠져나올 요량으로 황급히 물건을 골랐다. 줄을 서서 계산을 하고 서둘러 집에 왔다. 한 손에는 장을 본 물건을 들고 한 손에는 큰애를 이끌고 터벅터벅 돌아와 식탁에 물건을 올려두고 주위를 돌아보는데 뭔가 허전하다.

봉투에 담아온 물건을 꺼내서 정리를 시작하는데 세 살배기 큰아이가 다가와 묻는다.

"엄마! 아기는요?"

아뿔싸, 신발을 신는 건지 마는 건지 나는 정신 나간 여자처럼 현관문을 벌컥 열어젖혔다. 큰아이의 외마디 비명이 귀에 꽂힌다. 미친 여자처럼 앞뒤 가릴 새 없이 달려 나가는 엄마를 보고 아이도 놀랐다.

"엄마아!"

정신없는 엄마를 보고, 갑자기 아이의 울음보가 터졌다.

"미안해! 미안해! 얼른 따라와….."

거칠게 울음이 터진 아이의 손을 잡아끌고 마트로 달려갔다. 숨 쉴 새 없이 달려간 마트 앞. 손을 잡고 가는 건지 질질 끌려오는 건지 큰아이의 울음은 그때까지 그치지 않고 있다.

마트 입구, 유모차가 그대로 놓여 있다. 떨리는 심정을 진정하지 못한 채 유모차를 들여다보니 작은아이는 여전히 쌔근쌔근 자고 있다. 눈물이 와르륵 흘러내린다. 미쳤지, 미쳤어. 어떻게 아이를 두고 가. 서러움에 복받쳐 큰아이랑 엄마가 함께 운다. 에고, 사는 게 뭔지.

아직 적응되지 않은 두 아이의 엄마 역할. 워킹맘은 와락 눈물이 난다. 그냥… 난다.

▶ 2년이 지난 후에야 남편에게 이실직고했다. 어이 상실한 남편의 얼굴. 잘못하면 그날로 당장, 사표 쓸 뻔 했다. 작은아이도 종종 뭔가 서운하면 시비를 건다. "엄마, 나 그때 바뀐 거 아니지? 나 엄마 아들 맞는 거지?" 나는 이제야… 웃는다.

손톱의 트라우마

어린이집에 다닐 시기가 되면 아이들은 단체생활에 익숙해져야 한다. 집에서 온갖 응석을 다 받아주었다고 해도 단체생활을 하게 되면 선생님이 나만 보는 것이 아니라는 사실도 깨닫게 해주어야 한다.

아이들로서는 스스로 독립해야 하는 시기이니 사실 쉬운 일은 아닐 것이다. 그래서 단체생활에 익숙해지도록 엄마들의 도움이 필요하다. 특히나 아이들을 기관에 보내고 출근을 해야 하는 엄마 입장에서는 아이들이 더더욱 잘 적응하도록 미리 적응준비를 해주어야 하는 것이다.

일하는 엄마에게 퇴근 후에 마주치게 되는 아이들의 일거수일투족은 간혹 손톱 밑의 가시처럼 아프고 불편하게 다가올 때가 많다. 특히 지저분한 손톱은 위생적으로도 그렇거니와 손톱이 지저분하면 꼭 어미가 건사 못하는 아이들의 표상 같아서 항상 깔끔하게 손톱을 봐주었다.

그런데 어린이집에 다니기 시작한 이후로 큰아이는 손톱 깎기를 두려워했다. 아이를 끌어다 앉히고 손톱깎이를 대자마자 깎지도 않았는데 아이가 움찔거린다.

"어? 깎지도 않았는데."

아이는 답한다.

"아플 거예요. 아아…."

아이가 지레 겁을 먹었나 싶었는데 그것이 아니었다.

여러 아이들이 함께 지내야 하는 어린이집 생활에서 손톱이 조금이라도 길면 다른 아이에게 상처를 내기 쉬운 일이니 어린이집에서도 아이들의 손톱관리를 철저히 할 수밖에 없다. 혹여 서로 할퀴기라도 하면 문제가 되니 보통의 손톱길이도 용납되지 않는다. 아주 짧은 손톱만이 용인된다. 그러다 보니 아이들의 손톱을 바짝바짝 깎아주는 모양이었다. 조금이라도 길면 어린이집에서 더 바짝 손톱을 잘라냈다.

그런 일이 반복되면서 아이는 손톱깎이에 트라우마를 가지게 되었다. 손톱깎이만 봐도 통증을 느낀다. 아이를 끌어다 앉히면서 괜스레 마음이 아파진다.

엄마가 집에 있으면 이렇게까지 안 깎아도 될 터인데 19개월 어린 나이에 어린이집을 보냈더니 손톱 깎는 일 하나에도 겁을 먹나 싶어 속도 상하다.

워킹맘에게 죄의식은 절대 금물이라고 마음먹었는데 일하는 엄마의 죄의식을 나도 모르게 이렇게 또 갖고 만다. 아니야, 집에 있어도 손톱을 짧게 깎으면 더 좋은 거지 뭐. 애써 위로해 보는데 속마음이 다시 마음을 뒤집는다. 내가 좀 더 부지런히 다듬어 줬다면 어린이집에서 이렇게 짧게 깎이는(?) 일은 없었을 거 아니야! 바쁘다는 핑계로 아이의 손톱을 제대로 못 봐줘서 그런 것 같다는 미안함이 또 고개를 든다.

아니라고 도리질을 치면서도 또다시 내 탓 타령이 본능적으로 올라오는 순간. 정말 이 죽일 놈의 '내 탓 타령', 이것부터 버려야 숨 좀 쉬겠는데.

▶ 손톱은 또 자라는데, 상처 난 워킹맘의 트라우마는 쉽게 잘라지지 않는다. 일하는 엄마의 죄의식. 싹둑 잘라버리자. 과감하게.

엄마는 회의 중입니다

직장 상황을 가족들에게 이해시키는 건 매우 중요하다. 이해가 부족하면 엄마가 하는 일이 대수롭지 않다고 느끼기 때문이다. 엄마도 일하는 직장인으로서 회사에서 인정받아야 하고 그러기 위해서는 가족들의 도움이 절실하다는 상황도 잘 알려야 한다. 그래서 방해해서는 절대 안 된다는 사전교육이 꼭 필요하다.

PD들을 모아두고 회의를 하고 있는데 급하게 전화벨이 울린다. 작은아이다.

"여보세요! 회의 중입니다."

아이의 전화는 가타부타 말도 없이 서둘러 끊어진다.

'회의 중'이라는 말에 아이들은 자동반사적으로 반응한다. 방해해서는 절대 안 되는 엄마의 시간이라는 것을 잘 알고 있다. 어려서부터 엄마가 회의할 때는 절대 전화를 받을 수 없다는 사실을 주지시키고 또 주지시켰다. 엄마는 밖에 나가면 일하는 사람이고 일하는 사람에게 회의를 한다는 것은 매우 중하다는 사실을 알린 것이다.

아이들에게 '엄마가 회의 중'이라는 말은 결코 어떤 이유도 달 수 없는 절대적인 언어로 훈련되었다. 한편으로는 그것이 다행이었지만, 한편으로는 또 그것이 아프기도 했다.

할 말이 있어 전화를 했을 텐데 필요한 순간에 들어주지 못하니 안타깝기도 하다. 회의 중인 엄마는 아이들에게 엄마가 아니다. 회의 중인 엄마는 회사의 일원이다. 회의 중인 엄마는 사회 속의 한 사람이다.

사실은 그렇게 뚝 끊긴 전화가 걱정스럽고 매우 궁금할 때도 있다. 급하게 전할 말이 있었을 텐데 그 아쉬운 기분은 어떠할까?

늘 필요할 때 엄마는 없더라고 투정한 아이 때문에 눈시울이 시큰했다던 어느 워킹맘의 아픈 탄식을 들은 적이 있다. 필요해서 걸었을 전화 앞에 회의 중인 엄마는 무력하다. 도움이 되지 못한다.

엄마의 직장생활을 제대로 이해시키기 위해 엄마의 직상을 찾아보고 돌아보는 사전연습은 참 소중하다. 나는 종종 휴일근무가 있을 때면 아이들을 일터로 데려갔다. 엄마가 하는 일을 보여주고 이해해 주고 협력해 주기를 바란다. 엄마가 아이의 인생에 울타리를 만들어 협조하듯 아이도 엄마에게 협조해야 함을 일깨워 준다.

그러다 보면 종종 엄마의 일터에서 아이들은 엄마의 또 다른 매력을 발견하게 된다. 집에서 보지 못한 카리스마, 정돈된 모습의 열정. 그런 발견이 엄마를 응원하게 한다. 아이들의 응원이야말로 엄마를 힘나게 하는 보약이다.

▶ 회의 중에 아이의 다급한 전화가 올 때는 마음이 무겁다. 그래도 아이는 용케 견디며 해결책을 찾는다. 나름 현명하게 포기하는 법을 배워가고 있다.

불안했던 전업맘 시절,
워킹맘 되고 해결

워킹맘 정보영 (정보영 스피치 대표/전 서울MBC 아나운서)

- ♀ 박○○ (이화여대 경영대학원 / 라쿠텐코리아 해외마케팅 담당)
- ♀ 박○○ (SBS 2013슈퍼모델/동국대 연극영화과3/YG Kplus 소속)

그녀는 그 좋은 직장을 버리고 전업맘이 되었다. 일을 안 하고 아이들만 키우면 정말 잘 할 줄 알았단다. 그래서 MBC를 주저 없이 그만두었다. 사표를 내며 자신을 믿었다. '엄마'라는 이름과 동거하며 자신의 생각이 완전히 오판이었다는 사실을 깨닫는 데는 그리 오랜 시간이 걸리지 않았다. 잘할 줄 알았던 엄마의 역할. 자신을 곰곰이 돌아보니 무조건 아이 옆에 있다고 해서 아이를 잘 키울 수 있는 엄마가 아니었다. 스스로 깨달은 결론이었다. 일을 정말 좋아한다는 것을 일을 떠나서야 깨우쳤다. 일하고 싶은 스트레스가 큰딸에 대한 엄마의 욕심으로 드러났다. 자신이 이루지 못한 것을 자신도 모르는 사이 큰아이에게 강요하고 있었다. 그러다가 우연한 기회에 나시 시작한 사회생활.

일에 빠지니 작은아이는 조금 편하게 키울 수 있었다. 워킹맘으로 살면서 미안한 마음이 가득했던지라 큰 기대를 갖지 않았던 것이다. 욕심을 내려놓으니 마음은 편했는데, 그러나 작은아이는 다른 아이들보다 많이 늦되어서 엄마의 속을 태웠다. 눈물로 바라봐야 했던 작은아이의 하루하루. 엄마의 역할에 만족이란 없었다. 그 어느 것도 한눈에 들어오는 정답이 없었다.

두 아이를 키우며 전업맘과 워킹맘을 모두 경험한 그녀. 그녀는 한없이 기다리는 일만이 엄마가 할 수 있는 최선이라고 이야기한다.

"친정이나 시댁, 아무도 봐주지 않으셨어요. 경제적으로 남편사업을 키워야 했고 저도 열심히 벌어서 보조하기는 했지만, 그렇다고 따로 아주머니를 구할 수 있는 처지도 아니었어요. 그래서 낮에 잠깐씩 도우미 아주머니를 일주일에 2~3번 오시게 한 정도였죠. 일할 때는 놀이방에 맡기고 어린이집에도 보냈죠. 93년에 MBC를 그만두고 첫아이 한 살 때 강의를 하나 맡게 됐는데, 앞집에 잠깐 맡겨두곤 했어요. 정말 경력단절 여성들이 일하고 싶어도 왜 경력단절로 살아야 하는지 철저히 공감한 시간이었죠. 아이를 맡길 데가 없으니 아이 키우려면 일을 그만둘 수밖에요.

서운했지만 어쩌겠어요. 부모님들은 또 무슨 죄예요. 그래서 동네 엄마들과 좀 친해지고 나니까 친한 엄마면 일 나갈 때 잠깐 맡겨두는 것으로 해결했어요. 맡겨둔 아이 데리러 가면서 과자 몇 봉투 사들고 가고. 그렇게 힘들면서도 정말 일이 하고 싶었어요. 일주일에 1번 강의를 나갔으니 그게 돈이 됐겠어요? 그러니 남편이 꼭 그 돈 벌면서 일해야겠느냐, 쓰는 게 더 많겠다고 타박했죠. 살림도 육아도 손에 익지 않으니 '나'라는 사람에 대한 자존감이 무너졌어요. 스트레스가 쌓이면서 몸이 너무 아픈 거예요. 결혼 전에는 돈을 벌었으니까 경제적으로도 자유롭다가 남편이 가져다주는 빤한 월급으로 살림하고 애만 키우려니 숨이 턱턱 막혔어요."

그렇게 시작한 부산에서의 방송아카데미 강의. 일주일에 고작 한 번이었지만 학생들을 만나면 숨을 쉴 수 있었다. 배우려는 갈망의 눈들을 보며 그 꿈을 도와주고 싶다는 생각이 간절해졌고 그렇게 일이 자꾸만 재밌어졌다. 집에 있으면 아이한테 자꾸만 짜증이 났다. 아이 때문에 일을 포기했다 싶으니 아이에 대한 원망도 생겨났다. 일을 인정받을 만한 시기에 큰아이가 들어섰고 익숙하지 않은 엄마의 시절에 다시 작은아이가 들어섰다. 엄마로서 여자로서 한계도 많이 느꼈다. 맘처럼 풀리지 않는 전업맘의 삶이 힘들어 울었고, 인정해 주지 않으니 안타까워 울었다. 그러다가 찾은 일. 작은 일이 맡겨져도 최선을 다해 일에 집중했다.

그러던 중 라디오 방송 DJ를 맡게 되었는데, 어느 날 놀이방 선생님에게 전화가 왔다.

"방송 10분 전이었어요. 어떤 아이가 장난감을 휘둘러서 제 아이 눈 밑이 찢어졌다는 거예요. 그런데 듣는 순간 희한하게도 굉장히 냉정해지더라고요. 생방송 들어가면서 기도했어요. 지켜달라고요. (그녀는 이 대목에서 참고 있던 눈물을 흘렸다.) 방송 중에는 신기하게 전혀 생각이 안 났어요. 나중에 들으니 아이가 수술하는 동안 한 번도 울지 않고 잘 참았다고 하시더라고요. 오히려 엄마가 안 쫓아가서 울지 않았구나. 그래서 다음에 실밥 뺄 때도 선생님이 데려가 달라고 맡겨버렸어요.(웃음)"

일이 많아지면서 집에서는 더 힘들어졌다. 일을 마땅찮아 하는 남편에게 티내지 않으려면 집안일도 빈틈없이 해내야 했다. 도움을 바랄 수가 없었다. 오전 9시 방송을 위해 적어도 아침 7시에는 출발

해야 했다. 새벽 5시 반이면 어김없이 일어나 준비를 시작했다. 도시락을 층층이 싸서 준비해 놓고 출근했다. 아침에 입을 옷을 챙겨두고 시계 알람까지 맞춰놓고.

그런데 아이들은 그런 날이면 도시락 먹는 날이라고 더 좋아했다.

"엄마가 행복해야 가족에게도 더 줄 수 있으니까 일단 엄마가 살고 봐야 하는 거 아닌가요? 이기적이라고 보세요? 저는 할 수 있는 한 최선은 다했다고 생각해요. 후회는 없습니다. 한 가지 아쉬운 점은 경제적으로 좀 여유가 있었으면 원하는 걸 더 많이 해줬을 텐데 그렇지 못한 마음은 늘 있었죠. 아이들이 초등학교 다닐 때 방학 이용해서 외국으로 어학연수 보내는 게 붐이었는데 그럴 형편이 못 되었어요. 하지만 포기하지 않고 다른 기회를 활용했죠. 교회에 선교사들이 왔는데 방학 때마다 저희 집에 모셔오기를 3년쯤 되풀이했어요. 아이들에게도 영어를 접하는 좋은 기회가 됐죠."

워킹맘으로서 그녀가 매우 중요하게 여겼던 것 중 하나는 선생님들께 도움의 손길을 요청하는 것이었다. 그녀는 학교는 물론 학원선생님께도 절대적 신뢰로 아이들을 부탁했다. 학기 초가 되면 먼저 찾아가 자신의 입장을 설명하고 도움을 청했다. 큰 도움이 되었다.

"학원선생님께도 미리 가서 인사하고 처지를 설명했어요. 엄마가 하면 안 듣는 말도 선생님을 믿고 따르면 객관적인 충고가 되니까 오히려 보험 든 기분이었죠. 자신을 믿고 신뢰하는데 안 해주거나 대충하는 선생님은 절대 없다고 생각해요."

교사에 대한 무한신뢰는 긍정적인 관계를 키워주었다.

"지금 와서 생각하니 엄마가 할 수 있는 일은 믿어주고 기다려 주고 사랑해 주는 거더라고요. 큰애도 좀 그냥 놔두었으면 오히려 더 주도적으로 잘 풀어갈 아이였는데, 365일 내내 옆에 붙어 있는 초보 엄마가 완벽하게 끌어가려고 한 것이 아이에게 스트레스였다는 걸 뒤늦게 깨달았죠. 사춘기에 충돌하다가 손을 놓으니까 스스로 해나가더라고요. 제가 반성도 했죠."

전업맘의 생활을 정리하고 일을 찾아 정신없이 바쁠 때 가지게 된 둘째. 아이를 돌봐주시던 분이 그렇게 이야기했다.

"아이를 많이 키워보면 아무리 어려도 성향이란 게 보이거든요. 애는 사랑해 주면 원하는 대로 키울 수 있지만 야단을 친다든지 강요하면 확 꺾이는 기질을 가졌어요. 아이가 울면 우리 예쁜 아기가 왜 우나 달래주면 울음을 그칠 거예요. 절대로 야단치지 마세요."

경험 많은 육아도우미의 말은 척척 들어맞았다. 제 언니랑 달라도 너무 달랐다.

"아이가 너무 예민해서 2시간마다 깨고 2시간마다 깨고 10살 때까지 그랬어요. 그러니 키우기 얼마나 힘들었는지 짐작 가시죠? 그런데 그때마다 그분의 이야기가 하도 인상적이라 야단치지 않았어요. 어쩌다가 화가 나서 못 참고 야단을 치면 아이가 난리가 나고 자지러지게 울어요. 그런데 '왜 울어. 어디가 불편해?' 다정하게 얘기하면, 울음을 딱 그치는 거예요."

　부모의 기대를 한 몸에 안고 태어난 큰아이에게는 칭찬이란 걸 해본 적이 없었다. 큰아이는 제법 영민해서 조금만 싫은 내색을 해도 눈치를 챘다.

　"방송 아나운서라는 직업상 시간에 정확하고 엄격해야 하니까 저도 모르게 몸에 배인 습관이 있었는데 그게 큰애를 키우면서 저절로 나왔던 거죠. 엄격하고 예민하게요. 첫애니까 아이를 안 키워봐서 어른과 똑같이 더 어른스럽게 키웠어요. 큰아이는 8개월 때도 자다 깨면 '자야지!' 하고 단호하게 이야기하면 군소리 없이 자곤 했거든요. 명령에 순응하는 아이로 강압적인 부담을 주었던 것 같아요."

　큰애는 참 순했다. 남의 손에 맡겨질 때가 많으니 분명히 환경에 적응하기 위해 눈치가 빨라지는 거라고 생각했다. 이야기를 할 때도, '맘마'니 '까까'니 하는 아기들의 말을 써본 적도 없었고 가르쳐준 적도 없었다. 대화는 늘 어른에게 말하듯 그런 식이었다. 육아에 경험 없는 젊은 엄마의 독불장군식 육아. 지금 보면 참 겁 없이 아이를 키웠다.

　"첫아이 때는 제가 너무 무식해서 용감했던 거 같아요. 그러다 보니까 큰애는 존댓말부터 했어요. 둘째가 태어나면서 저의 부모 역할에 혼선이 생겼죠. 상상을 벗어나는 아이의 기질을 보면서 큰애한테 했던 제 육아법이 먹히지 않으니까 너무 당황스러웠어요!"

　작은아이는 큰아이에 비해 특별히 못하는 것이 많았다. 뒤처지는 것들이 많아서 엄마를 실망스럽게 했다. 제 언니가 한 번에 알아듣는 것을 눈치조차 채지 못했다. 큰일이다 싶은 마음에 어린 엄마는 둘째를 키우며 자주자주 눈물이 났다.

"말귀도 못 알아듣고 상황을 빨리 이해하지 못하는데 기질상 야단도 못 치겠고 맘 졸이는 판국에, 그런데 참 희한하게도 둘째니까 본능적으로 그저 예쁘기만 한 거예요. 큰애는 늘 추궁조로 대했는데 둘째에게는 톤이 완전히 달라졌어요. 돌이켜 보면 큰애한테는 참 미안하죠. 너는 언니니까, 너에게는 당연한 거니까. 그래서일까요? 모든 것이 빨랐는데, 둘째는 아예 기대감이 없으니까 걱정을 하면서도 반쯤 포기가 되더라고요."

모든 것이 느렸다. 단 한 가지, 작은아이는 건강하기만 했다. 눈에 띄는 것이 없었다.

"남모르는 속앓이를 하느라 눈물도 많이 흘렸네요. 한때 유행이었던 학습지를 5살에 동네 애들이랑 다 같이 시작했는데 우리 둘째만 너무 느린 거예요. 하루는 남편이 절 붙잡고 그러더라고요. 얘는 절대 공부시키지 마. 사람마다 가진 게 달라서 머리가 늦게 트이는 사람도 있잖아. 그래도 건강하고 천성이 밝은 아이니까 심성이나 곱고 밝게 키우자고!"

아이를 진단한 뒤 욕심을 정리하고 공부 스트레스를 주지 않았다. 하지만 그렇게 맘먹기까지 쉬운 일은 아니었다. 어느 부모가 욕심을 내지 않겠는가. 종종 욕심이 치고 올라왔다. 그러나 포기하는 용기를 내야 했다. 그 순간 남편의 도움이 컸다.

여섯 살부터 작은아이가 받은 사교육 중 꾸준히 이어간 것은 태권도 단 하나였다.

"학습적인 사교육은 포기했죠. 단 미술, 피아노 이런 예능은 잠깐잠깐 시켰는데 하루는 미술선생님이 그래요. '그리고 싶은 거 그려라, 자유야.' 이렇게 얘기하면, 다른 아이들은 신났다고 좋아하는데 우리 작은아이는 크레파스를 들고 울먹인대요. '그냥, 컵 그려라!' 그렇게 말하면 따라하는데, 스스로는 뭘 못한다고 인지발달에 문제가 있는 것 같다고 하시더라고요."

청천벽력 같은 이야기에 엄마의 가슴이 철렁 내려앉았다. 아무리 기대를 내려놓았다고는 하지만 그런 절망적인 이야기를 그대로 믿고 싶지는 않았다. 마음을 추스르며 방법을 찾아야 했다.

"고민이 시작됐죠. 전문가를 찾기 전에 미술이 재밌느냐고 물었더니 너무 하기 싫대요. 하기 싫어서 그런 거였구나 싶어서 일단 그만두게 했어요. 저도 어린 시절 억지로 했던 미술이 정말 싫었거든요. 제가, 작은아이에게 유일하게 잘한 게 있다면 본인이 스트레스받는 건 절대 강요하지 않았다는 거예요. 피아노도 싫다고 하더라고요. 악보를 보려면 수학적 머리가 좀 있어야 하잖아요. 음표를 계산 못하니 피아노 역시 버거웠던 거죠."

이론대로라면 힘들어하는 아이를 옆에 두고 엄마가 자상하게 일

일이 도와줘야 했으나 워킹맘의 현실 속에 그럴 겨를도 없었다.

"변명 같지만, 일하랴 살림하랴 남편사업 도우랴 생활도 만만치 않았던 때였어요. 스트레스 주지 말고 기다리자고 생각한 건 아이를 위해서도 그랬지만 워킹맘인 저도 살기 위해 그랬던 거 같아요. 대신에 아이는 누굴 봐도 상냥했어요. 공부 못해도 스스로 스트레스 안 받았죠."

태권도를 좋아하는 아이는 덩치도 크고 건강했다. 유치원 때도 체격이 커서 친구들을 다 업어주곤 했다. 유순하고 양보 잘하니 아이들 사이에 '친절한 ○○이'라는 별명도 붙었다.

"목소리가 참 우렁차서 노래를 해볼래? 물었더니 하겠대요. 그런데 노래도 악보를 잘못 보니 무조건 그냥 외우라고 했어요. 첫 음을 잡아주고 따라하게 하고 그렇게 가르쳤죠. 큰애 같으면 어찌해서든 악보부터 가르쳤을 텐데…. 이래저래 저희도 둘째 때는 무뎌졌죠.(웃음)"

퇴근하고 돌아오면 물에 젖은 솜뭉치마냥 지치고 피곤한 날이 이어졌다. 체력이 그다지 강인한 편이 못 되어 작은아이를 돌보거나 공부를 시키거나 그런 열정이 점점 사그라졌다. 아이와 마주치는 시간이 적으니 얼굴을 볼 때만이라도 좋은 엄마로 기억되고 싶었다. 그 무렵 아이는 초등학교에 입학했고 초등학교 입학 무렵, 작은아이에게 딱 한 가지만 당부했다.

"학교 가면 아이들이 많은데 선생님이 너에게만 집중할 시간이

없으시니까 네가 선생님이 말씀하실 때 꼭 선생님을 쳐다보고 있어
야 해.”

말 잘 듣는 작은아이는 지나칠 정도로 선생님만 쳐다봤다. 덩치
도 크고 체격 좋은 아이가 맨 뒤에 앉아서 어찌나 선생님을 쳐다봤
는지 하루는 부르는 소리에 오히려 아이가 깜짝 놀랐다.

“쳐다만 보랬다고 선생님의 말소리는 다 놓치고 보고만 있었대
요. 아이고, 산 넘어 산이구나. 쳐다보란다고 소리가 안 들릴 정도로
보기만 해? 지금이야 지나간 일이니까 이렇게 웃고 말하지만 정말
그때는 너무 심각했어요. 울기도 참 많이 울었던 시절이네요. 책을
읽어도 단어를 하나하나 물으니 전체를 이해하기 힘들었고, 제 생
활도 피곤할 때니 그냥 제가 잘 때마다 그냥 자자고 했어요. 참 무심
하고 나쁜 엄마였죠.”

그러고는 다시 한 가지를 당부했다.

“선생님 말씀을 듣고 나면, 고개라도 끄덕거려. 보고만 있지 말고
끄덕끄덕!”

아나운서 리액션 훈련처럼 아이에게 훈련을 시켰다. 수업내용을
이해하고 앞서가라는 욕심은 차마 부리지도 못했고, 고개를 끄덕거
리는 것을 훈련으로 시켰을 정도였다.

“다행인 건, 선생님께서 작은아이 때문에 너무 행복하셨대요. 수
업시간에 얼마나 고개를 끄덕이는지 항상 반응을 해주니까 저희 아
이만 보면서 기분 좋게 수업하셨대요. 흡사 둘이 교실에 있는 것처

럼요. 무늬만 학생이던 아이가 선생님의 관심을 받으니까 그때부터 서서히 달라지기 시작하더라고요. 무서울 정도로요. 기대도 안 하고 있었는데, 저희 부부도 놀랐죠."

10살이 된 작은아이. 선생님의 기대에 부응해야겠다고 마음을 먹고 학교만 다녀오면 책을 폈다. 워킹맘인 엄마의 일이 많아지면서, 숙제만 돌봐줄 아르바이트 학생을 옆에 두었다. 야단치지 않고 아이의 눈높이에 맞게 잘 돌봐준 덕에 아이는 많은 도움을 받았다. 경제적 지출은 큰 부담이었지만, 슈퍼맘처럼 무엇이든 혼자 다 하려다가 도리어 망칠수도 있다는 생각에 도움을 받기로 했다. 저축은 못 해도 일은 할 수 있으니 만족이었다.

"초등학교 고학년이 되더니 영어학원을 보내 달래요. 놀이터에 가도 친구들이 없고 태권도장에서도 공부한다고 떠나기 시작하던 때였죠. 그때부터 갑자기 언니랑 비교하기 시작했어요. 언니는 이거저거 하는데 왜 나는 안 시켜 주느냐! 4학년에 영어학원 가서 시험을 보니 1학년 애들하고 같은 반이 나왔어요. 자존심이 상했겠죠. 무시당하면 안 되겠다 싶었는지 집에 와서 저 혼자 공부를 열심히 하더라고요.

한 달에 한 번 월반을 이어갔어요. 숙제든 시험이든 성실하게 해가니까 선생님들이 예뻐하셨죠. 기본적인 학습역량은 부족하니 무조건 다 외워야 해서 정말 무식하게 외워서 공부했어요. 그렇게 해서 결국 1등까지 해내더라고요. 수학도 기본이 안 되어서 늘 걸림돌이었는데 하루는 열심히 해도 점수가 안 나온다고 엉엉 우는데 틀린 문제를 보면 너무 기본적인 거예요. 열심히 하니 야단도 못 치겠고…. 그런 날의 연속이었습니다.”

중간고사를 보고 점수가 안 나와 펑펑 울던 아이는 위로를 받고 나면 눈물을 닦고 다시 그날부터 기말고사를 준비했다. 아이는 무한긍정의 순수한 열정을 가지고 있었다. 그것만으로도 다행이었다. 초등학교 고학년부터는 상위권 친구들을 찾아가 아이들이 쓰는 책이며 학습법, 하다못해 다니는 학원까지 알아오고 그룹과외 정보까지 얻어 와서 오히려 엄마에게 제공했다. 엄마는 아이의 말대로 움직여 주기만 했다.

그렇게 죽을 만큼 노력하더니 중학교 입학시험에서 1등을 했다. 믿기 힘든 대견한 순간이었다.

“아이를 보면서 저의 어린 시절이 떠올랐죠. 저도 어려서는 제가 너무너무 머리도 나쁘고 공부도 못하고 못난 아이라고 스스로를 생각했어요. 그래서 공부에 대한 압박과 스트레스가 너무 심했죠. 막내였는데 언니랑 오빠들이 공부를 참 잘해서 자꾸 비교가 되니까 너무 힘들었어요. 한참 시간이 지나고 중학교 2학년쯤 되어서야 공부를 했죠.

작은아이를 키우면서 그제야 엄마의 욕심과 아이의 한계에 대한 상관관계를 파악하게 된 거죠. 아이에 대한 기대감으로 힘들 때는 부모가 자신의 과거를 한번쯤 떠올려 보는 것도 필요하다 싶어요.

욕심을 잔뜩 부렸던 큰애를 키울 때는 옆집 엄마 따라다니며 무작정 하다 보니까 어느 때는 과외를 11개나 시키고 있더라고요. 결국 애가 쓰러져서 다 끊은 적도 있었어요. 그러면서도 늘 진행형이었으니 달라질 게 별로 없었죠. 그런데 머리가 좋다고 그렇게 열심히 끌고 간 큰애는 결국 원하는 대학을 못 갔는데, 기본도 없는 아이에게는 스트레스를 주지 않으니 오히려 본인이 원하는 대학에 합격했어요. 정말 아이들의 가능성은 모를 일이에요."

태권도를 하고 몸으로 놀기 좋아했던 작은아이는 음식도 가리는 것 없이 잘 먹었다. 태권도 시합에서도 30초 만에 KO승으로 경기를 마무리하며 겨루기에서 긴 다리를 유리하게 활용했다. 태권도와 주말의 교회합창단 활동은 아이에게 많은 즐거움을 주었다. 그 즈음 남편의 사업이 힘들어졌는데 매주 공짜로 노래를 가르쳐 주는 교회의 주말레슨은 사교육비를 줄이는 고마운 일이었다.

둘째의 학습에 대한 기대를 접고 나니 새로운 고민이 시작됐다. 운동을 좋아하니 태권도 국가대표를 목표로 삼아 전문학원을 찾기로 했다. 그런데 막상 태권도선수를 키우는 전문학교는 하교 후 밤까지 태권도만 하는 몰입교육을 하고 있었다. 작은아이는 영어학원을 병행하며 태권도를 하니 양쪽으로 스트레스를 받기 시작했다. 뭘 해도 스스로 죽어라 노력하는 작은아이의 기질상 발차기를 너무 열심히 하다가 허리뼈가 비틀어질 정도가 되었는데, 시합을 나가서도 학교 시험공부를 하겠다며 시합장 한구석에서 문제를 풀었다.

태권도와 학교공부 사이에서 아이는 태권도 4단에서 국가대표의 꿈을 내려놓았다. 그나마 다른 친구들과 달리 기본적인 체력이 있으니 스스로 선택한 많은 학습량에도 큰 무리가 없었다.

"두 아이를 키워보니 공부에도 체력이 얼마나 중요한가를 생각하게 되더라고요. 우리나라 교육은 아이들의 체력을 제대로 키워주지 못하는 데도 문제가 있는 것 같아요. 스케이트 조금, 수영 조금, 그저 맛보기만 하니 체력들이 많이 딸리죠.

국가대표의 꿈은 내려놨지만, 나중에 태권도장을 차릴 수도 있겠다 싶었고요, 외국인들에게 태권도를 소개하는 일도 할 수 있을 거라고 생각했어요. 그런데 언니처럼 외고를 가겠다고 하더라고요. 쉽지 않을 거라고 말렸죠. 외고 갈 만큼 상위권도 아니었고 특목고 아이들이 공부를 워낙 많이 하잖아요. 그런데 본인이 외고를 목표로 삼더니 스스로 반장선거에 나가고 열심히 하더라고요."

아이에게 전교회장을 권했다. 도전이 중요하다고 했다. 무엇이든 흘려듣지 않는 아이가 며칠 뒤 전교회장에 도전했다고 이야기를 했다.

"정말 신청할 줄 몰랐어요. 얼마나 떨리겠어요. 몇 백 명 앞에서 연설하는 건데요. 저희 애가 눈이 좀 나빴거든요. 마지막에는 안경을 빼라고 했어요. 아무것도 안 보이면 자신감이 더 커지거든요. 물론 떨어졌지만 그 경험이 아이에게는 큰 도움이 된 듯해요."

다져진 체력으로 예닐곱 시간을 꼼짝 않고 버티고 앉아 공부를 했다. 아이는 운동보다 공부가 훨씬 쉽다고 했다. 그런 노력으로 중학교를 졸업할 때는 전교 20등 안에 들었다.

"바보 딸을 키우나 하다가 정말 놀랐어요. 공부가 늦은 나이는 없다고 생각하게 되었어요. 운 좋게 외고에 합격이 되었고, 독어를 전공해서 체육이 발달한 독일에 가서 공부하는 꿈을 새로 가졌죠. 체육부 기자가 되어 세계 최고의 스타들을 만나도 좋고 열심히 공부해서 체대 교수도 될 수 있고, 제 아빠는 한 걸음 더 나가서 IOC 총재도 될 수 있다고 부추겼죠.(웃음) 바보 딸이라고 울던 때에 비하면 참 희망적인 즐거운 이야기들이었죠."

그러나 신은 늘 내 편은 아니었다. 외고 진학 후 펼쳐진 상황은 그렇게 희망적이지 않았다. 외고 입학 후 아이는 매일 눈물바람이었다. 사교육과 선행으로 다져진 상위층의 아이들, 아무리 죽어라 노력을 해도 성적은 올라갈 틈을 내주지 않았다.

"수업시간에 제일 열심히 하는데 성적이 더 좋은 아이들이 많다는 거예요. 1년이 지나니까 작은아이의 꿈이 꺾였죠. 체대를 가기 위해 입시학원에서 상담을 했더니 명문대 체대는 수학 1등급에 내신도 좋아야 한다면서, 기초체력은 되니까 수학만 확실히 해오래요." 결국 다시 수학에 몰입하는 시간이 이어졌다. 그러던 중 하루는 서울에서 직장생활을 하던 큰딸이 집에 와 제 동생을 보더니 한마디 거들었다. 그것이 동생의 미래를 바꾸는 계기가 됐다.

"사람은 각자의 재능이 있듯이 공부도 타고난 애들이 있어. 너 죽으라고 해도 네가 원하는 성적이 안 나오는데 그냥 대충해도 잘 나오는 아이들이 있지? 공부를 잘하는 아이들은 그런 방향으로의 특별한 DNA가 있는 거야. 너는 너만의 특별한 DNA가 있잖아. 그렇게 멋진 몸매를 타고났는데, 왜 꼭 공부만이 정답이라고 생각해? 더 이상은 안 되는데 왜 그렇게 거기에만 매달려 있는 거야? 잘할 수 있는 걸 생각해 봐! 5월에 SBS 슈퍼모델 선발대회가 있어. 너, 그거 꼭 나가! 정말 잘할 수 있을 거야."

그리고 큰아이는 인턴생활을 위해 두바이로 떠났다. 작은애는 제 언니의 말을 고민했던 모양이었다. 며칠 뒤, SBS 슈퍼모델에 지원하겠다고 이야기를 꺼내들었다.

"처음에는 잘 생각하라고 충고했죠. 그때가 고2였는데, 고2 여름방학이 얼마나 중요합니까. 대학이 결정 나는 내신성적의 집중시기인데 대학 들어가서 해도 되지 않겠냐고 했더니 펑펑 우는 거예요. 내가 얼마나 힘들게 공부하는 줄 아냐고 하면서, 자신이 원하는 건 모델이 아니라 뭘 잘하는지 보고 싶은 거라고요. 결국 지원서를 내게 됐죠.

아무 준비 안 하고 사진이랑 지원서만 냈는데 2,600명 중 360명에 덜컥 합격한 거예요. 솔직히 기대를 안 했던 터라 당황했죠. 나중에 곰곰이 생각해 보니 태권도를 좋아해서 몸은 만들어진 것 같고, 교회 합창단 생활을 열심히 하면서 무대에 대한 공포증 훈련이 저절로 되었던 거 같고, 지휘자 선생님이 웃는 표정을 훈련시키셔서 무대에서 웃는 연습도 저절로 되었으니, 모델로서 배운 건 하나도 없는데 평소 생활에서 모델의 필수요소들이 훈련이 되었던 거죠."

1차에 합격한 360명은 대개 처음부터 작정하고 달려든 훈련된 후보들이었다. 그 자리에서 90명을 뽑고 40명을 추렸는데 운명의 여신은 작은딸을 40명 안으로 합격시켰다.

"사실 그 다음날 독일어 시험이 있어서 그냥 내려가야 하나 생각했죠. 그런데 제 아빠가 그러더라고요. '2,600명 중에서 공부했을 때 작은아이가 40등 안에 들 수 있을까? 공부는 그렇게 해도 안 되는데, 여기는 모델을 원해서 훈련된 사람들이 모였는데도 40명 안에 들었다는 건 재능과 가능성이 여기에 있는 거야.'라고 하더라고요. 그래서 남편 말에 따르기로 했죠."

4개월의 합숙 강행군이 시작됐다. 2주에 1번씩 경쟁자를 떨어뜨려 나갔다. 40명이 다시 16명으로 줄었다. 또다시 그 안에 들었다. 믿을 수 없는 기적이 현실로 벌어졌다. 정말 아이의 재능이 여기에 있었던 걸까. 별도의 훈련도 없이 평소 운동했던 체력으로 워킹을 익히고 연기를 배웠다. 경쟁자들을 눈치껏 훔쳐보며 배워갔다.

"평소 자기가 운동을 해왔으니까 춤을 추어도 금방 배워지고 스펀지처럼 빨아들였나 봐요. 들인 노력에 비해 결과가 좋으니까 '아, 내가 이쪽에 재능이 있나보다.' 생각하면서 재미를 더 느끼게 됐죠.

즐기면서 부담 없이 하니까 더 잘할 수 있게 되었대요.

칭찬을 받으면서 아이에게는 새로운 목표가 생기게 됐죠. 학교생활을 넉 달 빠지고 중간 중간 부산에 내려와서 학교시험을 봤어요. 고2의 4개월을 보내고 돌아오니 11월이었는데 담임선생님께서 지금 공부로 돌아가기는 어려울 거 같다고, 모델이나 연기자를 권하시더라고요."

연기학원을 알아보기 시작했다. 그런데 또 현실이 무지갯빛 희망만은 아니었다. 연기자로서의 입시는 모델보다 더 치열하다는 사실이 눈앞에 다가왔다.

"연기자는 한 학교에 5천 명씩 몰려온다는 거예요. 우리 애가 2,600명 중에 16명 뽑는 슈퍼모델도 들었는데 그것쯤이야 하고 우습게 봤더니 그럴 일이 아니었어요. 막상 돌아갈 길도 없다 싶었고 모델 한답시고 몸매를 열심히 만들었는데 체대로 진로를 바꾸려니 다시 근육을 만들어야 하고….

아이랑 최종적으로 내린 결론이 연기자였어요. 부산의 한 연기학원에서 매일 새벽 2~3시까지 연기하고, 학교 가서 억지로 책상을 지키고 나중에는 링거를 맞아가며 다녔어요. 결국은 정말 감사하게 한국예술종합학교와 동국대 입시를 다 통과했죠."

노력은 헛되지 않았다. 학교를 선택하기 전, 연기자들에게 필수라는 기획사를 물색했다.

"기획사를 알아보니 우리 아이 정도의 스펙으로는 명함도 내밀

수가 없더라고요. 메이저급 기획사는 다 찾아가서 인터뷰를 했는데, 작은아이가 제일 마음에 들어 했던 데가 YG K+였어요. 장윤주 씨 같은 톱모델을 키웠던 원장이 YG랑 합병을 했는데 YG는 원래 음악인을 키우는 곳이잖아요. 그런데 모델학원을 영입하면서, 모델이면서 연기자가 되려는 친구들을 키우기 시작했다고 하더군요.

문제는 아이의 신체조건이었다.

"키가 171cm인데 탤런트를 노리자니 큰 편이고 모델을 하자니 작은 편이었어요. 모델은 최소한 175cm는 되어야 하니까 런웨이 모델은 힘들겠더라고요. 대신 화보 찍는 모델로 훈련하면서 연기를 병행하면 좋겠다고 콘셉트를 잡았는데, 사실 아이가 제일 하고 싶었던 거였어요."

운 좋게 기획사와의 이야기도 잘 풀려갔다. 때때로 힘든 일도 만나야 했지만 최근에는 생각지 못한 영화의 주인공을 맡게 되면서 이제 배우로서의 특별한 인생을 눈앞에 두고 있다.

"제가 시켜서 새벽까지 연기연습을 해야 했다면 과연 어땠을까요? 자기만의 목표가 생기니까 앞뒤 안 보고 스스로 열심히 간 거죠."

돌아보니 꿈같은 시간들이다. 전업맘으로 워킹맘으로 살며 두 가지 선택을 모두 해본 그녀. 어떤 것에도 정답은 없다고 결론을 낸 그녀는 각자가 원하는 선택의 몫이라고 했다.

"살면서 가장 후회하는 것 중 하나가 첫 직장인 MBC에 사표를 낸 거예요. 저는 그때 제가 사표 내고 전업맘이 되면 누구보다도 아이를 잘 키울 줄 알았어요. 그런데 현실과 이론은 너무 다르더라고요. 전업맘이나 워킹맘이나 지나고 보니 어느 위치가 무엇을 이루는 건 아닌 거 같고요, 어느 쪽이든 잃고 얻는 것이 공평해요. 워킹맘의 아이들은 비오는 날 우산 들고 학교 앞에서 기다려 주는 엄마들을 보면 부러웠을 테지만, 대신 무엇이든 스스로 하는 힘들이 더 강해졌을 거니까요.

집안일을 별로 도와준 것 없는 남편이지만 그래도 아이들에게 독립적인 마음을 많이 심어줬어요. 한 번은 작은애가 '엄마! 우유 떨어졌어요!' 그랬더니 '돈 있으면 네가 사오면 되지 왜 꼭 우유는 엄마가 사다주어야 하지?' 이렇게 되묻더라고요. '비오는 날 우산 없으면 친구들에게 빌려서 같이 쓰고 오든가 아는 문방구에서 하나 빌려 쓰고 집에 와서 바로 돈 갖다드리면 되잖아. 부모가 다 널 쫓아다니지는 못해.' 이렇게 한 방에 정리를 해줬죠. 무언의 협력? 일 좋아하는 아내를 인정하는 발언이었겠죠?"

한동안 작은애는 엄마보다 빨리 유명해지고 싶다는 말을 목표로 삼기도 하면서 엄마의 일에 무한긍지를 심어주었다. 가족을 지키며 일까지 지켜온 오늘, 그녀는 누구보다 지금 행복하다.

미술관에서

아이를 낳고 키우며 가장 큰 소원은 식당에 가서 먹고 싶은 음식을 내 마음대로 주문하는 일이었다. 어려워 보이지 않는 이 일이 실제로는 쉽지 않았다. 남편은 자기가 먹고 싶은 것을 주문하는데 나는 늘 아이가 먹을 만한 것을 주문한다. 아이에게도 먹일 것을 먼저 생각하게 되는 것이다. 엄마들은 늘 그렇다. 남편은 먹고 싶은 것을 시키라고 채근하지만 아이 먹을 것을 따로 시켜서 이중으로 지출하는 것은 낭비라는 생각이 앞섰다. 버릴 수 없는 주부의 본능이다. 아이 상관없이 먹고 싶은 것을 마구 주문할 수 있는 날이 언제나 찾아올까.

간혹 상상을 해본다. 보고 싶은 영화를 보고 싶은 시간에 마음껏 볼 수 있는 날. 보고 싶은 뮤지컬을 혼자서 마음껏 찾아다니는 날. 그런 날을 상상해 보는 것이다. 몇 년 동안 늘 아이들이 좋아하는 애니메이션이나 인형극을 찾아다니며 함께 박수치는 일을 되풀이해야 했으니까. 나만을 위한 오롯한 행복의 문화생활은 언감생심 꿈같은 상상에 불과했다. 워킹맘에게 주어진 잠시의 여유란 그동안 못해 둔 가족들의 일을 해결해야만 하는 시간으로 채워졌다.

봄비가 내리는 어느 날, 직장에서의 점심시간을 이용해 미술관으로 걸음을 옮겼다. 집들이를 하겠다는 후배 커플을 위해 선물을 사러 미술관으로 간 것이다.

어린 시절 비만 오면 입을 벌리고 하늘을 향해 새싹처럼 비바라기를 했던 기억이 과거를 떠오르게 한다. 그랬던 봄비를 요즘 사람들은 달가워하지 않는다. 산성비라 불리는 봄비의 또 다른 이름. 봄비를 피하려 사람들은 우산을 쓰고 모자를 쓴다. 봄비는 슬프다.

평일 점심시간, 한낮의 미술관은 한가롭다. 카페에는 몇몇의 주부들이 모여 비누공예를 즐기며 한담을 나누고 있다. 커피 한 잔을 앞에 두고 엽서를 펼친다.

가까운 이들의 결혼소식이 들릴 때마다 나는 억지로라도 미술관으로 나들이를 간다. 지역작가들의 소품을 사서 선물하기 위함인데 지역문화계에 공헌한다는 거창한 사명감과 함께 애써 내 삶의 수준을 치켜 올려보는 나름의 사치인 셈이다.

커피는 향기롭고 봄비는 알맞게 내리고, 탁자 위의 엽서는 한가롭다. 일하는 엄마에게 주어진 점심시간의 행복. 혼자서 누릴 수 있는 잠시의 여유가 황홀하다. 그나마 점심을 포기하고 얻은 여유다.

후배에게 주고 싶은 부부살이에 대한 충고가 엽서 한 바닥으로 끝나지 않는다. 이제 곧 아이를 낳고 부모가 되면서 전쟁 같은 삶을 맞이하게 될 후배 커플. 어찌 작은 종이에 그 이야기를 다 담아낼 수 있을까. 다시 한 장을 꺼내들다 말고 그냥 마무리 짓기로 한다. 저마다 다른 그릇의 부부들. 선택은 그들의 몫이다. 해법도 그들마다 다르다. 엽서를 넣고 작품을 포장해 택배로 부친다.

가끔은 사는 일이 이렇게 낭만적이면 좋겠다. 행복한 선물을 사고 느낌 아는 엽서를 써서 기분 좋게 보내는 일. 숙제를 다 한 것처럼 손을 털어본다. 미술관의 작은 행복이 워킹맘의 사치스런 생각을 한없이 행복하게 펼쳐지게 한다. 점심을 굶었는데도 배는 부르다.

▶ 백화점이 아니라 미술관에서 나는 호사스러운 사치를 즐긴다. 워킹맘이여, 미술관으로 점심시간의 짧은 여행을 떠나라.

아이 참
잘 키우셨네요

아이를 키우는 엄마들의 방정식은 다채롭다.
세상에서 하나뿐인 각자만의 방정식.
그런데 가끔은 그 누군가의 독특한 풀이가
눈에 들 때도 있다.
나만의 방정식에 슬쩍 응용을 해보며
고개를 끄덕인다.
나에게는 없는 비법이 누군가에게는 있다?
엄마들의 육아방정식을 함께 풀어보자.
나의 상황에 활용할 수 있다면
더 좋은 해답이 될지도 모르겠다.

우애 좋은 형제를 만드는 비법

종종 두 아이를 키우는 엄마들에게 고민이 생긴다. 아이들의 관계에 대한 고민이다. 대개 두 아이가 동성이면 키우기 쉽다고 말을 하지만 꼭 그렇지도 않다. 자매든 남매든 형제든 아이들의 관계는 그냥 저절로 정리되지는 않는다. 노력이 필요하다. 큰아이가 너무 강하면 작은아이를 쥐고 흔들려고 해서 부모들이 고충을 겪고, 큰아이가 너무 무른 성격이면 작은아이가 기세 좋게 기어올라 또 다른 고충을 겪는다.

아무리 똑같이 대해 주어도 아이들은 늘 자신이 피해를 본다고 생각한다. 되돌아보면 우리도 똑같은 시절을 겪지 않았는가. 열 손가락 깨물어 안 아픈 손가락이 없다는 심정을 아이 키우며 그제야 깨닫는다. 차별을 받는다는 생각, 혹시 나에게 출생의 비밀이 있을지 모른다는 엉뚱한 상상은 자라면서 한 번쯤 갖게 되는 상처이기도 하다.

두 명 이상의 아이를 키울 때는 분명 전략이 필요하다. 서로 상처받지 않는 전략. 어려서부터 그 관계의 조율을 부모가 도와주는 일은 중요하다. 아이들이 저절로 그것을 터득하리라고 보는 것은 섣부른 기대감이다.

감사하게도 나의 두 아이는 사이가 참 좋다. 좋아도 너무 좋다. 그런데 이게 공짜가 아니다. 작은아이의 임신 열 달 동안 매우 노력한 결과다.

대개의 형제들은 지칠 만큼 싸우면서 큰다는데 전생에 서로가 연인이었다고 거침없이 말하며 부모보다 서로를 먼저 챙겨서 엄마인 나를 가끔 서운하게 만드는 두 아이.

주위에서 비결이 무엇이냐고 종종 묻는데 그럴 때마다 나는 자신 있게 대답한다. 교육과 훈련에 의한 결과라고 말이다. 이건 나의 경험에서 우러난 사실만이 아니라 교육전문가들의 조언을 듣고 실천해 얻은 결론이다.

천성이 착한 큰아이의 덕도 크다. 욕심 많고 활기 넘치는 작은녀석은 거의 형에게 양보하는 법이 없어 제 실속을 다 차린다. 제가 필요할 때면 형을 번거롭게 하는데 형은 늘 여유 있게 양보해 준다. 형 같은 사람은 세상에 없을 거라고 속내를 드러내기도 한다.

윗물이 맑아야 아랫물이 맑다는 진리는 틀림이 없다. 그러나 늘 윗물이 맑아야 한다고 강요한다면 큰아이는 당연히 스트레스 속에서 살게 될 것이다. 스트레스 받지 않고 윗물이 스스로 맑음을 자랑하기 위해서는 부단한 노력이 필요하다. 엄마인 나는 그 윗물을 맑게 하기 위해 작은아이를 임신한 뒤 끊임없는 10개월의 교육을 진행했다.

　주부프로그램을 연출하고 있었던 나는 임신을 확인한 날로부터 방송에 출연하는 교육전문가들의 충고를 단단히 새겨들었다. 동생이 생긴다는 것은 아이에게 허리케인급 태풍이라고 전문가들은 이야기했다. 갑작스럽게도 어느 날, 부모의 사랑을 반씩 나눠야 한다고 말하기 전에 미리미리 예방주사를 놓아야 한다는 것이었다.

　임신 후 전문가들의 말대로 큰아이 교육에 들어갔다. 『엄마 뱃속에 동생이 생겼어요』라는 그림책을 사서 큰아이를 무릎에 앉혀두고 틈이 날 때마다 귀에 딱지가 앉도록 읽어주고 또 읽어주었다. 같은 책을 하루에 몇 번씩 읽어주려니 나조차 질려서 읽어줄 때마다 방법을 달리했다. 목소리의 톤을 달리하고 읽는 자리를 달리하고 방법을 고민했다. 큰아이를 어루만지면서 이렇게도 말했다.

　"엄마 뱃속에 있는 동생은 네가 원해야 세상에 나올 수 있어!"

　은근한 부담을 주었다. 네가 원하면, 네가 좋아하면, 네가 예뻐하면…. 책임을 안기듯 계획된 언어로 동생 이야기를 했다. 엄마 배에 손을 대고 호기심을 느끼는 큰아이를 매우 사랑해 주었다. 동생에 대한 질문을 할 때마다 큰아이가 스스로 자긍심을 느낄 수 있도록 그 대견함과 의젓함을 매우 칭찬해 주었다.

　가족들도 동참했다. 서울에 있는 시댁에 작은아이를 처음 데리고 간 날, 시어머니는 작은아이를 싼 포대기를 옆으로 밀어내시고 큰아이부터 먼저 안아주셨다.

　"우리 큰손주가 장한 일을 해오셨네요."

아이는 제가 동생을 낳은 양 으쓱해졌다. 자신 덕분에 세상 빛을 본 둘째에 대한 뭔지 모를 뿌듯함을 안은 모양이었다. 온 가족의 노력 속에 둘째가 태어나자 큰아이는 그런 동생을 샘내거나 질투할 대상으로는 보지 않는 것 같았다. 교육전문가의 조언의 덕을 톡톡히 본 셈이다.

그런데 말이다. 몇 년이 흐른 어느 날, 두 아이를 촬영한 오래전의 동영상을 무심코 보다 말고 남편과 나는 깔깔 넘어가고 말았다.

동영상의 사각프레임 한구석으로 큰아이가 제 동생의 엉덩이를 살짝 꼬집고 있는 손을 목격하게 되었다. 하하하, 우리는 눈물이 나올 만큼 배를 잡고 웃었다.

그 정도는 이해해 줘야지 싶었다. 대놓고 미워하지 않은 것만으로도 얼마나 대견한가. 교육된 환경 속에서 저 나름대로 성숙하게 그 충격을 해결해 간 큰아이가 고마울 따름. 그렇게라도 부족한 2%의 스트레스를 풀었어야 했을 것이다. 사전교육의 효과가 98%쯤이라면 이로써 넉넉히 감사하다.

지금도 큰아이는 작은아이를 살뜰히 챙긴다. 작은아이는 형이라면 자다가도 벌떡 일어난다. 우애 좋은 형제가 부모는 참으로 고맙다.

> ▶ 열 달의 교육이 2% 부족한 98%의 효과를 만들어 준다면 해볼 만하지 않은가? "우리 집 아이들은 너무 싸워요."라고 말하기 전에 지극정성의 공을 들여 보자. 공 들인 만큼 결과는 찾아온다.

마흔넷 늦깎이 엄마의
특별한 선택

워킹맘 조혜영 (플레이식스 대표/전 여성신문사 편집국장)

– ♀ 이○○ (군포양정초등학교 3학년)

"늦은 나이에 결혼해서 저만큼 예쁜 아이 낳은 사람 있으면 나와 보라고 하세요."

첫 만남부터 아이의 사진을 들고 큰소리 떵떵 치던 그녀였다. 사진 속의 아이는 해맑게 웃고 있다. 예쁘다. 마흔넷에 결혼해서 마흔다섯에 낳은 아이. 뒤늦게 아이를 보았으니 아이 키우는 일이 너무 즐거워지고 말았다. 결혼을 할까 말까? 일을 할까 말까? 이런 건 그녀에게 애초에 고민의 시작도 되지 않았다. 여성, 인권, 성평등, 경단녀…. 여성의 자아찾기와 관련된 단어들을 늘 함께 안고 살아가는 여성신문사의 국장으로 그냥 행복했다.

결혼 따위(?)에는 별 관심이 없었다. 그러다가 뒤늦게 찾아온 결혼, 무엇보다도 아이를 낳고 키우며 놀라운 인생이 시작됐다. 아이 옆의 엄마 자리에 대한 유혹도 느꼈지만 '엄마의 인생과 나의 인생'이라는 단어가 몸 속 깊은 곳에서 용트림을 시작했다.

후배들에게 생활 속 일의 완급을 잘 조절해야 한다는 이야기를 꼭 들려주고 싶다던 그녀는 일과 가정 사이의 제대로 된 '밀당'이 워킹맘의 살길이라며 무엇보다도 자기 자신을 최고로 귀하게 여겨야 한다고 강조한다.

대한민국에서 최고로 강해 보일 것 같았던 카리스마 넘치던 그녀도 결국 아이 얘기를 하다가 눈물을 보이고 말았다. 짠한 눈물 끝에 그녀 역시 포근포근한 '엄마'임을 알게 되었다. 쉰이 넘은 나이와 초등학생 딸아이. 인생 속 숨은 그림을 제대로 찾고 있는 그녀야말로 만혼녀들의 우상이다.

두 마리 토끼를 다 거머쥘 수 있다는 신화를 위해 그녀는 오늘도 현재진행형이다.

그녀가 사진을 꺼내든다. 꺼내든 사진 한 장에 주위의 여성들이 즐거운 고함을 질러댔다. 사진 속의 아이는 정말 귀여웠다. 유치원 생 티를 막 벗은 어린 여섯 살의 꼬마. 막내동생이 낳은 늦둥이가 아니라 자신의 딸이란다. 즐거운 인생담이 그렇게 시작되었다.

아내가 된 일보다 엄마가 된 일이 세상에서 제일 잘한 일이라고 큰소리치던 그녀. 결혼에는 아예 관심이 없었다. 서른이 되면서 자신이 아닌 주위 사람들로부터 결혼이 완전 늦었다고 판정 아닌 판정을 받아야 했던 80년대 학번. 의지와 상관없이 타인과 사회적 분위기에 의해 그녀는 노처녀라 판정받았고 결혼에 자발적 의지가 없는 것으로 결정 지어졌다.

우연찮게도 그때부터 일이 재밌어지고 열심히 하다 보니 시간이 훨훨 지나갔다. 결혼이란 인생에서 완결해야 할 과업이라는 생각을 자연스럽게 벗어버리게 되었다. 인생사 본질적 외로움은 선배들의 말처럼 결혼해도 외로운 거니까 귓등으로 넘겼는데, 여성으로서의 외로움은 자신이 미성숙한 인간으로 나이 들어가는 건 아닐까 종종 두려움과 걱정으로 밀려왔다.

"솔직히 아이를 낳고 싶다는 생각은 별로 안 했어요. 아이를 좋아하지도 않았거든요. 그런데 지금은 그것이 감히(?) 얼마나 어리석은 생각이었는지를 깨닫게 됐죠. 결혼이 인생을 완성하는 게 아니라 아이를 낳아 엄마가 되어보는 것이 나를 완성한 큰 완결점이라고 생각하게 됐어요. 쉽게 말하면 저는 인내심이 많은 괜찮은 인간이라고

자만심을 가지고 살았었는데 아이를 키우면서 제가 인내심이 바닥
이고 형편없는 인간이라는 게 너무 자주 들통이 나더라고요. 그동
안 저를 너무 파악 못하고 살았던 거죠. 사람들이 노처녀에 대한 편
견을 가진 거라고 치부했었는데 아니었어요.

　아이 낳고 겸손해지고 사람이 된 거죠. 그리고 사랑이 뭔가를 알
게 됐어요. 남녀 간의 사랑, 사회에 대한 사랑, 이런 이론적이고 머리
로의 사랑만 알았었지 온전한 사랑이 뭐라는 건 아이를 통해서 느
끼게 된 거예요. 부모가 되고 나서 말이죠."

　말은 쉽지만 나이 마흔넷에 마주한 출산이 두렵지 않았을까? 평
소 건강에 대한 자신감이 있었다는 그녀는 그 나이에 자연스럽게
아이가 생겼다는 말에 축복을 받았구나 생각했다. 자연분만을 위해
서 많은 노력을 들였다. 다이어트를 수없이 실행하고도 단 한 번도
성공한 적이 없었는데 열 달 동안 자연분만을 위해 들인 공은 스스
로 생각해도 대견할 정도의 노력이었다. 그리고 그런 노력이 늦은
나이에 아이에게 줄 수 있는 최고의 선물이라고 생각했다.

　"자연분만을 위한 운동을 매일 했어요. 정말 단 하루도 거르지 않
고 출근 전 20분씩 매일 운동을 했죠.(웃음) 주말이면 서울 근교의 수
목원이란 수목원은 다 다니고 좋은 공기 마시고 또 자연분만 출산
교실도 꾸준히 다니고, 이 과정들이 모두 굉장히 신기한 경험이었
어요. 주위의 선배들이 아이를 기르는 시간은 너무 짧고 빨리 간다,
충분히 누려라, 나중에 크면 후회스럽더라…. 이런 메시지를 계속

주셨고 잠시 쉴까 고민했죠. 그만두라는 이야기가 아니라 잠시 쉬라는 이야기였으니까 귀담아 들었어요."

주위의 권유로 출산 후 아이가 세 살이 되기까지는 같이 있는 시간을 많이 만들려고 고민했다. 그렇게 해서 잠시 일을 접고 18개월 동안 아이 옆에 있었다. 흔히 말하는 경력단절 여성이 된 것이다. 그러면서 아이가 돌 무렵 여성신문에 육아일기를 쓰기 시작했다. 사실 잠시 일을 놓았다고 해도 곧 다시 시작하겠다는 의지가 있었던 터라 그 무렵 주위에서 쿡쿡 찔러대는 일이 반복되자 마음이 들뜨기 시작했다.

"집에 있다고 당신이 좋은 엄마가 될 것 같아? 환상을 깨. 이제는 너의 커리어를 지키는 게 좋을 걸! 아기 시절은 벗어났잖아. 이런 충고들이 계속 들려오는데 몸도 근질거리던 차에 마음이 바빠졌죠. 제가 좀 팔랑귀라서 결국 신문사로 오면서 새로운 커리어를 갖게 된 거죠."

여성신문이니 다른 직장과는 좀 다르게 봐주지 않을까 싶어 물었더니 직장은 직장이란다. 특히 신문사는 일반 회사의 출퇴근 구조와 다를 수밖에 없다. 때로 조찬모임부터 야근까지 일해야 하는 신문사의 생리를 잘 알고 있기에 걱정부터 앞섰다. 하지만 다행스럽게도 여성신문사의 특성을 살려 워킹맘들이 더 잘할 수 있는 구조를 만들어 보자고 신문사가 먼저 제안해 주었다. 선배들도 다들 아이 키우며 신문사 생활을 했으니 그녀의 선택은 한결 쉬웠다. 하지

만 그 어떤 환경 속에서도 가장 중요한 건 가장 가까이에 있는 조력
자의 협력이다.

"남편은 제가 하는 모든 일에 당신의 판단을 믿는다는 이야기를
들려주는 사람이에요. 그래서 뒤늦게 결혼을 결심한 거고요. 결혼
전에 제가 두 가지를 부탁했어요. 어쨌든 내가 하는 일을 지지해 달
라는 것이었고, 육아의 방향은 논의하겠지만 전적으로 아내를 믿고
따라와 달라고 했죠. 남편이 건설회사에 다니는데 외국에서 일하고
있어요. 1년에 서너 번 집에 오죠. 다들 조상이 복을 지어서 제가 편
하게 산다는데 저하고 딱 맞는 결혼조건이었죠. 늦게 결혼하니 그
런 조건을 누릴 수 있는 혜택도 온 듯해요.
　육아 트러블이 생길 때는 합의과정이 있어야 하지만 그래서 그런
지 일단 남편은 저를 믿어요. 아이에게는 아빠가 떨어져 있는 시간
이 많기 때문에 아이를 만날 때는 무조건 최상의 아빠, 최고의 아빠
를 표방키로 약속해서 악역은 주로 제가 도맡기로 한 거죠. 그렇게
해서라도 아빠와 떨어져 있는 시간에 대해 보상을 해주고 싶었고
요. 아빠는 항상 든든하고 좋은 사람이라는 메시지를 주려고 애써
요. 육아도 부부가 함께해야 하는 협업이니까요."

　만혼의 강점이다. 젊은 시절, 뭐가 어떻게 흘러가는지도 모르게
아이를 키워 뒤늦게 후회하는 부부도 있는 반면, 삶의 경륜이 만만
치 않으니 육아에도 좀 여유가 있다.

물리적으로 체력은 고갈될지라도 주위들은 정보가 많으니 사고
는 한결 유연하다. 그녀의 경우 남편의 빈자리를 친정어머님이 채
워주시는 행운이 따랐다. 1차 양육자에 따라 아이들의 인성이 결정
된다고 하니 주 양육자의 일관성은 매우 소중한데 친정어머니 덕에
이 점이 해결되었다. 다시 출근하면서 친정 옆으로 이사를 갔고 주
말은 집에서 보냈다.

그런 그녀에게 일을 지켜야 할 중요한 의미는 또 한 가지가 있었
다. 항상 당신의 딸이 자신의 커리어를 가지고 열심히 일할 수 있도
록 100% 도와주고 싶다던 부모님. 딸 된 도리로 모든 것을 포기해서
실망시키고 싶지 않았다. 친정부모에게 딸이란, 시부모의 며느리와
는 또 다른 대상이다. 며느리가 일하며 아이를 돌볼 때의 마음과 딸
이 일하며 아이를 키울 때의 마음은 그 안타까움의 정도가 좀 다르
다는 것이 많은 사람들의 솔직한 의견이다. 내 딸에 대한 친정 부모
님의 기대는 외손녀의 양육으로 대변되었다. 죄송하긴 했지만 다행
스러웠다.

"친정어머니가 교사셨는데 공적 역할에 대한 책임감이 크셨던
분이죠. 그러니 엄마가 워킹맘으로서 다하지 못한 그 기대감을 딸
이 완성해 주길 바라는 마음이 있으셨을 거예요. 사실, 친정어머님
이 아이를 키워주는 다른 워킹맘들도 친정엄마 생각해서 더 열심히
해야 한다고 저는 늘 주장해요."

개인적인 주 양육자는 해결되었지만, 전반적으로 우리나라의 워킹

맘들에게는 기본적으로 육아를 마음 놓고 해결할 여건 자체가 쉽지 않다. 한국적 정서를 기본에 두고 보면, 믿고 맡길 곳이 드물다는 것이 첫 번째 고민거리다. 어쩌다가 터져 나오는 보육시절의 안타까운 뉴스들은 워킹맘들의 가슴에 더더욱 불편한 자리를 만들기도 한다.

"솔직히 저도 항상 그 점이 제일 불안했어요. 만 두 돌에 어린이집에 보냈는데 잘 돌봐줄까 어떨까 마음이 복잡했죠. 다행히 아이가 잘 다녔어요. 문제는 유치원 갈 때 생겼어요. 뭐가 다르게 여겨졌는지 딸아이의 의사가 너무나 분명해서 유치원을 가지 않겠다고 선언을 하더라고요. 환경의 변화를 겪으면서 아이의 마음속 불편이 몇 가지 있었던 거 같아요.

저요, 진짜로 고민 많이 했습니다. 싫다는 걸 무조건 가야 한다고 강요할 수 없어서 부모님하고 진지하게 의논해서 어떤 결단이 필요하다고 결론 냈죠. 그때 다행히 회사에서 육아휴직이라는 처방전이 나왔어요. 포장은 육아휴직인데 집에서 일을 해야 하는 형태였죠. 그나마 그렇게 정리된 육아휴직으로 제가 아이 옆에 있으니까 자연스럽게 유치원에 가더라고요. 위기를 해결했죠. 그 사이에 회사에 도움이 되는 기획이나 취재도 했고, 해외취재도 다녀왔고요. 할 건 다 하면서 아이문제도 해결했으니 천만다행이었어요."

고민을 하니 해결책이 만들어졌다. 비슷한 상황의 동료나 선배들이 많다보니 그녀의 고민은 직장에서 해결이 되었다. 그녀로서는 비상구가 되었다.

"예전에는 다들 두세 달이 전부였는데 요즘은 1년, 2년 장기로도 육아휴직을 쓰잖아요. 아이 다 키운 친구들이 저에게 그래요. '늦게 결혼해서 아이도 튼튼히 낳고 육아휴직 길게 쓰고, 우리가 앞서 고생해서 비단길을 깔아주니까 좋은 혜택은 네가 다 누린다.'라고요.

여러 사람이 투쟁하고 공들여서 만들어 준 결과를 제가 고스란히 누린 셈이죠. 그것도 뒤늦게. 그래서 워킹맘인 우리가 지금 열심히 또 가야 하는 거예요. 후배들을 위해서 말이죠."

예전보다는 나아졌다고 해도 대한민국 워킹맘이 가지는 일과 가정의 양 갈래 길은 갈 길이 아직 멀다.

"아이랑 같이 있으니까 제가 너무 단순해지더라고요. 제 감정을 바닥까지 보게 되는 일이 흔해지는 거예요. 하루에도 수십 번씩 희로애락의 감정을 다 맛봐야 하고, 한창 아이가 자아형성이 될 때는 그 조그만 아이의 감정에 제가 휘말려서 똑같이 유치찬란해지는 걸 느끼겠더라고요. 저 쪼그만 게 날 농락하고 가지고 놀아? 혼자 억울해하고 짜증내고 속상해하고, 북 치고 장구 치며 좌절하다가…. 하하, 참 웃기죠.

그런데 일을 할 때는 머리가 확 정리되면서 오히려 힐링이 되는 거예요. 왠지 제가 제법 가치 있는 인간이 된 듯 말이죠. 복직한 후 너무 많은 일들이 물 밀 듯이 밀려오는데 아주 재미있고 의미 있어서 '내가 왜 육아휴직을 했을까?' 이런 후회가 들 정도였죠. 물론 뒤늦게 낳은 아이가 엄청 예뻐서 '정말 일을 그만두고 튀어볼까?' 종종 생각했지만, 그래도 제게 일은 필요해요."

파트타임으로 전환하는 유연근무제가 있어서 순간 고민도 했지만, 아이에 대해 빚을 진 것 같은 부채감을 가질 필요가 없다고 선배들은 격려해 주었다. 아이는 아이대로 잘 자라니 개인의 발전도 생각해야 한다고 상사들이 조언을 해주었다.

"초등교사였던 엄마가 제가 중1 때 전업맘이 되셨는데 그 뒤로 본 엄마의 삶은 솔직히 그리 행복해 보이지 않더라고요. 살림에 너무 어설픈 엄마의 모습을 보면서 '우리 엄마는 밖에 있을 때 더 빛나는 사람이었어!' 이런 생각을 갖게 됐죠. 엄마도 저희 삼남매에게 늘 마음의 빚 같은 게 있으셨다는데 그래서 제 육아를 도와주시면서 그 빚을 저에게 갚고 싶으셨대요. 그럴 필요는 없었는데 말이에요. 어쨌든 그 기대감을 너무 잘 아니까 오히려 제가 일을 포기하기가 쉽지 않았어요."

아이와 함께하는 시간은 양적으로 적었지만 항상 양보다는 질이 더 중요하다고 생각했다. 그래서 아이랑 같이 있을 때는 온전히 집중하려고 노력했다. 딸아이가 간혹 말을 안 듣고 투정 부리면 그녀는 아이를 붙잡고 진심으로 하소연을 한다고 했다.

"엄마는 정말 중요한 일을 하고 있어. 네가 안 도와주면 힘들어. 하지만 네가 원하지 않으면 회사 가지 말까? 이렇게 물어요. 6살이 되니까 한번은 징징 울면서 그래요. '엄마가 얼마나 중요한 일을 하는지 그건 모르겠지만, 돈을 버니까 회사는 다녔으면 좋겠어. 그래서 좋은 것을 사주면 더 좋겠어.' 하하, 웃음이 나죠.

전문경영인인 친구는 아이가 사춘기일 때 여름휴가를 하루 받아 쉬고 있는데, 한 번도 엄마가 집에 있는 걸 못 본 둘째가 등 떠밀어서 회사에 나왔다고 전화했더라고요. 아이들 생각도 이제는 많이 달라진 거죠. 무조건 엄마는 집에 있어야 한다고 생각지 않는 거 같아요. 아이들에게 '스스로 해야 해!' 이런 표현을 자꾸 하니까 아이들도 독립심이 강해진 듯해요. 저의 부모님이 그러시더라고요. 제가 자랄 때도 그랬대요. '내가 알아서 할게!' 이 말을 입에 달고 살았다는데, 엄마 말씀에 의하면 제 딸도 그렇다고 하네요.^(웃음)"

일이 좋아 선택한 직장이지만 사실 워킹맘은 직장에서 가정사로 눈치 볼 일이 자주 생긴다. 공사와 개인사가 겹쳐지면 어떻게든 공사를 선택해야 한다는 부담감이 워킹맘을 더 힘들게 한다. 그럴 때마다 조직에 민폐를 끼칠 수 없는 그녀는 아이를 설득했다.

"당당하게 설명하고 일단 아이를 이해시켜요. 물론 엄마로서의 본능적인 미안함이 없는 건 아니지만 미안해하지 않으려고 의도적으로 애를 쓰는 거죠. 조직 속에서 일하면서, 조직에게 개인을 이해하라고 할 수는 없는 거죠. 유치원 발표회 때도 회의가 있어 못 가면 담담히 설명해요. 어린이집 첫 발표회도 못 갔죠. 해외출장을 갔으니까요. 유치원 부모수업 같은 건 거의 늘 빠지는데 그때마다 충분히 알아듣게 설명해요.

저 역시 엄마가 일을 하셨으니까 엄마들이 다 따라오시는 초등학교 소풍 때도 우리 엄마만 못 오셨는데 어린 마음에 섭섭했던 건 사실이면서도 아이러니하게 우리 엄마는 특별히 멋진 사람이라는 자부심 같은 걸 가졌었거든요. 저의 아이도 그럴 거라고 믿는 거죠. 아니, 정확히 말하면 믿고 싶은 거죠.(웃음) 엄마의 일에 대한 당당함이 참 중요한 것 같아요."

야근이 갑자기 생기거나 늦게 퇴근하는 날도 결코 아이를 무시하지 않고 먼저 양해를 구했다. 그냥 지나가는 법 없이 꼭꼭 전화해서 사정을 이야기했다.

"아이가 유치원에 다닐 때 한 번은 그러더라고요. 가장 큰 소원이 엄마가 유치원 끝나는 시간에 데리러 와주는 거래요. 앞집 엄마는 교수인데 방학 때마다 데리러 온다고요. 그러면서 '그 엄마는 방학이니까 데리러 올 수 있는데, 엄마는 휴가가 아니면 안 되는 거야?' 이렇게 묻기에 '응! 안 돼!' 아주 쿨하게 단번에 잘라 말했어요. 어설픈 기대감을 가지게 할 수 없으니까요.

그리고 아이가 가지고 있는 조건을 확대해서 이야기하고 격려해주는 거죠. '봐봐! 다른 아이들은 엄마만 오지만, 너는 할머니도 할아버지도 데리러 가시잖아. 얼마나 멋져! 그런 친구들 없지?' 아이들은 그런 격려를 받으면 정말 난 특별하구나 생각하기도 하니까요. 물론, 간혹 한 번씩 약속 없이 데리러 가는 서프라이즈도 했죠. 기대를 안 하고 있으니까 더 기뻐했겠죠?"

　벌면 얼마나 번다고 식의 워킹맘에 대한 접근에 그녀는 충분히 동의한다. 누구나 그런 생각을 할 수 있다고 인정하니까. 솔직히 손익계산을 따지면 그게 맞다고도 본다. 신문사에서 엄청난 연봉을 받는 것도 아니니까. 그러나 정작 중요한 건 삶을 주체적으로 살아가는 엄마의 태도다.

　"그냥 열심히 사는 제 모습을 아이에게 보여주고 싶어요. 그 이상도 그 이하도 아니에요. 제가 돈을 많이 벌고 권력을 갖고 높은 지위에 올라 훌륭해지는 게 아니라, 내 삶의 중심에서 최선을 다해 살아가는 엄마라는 걸 보여주고 인정받고 싶은 거죠. 삶의 주인공으로서 말이죠. 아이가 계속 지켜보고 있으니까.

　저는 아이에게도 예쁜 사람이 아니라 멋진 사람이 되라고 말하는데, 멋진 사람의 기준은 사람마다 다르겠지만 그 가치를 돈으로 경제적으로 환산할 수는 없는 거라고 봐요. 정답이 있는 건 아니니까 크게 동요하지도 않아요. 다만 제가 신경 쓰는 건 어려서의 애착관계를 위해서 충분한 시간을 갖지 않으면 사춘기 때 힘들어진다고 주위에서 충고하니까 무엇이든 함께하는 일에 대해 깊이 생각하는 거예요."

　그녀를 보면 만혼이 꼭 걱정스러운 것만은 아니다. 늦은 나이에 경험하는 출산이 신체적으로 안정적이기만 하다면, 살아 있는 충고를 충분히 들을 수 있어 좋은 점도 있다. 만약 결혼을 하지 않았다면 일에 대한 책임감이 더 강해졌을까? 그녀는 동의하지 않았다.

"아이를 낳고 생명에 대한 책임감을 갖게 되면서 일에 대한 책임감도 더 단단해졌어요. 사실 싱글일 때는 혼자 결정하고 책임 못 지면 '그만두지 뭐, 그만두고 유학가지 뭐, 그만두고 여행가지 뭐, 다른 거 하지, 더 쉬운 것 하지….' 매사 결정이 가벼웠던 거죠. 그래서 절박감이랄까 그런 것이 한결 덜했는데 아이 낳고 일 대하는 태도가 달라졌어요. 아이가 보고 있으니 굉장히 열심히 책임감을 가지고 살아야 한다고 생각하게 됐고요.

특히 주위에서 '워킹맘이 자기 일 신경 쓰느라 회사 일을 대충한다.' 그런 소리는 너무나도 듣기 싫은 거예요. 행여 그런 시선으로 비춰질까봐 더 열심히 하는 변화가 생겼어요."

무엇이든 긍정적으로 사고하는 그녀에게 늦은 결혼과 늦은 출산은 크게 문제가 될 것이 없어 보였다. 그럼에도 불구하고 그녀가 끝내 눈물을 보인 이야기 한 대목.

"잠실 종합운동장에서 큰 행사를 마치고 돌아가는데 코엑스의 그 넓은 주차장 아시죠? 어디에다 주차를 했는지 기억을 못하겠는 거예요. 밤 10시가 다 되어 가는데 아이는 아이대로 지치고 저는 저대로 지치고 그 넓은 주차장을 얼마나 헤맸는지, 다리도 아프고 힘도 빠지고 정말 죽겠더라고요. 아이가 너무 힘들어 보여서, '엄마가 업어줄게. 힘들지?' 하며 등을 내미니까 아이가 화들짝 놀라면서 '아냐, 아냐. 괜찮아, 엄마 힘들어.' 하면서 몸을 빼는 거예요.

억지로 업었어요. 등에 업힌 아이가 그렇게 말해요. '엄마 나이가 많아서 힘든데!' 그 순간… 눈물이 왈칵 났어요.(그녀는 이 대목에서 실제로 눈물을 흘렸다) 이 조그만 녀석이 업어달라고 해도 시원찮을 판에 제 엄마 늙은 건 알아서 선수 치듯 철이 들어 있었구나.

업힌 아이가 '내려줘. 나 걸을 수 있어!' 버둥거리며 등을 미는데 마음이 너무 아팠어요. 저도 모르게 '엄마 늙었어! 엄마 힘들어!' 무의식적으로 아이에게 각인시켰던 것은 아닐까 돌아보게 된 거죠. 떼쓰면서 업혀도 될 나이에 이런 것까지 생각하는 꼬마어른을 만들었다 싶어서 마음이 참 그랬어요. 일요일마다 아이가 깨우면 저도 모르게 짜증내고 깨우지 말라고 하다가도 순간 확 미안해지는 일들이 왕왕 있었거든요."

주어진 여건 속에서 사람들은 다들 다른 형태로 살아간다. 다양한 삶들은 각기 다른 가치관 속에서 그 시간을 영위해 간다. 삶의 주인공이 되어 사회의 일을 할 수도 있고 아이를 잘 길러내는 일을 할 수도 있다. 모든 삶은 다 의미가 있다.

"가끔 친구들이 전화해서는 그래요. '아이를 다 키웠는데 나 뭐할까? 새로 취직할 수 있을까?' 하면 저는 한마디로 '못해!' 하고 못 박아요. '이제 아이 다 키우고 기관장으로 취직할 나이에 까마득한 후배 밑에 들어가서 일하고 싶다면 어느 후배가 너를 반기겠니? 당연히 안 돼!'라고 말하죠. 하지만 희망을 빼앗진 않아요. 그래도 인생이

기니까 5년이든 10년이든 무엇을 하겠다는 설계를 해보라고 권해요. 그리고 지금부터 돈 벌겠다는 목표가 아니라 봉사하고 매달려 보겠다는 마음가짐으로 준비하라고 일러주죠. 거창한 곳이 아니라 내가 사는 지역에서 시작하라고 충고해요.

사실 저도 50대로 들어갔지만 이 나이는 가치 있는 무엇인가를 준비하고 60세에는 어떻게 살겠다는 생활을 준비하는 때라고 보거든요. '아이 키우다 다 지나간 내 인생 돌리도….' 이건 아니라고 보는데, '내 인생의 마지막 성장의 한 단계가 뭘까?' 그걸 고민하고 '사회에 어떻게 환원할까?' 등을 생각할 나이가 제 나이인 거죠. 인생이 소중하다는 사실을 우리는 너무 단순히 경제적이고 산술적인 계산으로만 값을 매긴다는 게 그게 문제인 것 같아요. 가치의 의미를 찾아야죠."

늦깎이 엄마의 특별한 선택, 누구도 두려워할 필요가 없다. 그녀는 용감하게 시작했고 잘 가고 있다. 롤 모델이 있다는 사실은 새삼 마음 놓이는 일이다.

소중한 가치 – 전화끊기와 문 걸기!

아이가 초등학교에 입학하게 되면 어느 날 우리 집 가훈을 써오라는 숙제를 만난다. 무엇을 가훈으로 삼아야 할까? 신의? 믿음? 친절? 성실? 배려? 부모가 확고한 가치관을 갖지 않으면 육아의 철칙 역시 공중에 떠 있는 구름처럼 흔들리게 마련이다.

아이가 유치원에 입학하면서 사람 사이의 관계를 인식하기 시작했다. 드디어 세상을 살아가는 자세에 대해 교육을 할 시간이 온 것 같다고 판단했다. 세상살이에서 제일 소중한 것이 사람을 대하는 태도라고 여기던 나는 작정하고 아이들에게 두 가지를 강조했다.

"사람들은 살면서 자기가 제일 중요하게 여기는 생각이 있거든. 그런 걸 가치관이라고 하는데, 엄마는 딱 두 가지를 너희들이 잘 지켜줬으면 좋겠어.

첫째, 전화할 때 절대 너희들이 먼저 끊지 마. 마음속으로 하나 둘 셋 세고 끊어. 먼저 툭 끊어버리면 저쪽 사람의 기분이 어떨까? 둘째, 우리 집에 치킨 아저씨, 피자 아저씨, 자장면 아저씨, 택배 아저씨 많이 오시지? 그분들이 가실 때 문 닫자마자 현관 걸쇠를 턱 잠그면 안 돼. 너도 남의 집 갔다가 나오는데 나가자마자 누가 철컥 문 잠그면 기분이 어떨까? 나쁘겠지? 그게 배려라는 거야."

함께 살아가는 세상, 관계는 중요하다.

상대의 마음을 살피는 것은 사소한 듯 보여도 함께 사는 세상에서 잊어서는 안 될 상식이다. 다행히 아이들은 말귀를 잘 알아들었다. 어떨 때는 너무 오랫동안 전화기를 들고 있어서 끊으라는 이야기를 서너 번 반복하기도 했다.

1층인 우리 집에서는 아파트 1층의 공동 현관문 열리는 소리를 들을 수가 있다. 배달 아저씨가 다녀간 뒤 종종 현관 문 앞에서 숨죽인 자세로 서 있는 아이들을 발견했다.

"엄마, 쉿! 아직 치킨집 아저씨가 1층 현관문을 안 나가신 것 같아요!"

멀리서 1층의 공동 현관문이 닫히는 소리가 아스라이 들린다. 그제야 아이들은 걸쇠를 걸고 받아든 치킨에 환호한다. 작고 사소한 일이지만 아이들은 부모에게 사회를 배운다.

워킹맘의 아이들은 부모가 살뜰히 보살피지 않을 거라는 전제들이 종종 마음을 아프게 했다.

엄마가 옆에 없으니 버릇이 없다거나 엄마가 일하러 나가니 아이들이 제멋대로라거나 그런 이야기를 듣는 워킹맘은 누구보다 더 아프다. 아이들은 그 나이에 버릇없고 예의 없을 수 있음에도 '엄마가 일하러 나가서'라는 이야기를 듣는 건 무엇보다 싫었다.

전업맘이든 워킹맘이든 아이들에게 기대를 품어보는 각자의 가치관이 있다. 나는 무엇을 일러줄 것인가? 어떤 가치관에 대해 생각을 심어줄 것인가? 거창하지 않아도 좋다. 주위에서 만나지는 소소한 생각 속에서 아이들이 지켜야 할 도리와 원칙을 정해 주는 일. 그것부터 시작하는 건 어떨까?

세상을 살아가면서 아이들이 꼭 명심해야 할 일상의 가치들을 함께 머리 맞대고 의논해 보라. 어린 시절의 습관이 아이의 가치관을 바르게 만들어 줄 것이다.

▶ 타인의 입장에서 보면 세상이 제대로 보인다. 아이들이 처음으로 만나고 배우는 사회는 '부모'의 세상이다. 일거수일투족이 매우 조심스러운 이유다.

구멍 난 양말

퇴근 시간을 두어 시간 남긴 오후, 핸드폰이 부르르 몸을 떤다. 사진 2장이 날아왔다. 제목은 '구멍 난 내 양말'. 사진 속에는 아침에 신고 간 작은아이의 양말이 가지런히 누워 있다. 자세히 보니 양말 뒤축이 올이 나가 완전히 큰 구멍이 나 있다. 퇴근 후 현관에 들어서는 엄마를 보자마자 작은아이가 침을 튀기며 열변을 늘어놓는다.

"엄마, 엄마. 사진 봤어요? 양말에 구멍이 나서 뒤꿈치가 다 나온 거야. 친구한테 스카치테이프 좀 갖다 달라고 해서 감쪽같이 붙였지. 아, 지난번에도 그랬었는데, 히히."

챙겨주지 못한 이 엄마를 탓하지 않고 아이는 위기를 넘긴 자신의 무용담에 도취되어 있다.

"그러니까 아침에 신을 때 잘 살펴야지. 일하는 엄마가 네 양말까지 어떻게 챙겨?"

"에이, 알아요. 그래도 잘 넘어갔잖아요."

아이는 웃으며 돌아서는데 이 엄마는 시큰한 미안함에 목이 멘다. 일하는 워킹맘은 종종 구멍 난 양말로 아이의 자존심에 상처를 낸다. 아직 여물지 못한 열네 살의 아이. 스타일 구겼다고 타박하지 않으니 천만다행이다.

워킹맘을 주제로 한 어느 토크쇼에 여성패널로 초대되었다. 각자의 일 속에서 제법 성공했다는 여자들 몇이 모여 자신의 경험담을 나누었는데 방청석의 한 엄마가 손을 들었다.

"저는 전업맘입니다. 자부심 느낄 만큼 아이 잘 키웠고 내 삶에 불평 없이 살았어요. 그런데 남들은 성공이라 말하지 않네요. 앞에 나와 계신 분들처럼 일하는 엄마들만 성공했다고 하죠. 저도 열심히 살았는데, 이런 분위기가 문제라고 생각하지 않으시나요?"

뜬금없는 질문에 장내가 조용해졌다. 패널들 서로 눈치를 보는데 내가 마이크를 잡았다.

"혹시 어머니, 아이에게 구멍 난 양말을 신겨보셨어요?"

질문을 던진 여성은 고개를 가로저었다. 나는 다시 말을 이었다.

"얼마 전에 저의 작은아이가 핸드폰으로 사진을 한 장 보내왔어요. 구멍 난 양말을 찍어서 말이죠. 그 녀석이 몇 번쯤 구멍 난 양말을 신고 학교에 갔다는데 저는 전혀 몰랐습니다. 모든 게 완벽하지 못한 채로 저는 매일 매일을 살아갑니다. 아이는 종종 구멍 난 양말을 신고 그렇게 학교도 가고요, 아무도 없는 텅 빈 집에 혼자 들어와서 집 앞 가게에 달려가 김밥 한 줄 사먹고 학원 차를 타기도 합니다. 아무렇지도 않게 제 생활을 하면서 아이는 씩씩한데, 솔직히 엄마인 제 맘은 아플 때가 많습니다. 구멍 난 양말 때문에 곤혹을 치렀을 아이의 모습, 상상만 해도 마음이 아픕니다. 저도 양말 살펴 제대로 신겨 보내고 싶고, 간식 챙겨 집에 오면 반갑게 먹이고도 싶습니다.

우리는 모두 한계가 있는 사람입니다. 그래서 모두가 누릴 수 있는 총량은 똑같다고 생각해요. 이곳이 꽉 차면 저곳이 비게 마련이고, 저곳이 꽉 차면 이곳이 빕니다. 사회의 편견에 휘둘리지 마세요. 누가 뭐라든 어머님과 저, 우리 모두 각자의 인생에선 성공했으니까요."

엄마들은 한마음으로 박수를 보내주었다. 나는 그 박수로 큰 위로를 받았다.

작은아이의 구멍 난 양말이 엄마를 살렸다.

▶ 워킹맘은 아이 앞에서 눈물을 숨길 줄 알아야 한다. 슬퍼도 말이다.

눈물 닦아주세요!

아이를 처음으로 어린이집에 보내면 하루 종일 속이 탄다. 아이마다 적응도가 다르기 때문에 아이에 따라 시간이 많이 걸리기도 한다.

큰아이를 처음 어린이집에 보낸 날, 돌아와 나는 온종일 멀쩡한 접시까지 다 꺼내어 박박 닦아댔다. 작은아이는 생후 1개월 15일. 두 달간의 작은아이 출산휴가를 마치고 곧 출근을 해야 하니, 아주머니 혼자 연년생 두 아이를 돌보기는 힘든 일이었다. 결국 19개월 된 큰아이를 어린이집에 보내기로 남편과 결정했다. 19개월이라 좀 이른 감이 있었지만 어쩔 수 없었다. 내성적이고 소심해서 자신의 의사를 강하게 표시하지 않는 큰아이가 과연 어린이집에 잘 적응할까? 우려가 많았다.

남편과 큰아이를 데리고 몇 군데 어린이집을 돌고 돌았다. 벌써

서너 군데를 방문했는데 아이의 표정이 밝지 않다. 잘 어울리는가 싶어 살짝 돌아서면 그 사이 눈치를 채고 아이는 맥없이 운다. 차마 떼어놓지 못하고 다시 데리고 나온다. 며칠 동안 이 상황을 반복하고 있다. 며칠 눈치를 보다가 가까운 어린이집에 보내기로 결정을 하고 오늘은 결국 큰아이를 떼어두고 돌아섰다. 울먹대는 아이의 얼굴에 대고 곧 데리러 올 거라고 연발하며 마음을 안정시켜주었지만 아이는 여전히 울먹인다. 선생님들이 어서 가라고 눈치를 준다.

과감히 발길을 옮겨 집으로 돌아온 나는 안절부절못한다. 투정도 부리지 못하는 성격에 소리 없이 눈시울을 적시고 있을 얌전한 큰아이를 생각하니 가슴을 도려낸 듯 아프다. 아프다. 또 아프다. 잊는 것이 최선이다. 죄 없는 접시를 죄다 꺼내서 씻고 또 씻고 정리한다.

점심때가 넘어서 집에 돌아온 큰아이는 나를 보자마자 경기하듯 큰 울음으로 달려든다. 앞으로 이 녀석을 어찌 떼어놓을까. 엄마인 나도 함께 눈물바람이다.

출근 후 새벽 생방송을 연출하게 되었다. 새벽 5시면 오시는 고마운 아주머니께 아이들을 부탁하고 출근을 한다. 그런데 퇴근 후, 아주머니가 나를 붙잡고 하소연을 한다.

"우얄꼬… 나 어린이집에 데려다주는 거 몬하겠다. 차라리 안 가겠다고 떼쓰면 야단쳐서라도 보낼 텐데, 어린이집 앞에서 눈물을 뚝뚝 흘리면서 '아줌마… 눈물 닦아주세요!' 그러고는 돌아서서 어깨 축 처져 들어간다! 맘 아파서 몬하겠다. 내가 둘 다 데리고 있음 어떤노?”

마음결 고운 아주머니의 입장을 충분히 이해한다.

“그러면 계속 적응 못 해서 안 돼요. 마음이 아파도 그냥 보내세요.” 일주일 후 아주머니는 손을 들었다. 다음날, 남편에게 그 일이 넘어갔다. 남편은 3일 만에 손을 들었다. 모질어져야 한다. 적응시켜야 한다. 강력한 나의 주장에 다시 아주머니가 큰아이의 손을 잡고 매일 아침 어린이집을 향했다.

한 달이 지나며 아이는 포기를 배워가고 있다. 아픈 포기가 마음에 자리를 잡았던 모양이다. 적응해 가는 19개월배기 아이를 보니 또 아프다. 어쩌라고, 정말 어쩌라고. 엄마의 눈물을 딛고 나는 아이가 잘 적응할 것이라고 굳게 믿는다. 믿지 않으면 도무지 다른 방법이 없다.

> ▶ 차라리 떼를 쓰는 아이가 더 가볍다. 조르지 않는 아이의 눈물은 심장을 조인다.

사랑하면 지켜보세요

초등학교 5학년 작은아이. 새 학기를 시작한 다음날, 교과서를 한가득 안고 나간다. 요즘 교과서들은 종이 질도 좋고 상세하게 잘 되어 있다 보니 제법 무겁다. 어른인 내가 두 팔로 들어도 무거운 교과서 한 다발. 도무지 아이가 들 수 있는 무게가 아니라서 교문 앞까지 끙끙거리며 함께 들어다 주었다. 교실은 5층. 다 들고 5층까지 가자면 아이 혼자 힘으로는 역부족이다. 들어다 줄 요량으로 교문을 들어서는데 작은아이가 황급히 놀라며 길을 막는다.

"엄마! 그냥 가세요. 어제 새로운 담임선생님께서 그러셨어요. 우리나라 엄마들이 제일 못하는 게 한 걸음 뒤에서 지켜보는 거라고요."

아이는 비장하다. 듣고 보니 틀린 말이 아니다. 이 무거운 걸 혼자서 어쩌나 안타까웠지만 아이의 강한 주장에 나는 반걸음 뒤로 물러나고 만다. 그리고 그 자리에 교과서를 몽땅 내려놓았다.

아이는 들고 가는 것이 아니라 쇼핑백 두 개 가득한 책을 질질 끌고 있다. 차라리 보지 않는 게 낫겠다 싶어 과감히 뒤돌아 학교를 나왔다. 엄마 마음을 아는지 모르는지 엄마의 등에 대고 아이는 큰 소리로 인사한다. '한 걸음 뒤에서, 한 걸음 뒤에서.' 나는 다짐하며 아이의 인사를 등으로 받는다.

일을 하다 보니 아침 일을 까맣게 잊고 있었다. 퇴근 후 아이에게 물었더니 책들을 잘 옮겼단다. 질질 끌고 가다가 현관에서 친구들을 만났는데 여럿이 다가와 5층까지 도와주었단다. 어떤 친구는 2권, 어떤 친구는 3권, 여럿이 모여 조금씩 들고 올라가니 쉽게 옮겼다나.

세상을 사는 방법은 다양하다. 그러나 그 다양한 방법을 구사할 기회를 어른들이 미리 뺏는 경우도 허다하다. 큰일 날 뻔했다. 친구도 사귀며 서로 도움을 주고받는 그 소중한 배움의 기회를 성급한 이 엄마가 빼앗을 뻔했다. 다행이다. 선생님의 훌륭한 가르침을 따르길 정말 잘했다. 이제 아이는 도움을 받으며 느낀 고마움을 친구를 위해 실천할 것이다. 그것이 교육의 효과니까.

기회가 주어지면 아이들은 도전한다. 한 걸음 뒤에서 지켜봐야 하는 소중한 믿음의 철학. 훌륭한 가르침을 주신 선생님께 감사드린다.

덩달아 좋은 엄마가 됐다. 힘도 안 들인 채로.

> ▶ 아이들은 못하는 것이 아니라 할 기회를 처음부터 잃기도 한다. 아이를 누구보다 사랑하는 엄마들 덕(?)으로.

밥풀 문지르는 천재 만들기

오전에 연출하는 주부프로그램에서 영재특집을 했다. 오늘 방송의 골자는 영재교육을 한다는 전문가들이 이구동성으로 말해준 메시지들을 정리하는 일. 즉 엄마는 어떤 상황이 터지든 야단에 앞서 그 상황을 받아들여 무조건 이해해 주고 기다리며 활용하라는 가르침이다. 어차피 저질러진 상황이라면 무조건 인내하고 교육하라는 이야기.

한 과학영재의 엄마를 보자. 엄마가 잠든 사이, 정수기를 틀어 방 안을 물바다로 만들었던 과학영재. 등짝을 한 대 내려치며 야단을 쳐도 부족할 판에 인내심 대단한 긍정형의 영재엄마는 어차피 엎질러진 물, 그 위에서 표면장력을 가르치며 함께 춤을 추었다나?

한 창의영재의 엄마. 사골을 고아 곰국을 먹고 난 뒤, 그 뼈를 버리지 않고 맑은 물에 팔팔 끓이고 세제로 박박 씻어 깨끗하게 만든 뒤 아이의 장난감으로 제공했단다. 5세 전의 다양한 촉감놀이가 창의적 사고발달에 매우 좋다고 하는데 사골의 거칠한 질감을 촉감놀이 완구로 사용했다는 이야기. 지금이야 깨끗한 모래를 팔기도 하지만, 그때만 해도 모래는 공사장이나 놀이터에나 나가야 만날 수 있었는데 놀이터의 모래를 한 바가지 퍼와 솥에 볶아 살균한 뒤 아이의 놀잇감으로 제공했다니 그 엄마의 실천에 놀라고 또 놀란다.

스웨덴의 한 교구학자를 인터뷰했더니 독일과 같은 유럽의 엄마들은 교구용 완구를 사지 않는단다. 자연속의 나뭇가지나 부엌용품 등 생활 속의 소재가 장난감이 된다는 것. 그럼 그 나라의 유명한 원목완구들은 누가 쓰느냐고 했더니 동양엄마들이 주로 사간다는 이야기다. 갑자기 바보가 된 느낌이다. 좋다. 그렇다면 나도 생활 속에서 창의적인 발상으로 아이를 마주해 볼까? 가르침을 실천하며 좋은 엄마가 되리라 다시 새롭게 다짐을 한다.

퇴근 후, 저녁 준비시간. 주방에서 파를 썰다 말고 주위를 살피니 너무 조용하다. 아이들은 조용하면 사고를 친다는 이야기에 갑자기 뒤를 돌아보니 아이는 거실바닥에 앉아 무엇엔가 골똘히 빠져 있나. 아뿔싸! 손에 묻은 밥알의 끈적거림이 신기했는지 어느새 밥 한 공기를 다 쏟아 마룻바닥에 그 밥풀들을 한 알씩 한 알씩 손끝으로 뭉개 거실바닥에 바르고 있다. 뭉개진 밥풀의 부드러움이 재밌었나 보다. 아… 그 얇게 펴 발라진 밥풀은 끈끈하고 찰지다.

가슴까지 올라온 분노를 꿀꺽 삼키고 나는 우아한 엄마가 되기로 작정한다. 과학영재의 엄마라도 된 듯, 인터뷰 속 창의영재의 엄마라도 된 듯, 기꺼이 소리를 높이지 않고 반응해 준다. 그럼 이 순간에 밥풀의 점성에 대해 가르쳐야 하나? 하하하, 나는 물감을 찾아온다. 그래, 어차피 벌어진 일. 밥풀 위에 노란색, 파란색, 빨간색 물감을 풀어서 붓는다.

물감으로 섞인 밥풀의 세계. 기왕에 하얀 도화지도 내어준다. 하얀 도화지 위에 아이와 함께 손바닥으로 물감찍기 놀이를 한다. 밥알과 뒤엉킨 물감은 재밌는 그림을 도화지에 남겨준다. 거실의 밥풀을 깨끗하게 치울 일이 깜깜하지만 이 순간은 인내하는 긍정형의 엄마가 되어야 한다.

아이를 잘 키우는 일, 쉽지 않다. 멀고도 먼 좋은 엄마 되기. 온종일 함께 있어주지도 못하니 있는 동안은 한없이 좋은 엄마가 되어야 한다는 부담감. 꼬리표가 너무 무겁다.

그래도 내 아이가 영재라면, 뭐 그리 싫은 일은 아니지 않은가? 얄팍한 엄마 마음으로 나는 오늘을 용케 참아낸다. 세상 참, 영재 만들기 너무 힘겹다.

> ▶ 무한긍정의 엄마이고 싶은데 현실은 하루에도 몇 번씩 나의 인내심을 바닥나게 한다.

산타할아버지의 선물

채찍과 당근의 원리는 아이를 다룰 때도 매우 필요한 기술이다. 무조건적인 억압과 강요는 아이들에게 반감을 사기 쉽고, 그렇다고 해서 또 무작정 원하는 요구사항을 다 들어준다는 것도 문제를 키우기 때문이다. 가장 중요한 사항은 '채찍과 당근을 언제 어떻게 사용하는가?'인데 부모와 자녀 사이에도 '밀당'의 기술이 필요하다.

방송을 통해 이 밀당의 고수들을 자주 만날 수 있었고 아이를 양육하며 매우 요긴하게 사용할 수 있었다.

온 국민의 잔치마냥 왠지 아이들에게 선물을 하나 안겨야 할 것 같은 성탄절.

6대 종부로 1년 열세 번의 제사를 모시고 있는 상황이니, 성탄절 예수님과 아무런 관련이 없는 삶을 살고 있는데 그래도 왠지 산타할아버지로부터 외면당했다고 생각하면 아이들의 가슴에는 상처가 남는다. 모두가 착한 어린이임을 스스로 증명해 보이기 위해서라도 모든 어린이들이 산타의 선물을 원했고, 나는 산타의 선물을 제공하며 대신 이 기회를 좋은 훈육의 기회로 삼았다.

모두가 들떠 있는 성탄절 아침. 잠에서 깨어나 눈곱도 떼지 않은 어린 두 아들이 방문을 나서지 못하고 있다. 작은녀석이 형을 보챈다.

"혀엉… 빨리 트리 밑에 가보자. 선물… 선물."

소심한 큰아이는 가슴만 쓸어내린다.

"잠깐만… 우리가 좋은 일을 했어야 선물을 주신단 말이야. 만약 없으면 어떡하지?"

연년생, 그래도 한 살 더 먹은 큰아이가 생각이란 걸 하는 모양이다. 곁에서 지켜보는 엄마는 즐겁다. 나 역시 산타할아버지와 공범자이므로.

형을 조르던 작은아이가 이야기를 듣더니 이내 생각에 빠진다. 그리고는 결심을 했는지 제 형을 따라 조심스레 한 걸음씩 고양이 걸음으로 성탄 트리를 향한다. 선물을 기대하던 아이들 눈에 덩그러니 편지 한 통이 놓여 있다.

"이게 뭐야?"

실망한 눈치로 두 아이는 편지를 살피고 있다. 큰아이가 소리 내어 읽는다.

"안녕! 나는 산타할아버지야. 이제 글을 읽을 줄 알 것 같아서 편지를 보내요. 너희들이 보낸 1년을 잘 생각해 보렴. 만약에 잘

못한 일이 3가지를 넘으면 현관 앞으로 달려가고 3가지가 안 되면 베란다로 가보렴! 메리 크리스마스!"

산타할아버지의 주문에 두 아이가 머리를 맞대고 1년을 정리하고 있다. 말 그대로 생각을 하고 대화를 시작해 서로의 의견을 정리하는 과정이다. 엄마인 내가 주목한 것은 바로 이 순간이다. 무조건적으로 선물을 받는 것이 아니라 지난 시간을 정리하여 자신들이 한 일을 스스로 생각할 줄 아는 힘을 키워줘야겠다고 작정했다. 눈높이에 맞춘 저희들끼리의 대화를 통해 과거의 행동을 판단하도록 하겠다는 거창한 의지. 결과는 기대 이상이다.

산타의 선물이 걸려 있으니 아이들은 비장한 표정으로 둘만의 대화를 시작한다.

"지난번 마트에 갔을 때 네가 엄마한테 레고 사달라고 졸랐잖아. 엄마가 안 된다고 했는데 계속 졸랐잖아. 그건 잘못한 것 같아."

큰애가 몇 달 전의 사건을 들추자 작은애가 마음이 다급했다.

"형아, 그래도 안 샀잖아. 엄마가 용서해 줬으니까 잘못한 거 아니야!"

작은애의 울음보가 터지려고 한다. 잘못이 3가지를 넘으면 안 되니까.

"어저께 책 보고 치우라고 했는데 그냥 뒀지? 그래서 아줌마가 '책 보고 나면 잘 정리해야 해!' 하셨으니까 그건 잘못인데…. 아, 그런데 우리가 나중에 조금은 치웠다. 그치? 그건 괜찮은 거지.

나중에는 우리가 다 치우자. 그럼 잘못 아니지?"

형의 말에 작은 녀석은 심하게 공감하며 고개를 주억거리고 있다. 잘못한 일이 갑자기 괜찮은 일로 둔갑이 된다. 스스로 죄를 고백하고 스스로 용서한다. 웃긴다. 바라보며 나는 숨어서 킥킥대고 있다. 아이들은 1년의 잘못을 다 용서할 심산이다. 쏟아지는 자신들의 잘못을 잘한 일로 둔갑시킨 두 아이가 잘못을 애써 1가지로 줄여놓더니 약속이라도 한 듯이 홀가분하게 베란다로 향한다. 와우! 아이들의 탄성이 터지는 시간.

어차피 아이들은 베란다로 갈 것을 익히 알고 있다. 선물은 베란다에만 두어도 충분하다. 결론은 해피엔딩이 뻔하지만, 그래도 아이들에게 1년을 돌아보며 스스로 반성할 기회를 준 셈이다. 선물을 줘야 할 때는 항상 테마는 다르지만 상황을 연출해 주었다. 그냥 받는 선물이 아니라 받을 자격이 갖춰지도록 말이다. 받는 저희들도 기분 좋고 당당하다.

특히 이런 기회를 만든 것은 무엇보다도 형과 동생이 고개 맞대고 얘기할 기회를 자주 만들어 주려던 의도였다. 어린 시절부터 서로 이야기할 마당을 자주 펼쳐주는 일은 형제의 소통에도 매우 중요하다고 생각했다.

자동차를 타고 가다가 어린이날 선물을 두고 두 녀석의 의견이 팽팽하다. 큰아이, 작은아이가 사달라는 품목이 다르다. 서로 우기기 시작한다. 그럴 때 나의 결론은 단호하게 한 가지다.

"둘 다 맞는 얘기네. 그런데 엄마한테는 한 가지 원칙이 있는데, 너희들의 의견이 서로 엇갈리면 선물 사주기가 힘들 것 같아.

의견을 모아오면 쉽게 사줄 수 있는데….”

더 이상 잔소리가 필요 없다. 아이들은 조용히 머리를 맞대고 대화를 시도한다. 종종 티격태격하면서도 상대의 이야기를 듣고 자기의 이야기를 한다. 엄마에게 들키지 않도록 의견을 조율해 가고 있다. 선물은 받아야 하니까 말이다. 두어 시간 뒤 다가와 요점을 정리한다. 그것으로 끝. 서로 의견을 조율했으니 정리된 의견으로 선물은 사준다.

둘을 키우려면 의견의 조율이 필수사항이다. 두 아이가 서로의 의견을 존중하여 충분히 듣고 상황을 판단하는 일. 선물을 주며 그 힘을 길러주고 싶다는 작전은 어느 정도 성공적이었다. 전략적으로 계획을 짜는 엄마놀이는 때때로 무한즐거움을 제공한다. 조금만 생각하면 이 즐거운 엄마놀이를 무한리필로 즐길 수 있다.

육아도… 전략이다.

> ▶ 엄하게 야단만 치면 움츠러들고 자기 잘못에 포장을 입히지만, 스스로 야단맞을 이유를 떠올리게 하면 가만히 있어도 우아한 엄마가 될 수 있다.

엄마와 논술하기

아이들의 사교육 프로그램도 그때그때 유행하는 것들이 있다.

한동안 영어유치원에 안 가면 큰일 날 것처럼 영어유치원이 붐을 이루었다. 그러더니 영어유치원에 다닌 아이들이 너무 자유로워서 초등학교 수업에 적응을 못한다고 또 난리가 났다. 그런가 하면 논술을 안 하면 큰일 날 것처럼 유아기부터 삼삼오오 짝지어 논술학원을 다니기도 했고, 한때는 또 연산 수학, 사고력 수학이 유행해서 흡사 연산을 할 때는 사고를 안 해도 되는 것처럼 연산과 사고를 분리하는 웃지 못할 현상도 등장하게 되었다. 그 뒤는 창의융합의 시스템교육이 대세를 이루더니, 이즘은 코딩교육을 못 받으면 큰일 날 일이 되어버렸다.

사교육의 유행, 뭔가를 끄집어 내 새 옷을 입힌다. 끝없이 엄마들을 자극하며 안 하면 큰일 날 것처럼 내 아이만 당장 뒤쳐져서 따라가지 못할 것처럼 새로운 포장을 씌운다.

논술학원이 인기를 끌던 시절, 동네 아이들이 삼삼오오 손을 잡고 논술학원을 향했다. 뒤늦게 그 유행을 알고 걱정이 됐다. '에이, 그거 안 한다고 뒤처지겠어? 괜히 극성들이지.' 한쪽에서는 스스로 나를 위로했지만, 워킹맘인 엄마 때문에 모든 면에서 뒤처지고 조금씩 밀리고 있을 우리 아이들을 걱정하지 않을 수가 없었다.

남들이 하는 것을 무조건 부정하는 나의 자세야말로 다른 엄마들에 대한 열등감일지도 모른다는 솔직한 고민 앞에 부딪혔다. 필요 없다고 남들의 정성(?)을 깎아내리던 그 얄팍한 자존심의 경계가 매일매일 무너지기 시작했다. 그러다가 결국 자존심을 접고 유명하다는 논술학원을 들러보았다.

"저희 학원은 강의실에 모여 책 읽고 요약하는 그런 논술 학원이 아닙니다. 손잡고 밖에 나가 나뭇잎도 밟고 하늘도 보며 얘기도 나누고 글도 짓죠. 논술도 생각이 기본이니까요."

설명을 듣고 나오는데 오히려 학원을 보낼 것이 아니라 엄마인 내가 충분히 할 수 있다는 판단이 들었다. 그날 이후, 퇴근 후 차를 버렸다. 아이의 손을 잡고 걷기 시작했다. 운전을 할 때는 운전에 집중하느라 부족했던 대화가 걷기 시작하니 많아졌다.

"엄마랑 손잡고 걸어가니까 뭐가 좋아?"

"엄마 손이 따뜻해요. 하늘이 보여요. 신발이 커서 벗겨질 것 같아요. 저 가게가 새로 생겼어요. 아, 엄마. 저 강아지 좀 보세요. 저 호떡은 정말 맛있겠다."

아이들의 이야기 소재는 무궁무진했다. 끝이 없었다. 아이의 입에서 글감이 줄줄 풀려나온다.

글을 쓴다는 것은 무엇인가? 생각을 문자로 옮겨내는 작업이
아닌가. 글은 생각할 겨를이 있어야 풀려나오는 것이다. 그것을
글이라는 정형화된 구조로 옮기는 작업이 논술 아닌가.

서울 출장길, 아이들이 엄마를 따라가면 안 되느냐고 옆에서 조
르고 있다. 나는 이 상황을 이용해 논술교육을 하기로 맘먹는다.

"되고말고. 그럼, 엄마가 데려가야 할 이유를 일곱 가지만 써서
엄마 가방에 넣어줄래? 엄마가 읽어보고 이유가 충분하면 꼭 데
리고 갈게."

두 녀석이 머리를 맞대고 생각을 한다. 그 생각이 말을 만들고
말이 글로 옮겨진다. 첫째, 엄마가 심심하니까. 둘째, 기차를 타
면 놀 수 있으니까. 셋째, 넷째…. 이유는 다채롭다.

아이들에게 엄마는 가장 훌륭한 논술지도사다. 생활 속에서 충
분히 가르칠 수 있다.

▶ 생각해야 글이 나올 텐데… 아이들이 바빠 '생각할 시간'도 시간표에
넣어야 할 판이다.

기초습관이
학습을 해결하죠!

워킹맘 왕지영 (부산 덕천초등학교 돌봄 전담사)

- ♂ 김○○ (과학고 졸/서울대학교 에너지자원공학과 3,/군 복무 중)
- ♀ 김○○ (과학고 졸/연세대학교 신소재공학과1)

해준 게 없어서 할 말도 없다고 겸손을 보였지만, 사실 알고 보면 그녀는 아이들의 기초적 학습습관을 잡는 데 가장 좋은 엄마였고 선생님이었다. 집을 지을 때 무엇보다 설계와 기초공사는 강조할 필요 없이 중요하다고 생각하는 엄마. 초등학교 돌봄 전담사로 아이들을 보살피며 학습이나 생활에서 기초가 얼마나 중요한가를 항상 마주치게 되었던 엄마는 기초를 잘 다지도록 살피며 아이들의 학습을 도왔다.

워킹맘으로서 일과 자녀양육을 동시에 잘하기란 힘들지만 열심히 생활하는 엄마의 모습을 보여주는 것이 제일 중요하다고 생각한다는 그녀는 아이들에 대한 관심과 무한한 기다림, 적절한 때를 놓치지 말아야 한다고 강조한다.

독립적으로 아이를 키우다 보니 아이들은 모든 것을 스스로 하기에 바빴다. 종종 엄마의 그러한 양육방식에 불만을 보이기도 했지만 오히려 냉정할 정도의 독립적인 방식이 결국은 아이를 강하게 했다. 시부모를 모시는 대가족 속에서 전업맘으로 시작한 결혼생활. 이제 그녀는 독립적인 아이들 덕에 워킹맘으로 자신의 미래를 키워가고 있다.

그녀가 근무하는 초등학교 돌봄 교실에는 알록달록 색종이들이 가득하다. 정규수업을 끝내고 찾아올 아이들을 기다리며 그녀는 오리고 만들고 접고 한창 수업자료를 준비 중이다. 커다란 눈에 담긴 선한 마음이 보는 사람의 경계심을 풀게 한다. 그녀에게 인터뷰 요청을 했을 때 예의 그 시원한 웃음으로 손사래를 치며 거절을 했었다.

"한 게 없어요. 정말 아무것도 해준 게 없거든요. 참 무심한 엄마였죠."

어떤 일이든 스스로 처리하는 큰아이를 나는 잘 알고 있다. 그 아이를 보면서 엄마가 참 궁금했다.

과학고에 다니던 큰아이가 주말이면 기숙사에서 집으로 돌아간다. 많은 엄마들이 아이들을 태우려고 학교주차장으로 몰려드는 시간. 아이는 커다란 트렁크를 혼자 끌고 가방을 메고 학교에서 두어 시간이나 가야 하는 부산 외곽지역의 집까지 혼자 버스를 타고 지하철을 타고 그렇게 돌아갔다. 대한민국의 아이들은 부모가 함께 움직여야 하는 일이 많다. 많아도 너무 많다. 그런데 과학고에서 서울대까지 아이를 진학시키고도 학교 주변에 자주 등장하지 않은 이 엄마의 용기 있는(?) 무심한 모습이 참으로 남달라 보였다.

그녀가 사는 곳은 부산의 외곽. 아이의 학교와 멀어도 매우 먼 거리다.

"언젠가 학교에서 다쳐서 깁스를 한 적이 있는데 병원 갈 때도 혼자 가서 깁스하고 혼자 가서 깁스 풀고 그랬어요. 평소 큰아이는 그런 일로 이렇다 저렇다 말이 없었어요. 그런데 한 번은 그러더라고요. '우리는 왜 이렇게 먼 곳에 살아야 해요? 이사 가요! 학교까지 왕복 4시간이니까 시간이 너무 아까워요!' 자기도 가끔은 짜증이 났겠죠. 특히 한여름 더운데 가방 끌고 지하철 타고 버스 갈아타면서 그것도 다 데리러 오는 부모들이 많은데 자기는 그걸 혼자 해야 하니까요. 그런데 저는 그렇게 말했어요.

'엄마도 할 만큼 해주고 있어. 일주일에 한 번 집에 오는 건데 그걸 멀다고 그것도 못해? 그걸 투덜대? 이곳에서 평생 사신 할머니가 어떻게 아파트로 이사를 가시겠어?' 잘라 말했죠. 묵묵히 듣고 있다가 딱 한마디 하더라고요. '엄마는 차가 있으니까 불편을 모르잖아요.' 찔렸어요. 그렇긴 했겠죠.”

들고 보니 마음이 참 짠했다. 그런데 무심한 엄마는 미안하면서 괘씸하기도 했단다. 가급적 시간이 되는 주말에는 출근하면서 영재원까지 태워주기도 했고 퇴근하면서 태워오기도 했었는데, 해준 건 다 잊어버리고 해주지 않은 것만 불평하니 말이다. 이쯤 되면 그녀의 생각이 보통 엄마와는 다르다 싶어진다. 해주는 것이 당연하다 싶은 엄마들은 종종 과보호로 문제를 일으키기도 하는데 어쩌다 내뱉은 불평을 괘씸해하는 이 엄마.

“안 되는 걸 마음 아파하는 것보다 빨리 이해시키는 편이 낫다고 생각했어요. 그러다 보니까 우리 엄마는 바쁘니까 나 스스로 해야 한다는 생각을 빨리 갖게 된 것 같아요. 이기적이라고 해도 할 수 없죠. 미안한 마음? 없다고 하면 거짓말이죠. 그런데 나름 엄마 노릇 열심히 하는데도 한 번씩 불만을 터뜨릴 때면 제 일을 평가절하 하는 것 같아서 저도 속이 상해요. 엄마가 하는 일은 엄마 좋으려고 하는 거고, 자기가 필요할 때 엄마는 늘 없다고 항의하는 걸 보면…. 엄마 노릇에 정답이 없다 싶은 거죠. 나도 내 인생이 있어야 하는 건데.”

결혼 후 직장을 그만두고 시부모님 계신 곳으로 이사와 부모 모시고 아이 키우며 그녀는 전업맘이 되었다. 모든 일을 접고 살림에만 종사하자니 때때로 갈등이 밀려왔다.

그러던 차에 큰아이의 유치원에서 만난 부모교육. 학부모들을 대상으로 하는 독서논술 수업이었는데 글자도 없는 그림책을 들고 강사는 정말 재밌게 강의를 했다. 참 인상적이었다. 그 수업은 내 아이에게도 그림책을 많이 읽어줘야겠다는 의지를 갖게 했고 그 이후 큰아이의 손을 끌고 작은아이 등에 업고서는 매주 토요일마다 도서관을 찾기 시작했다.

“원하는 책을 마음대로 뽑아오게 했어요. 아이들은 수도 없이 책을 들고 왔죠. 그래서 정말 원 없이 많이 읽어줬습니다. 그러다 어느 날 우리 아이들을 위해서 전문적으로 배워보면 어떨까 생각이 들었고 독서논술지도자 자격증까지 따게 됐죠.”

그렇게 마음먹은 공부로 큰아이가 7살 무렵 독서논술지도사 자격증을 얻을 수 있었고 초등학교에 입학했을 때는 동네친구들 네명을 모아 수업까지 시작했다. 그림책 읽어주기로 시작한 일이 덜컥 워킹맘의 길로 들어가는 새로운 인생의 계기가 될 줄은 상상도 못했다. 그 후로도 6년 동안 독서논술 수업을 계속 이어갔다.

아이들 넷이 모여 수업을 할 때면 큰아이도 자연스럽게 합류하게 됐는데 문장이해력이나 언어이해력, 언어구사력 등에 큰 도움이 됐다. 특히나 책 속의 내용을 이해하는 언어이해력은 수학을 이해하는 기본이 되었고 아이가 과학고에 다닐 때도 수학을 잘하는 아이로 통하게 되는 기본 바탕을 만들어 주었다.

"자연스럽게 참여했던 수업이 분명 도움이 됐던 것 같습니다. 제일도 하면서 아이도 함께할 수 있었으니 여러 면에서 좋은 일이었죠."

논술지도사 자격증을 공부할 때만 해도 그녀는 완벽한 전업맘이었다. 시부모님과 남편, 두 아이만으로도 매일이 바빴다. 자격증을 얻고서 그저 딱 한 팀의 수업을 시작했으니 본격적인 워킹맘이라고는 할 수 없었다.

그런데 큰아이가 초등학교에 입학하면서 상황이 달라졌다. 논술지도사 자격증이 있다 보니 아이가 다니는 학교 도서실에서 도와달라는 요청이 왔다. 월 30만 원, 매일 3~4시간의 일. 말 그대로 봉사하는 기분이었다. 그러나 봉사를 하면서 용돈까지 벌 수 있으니 오히려 기분 좋게 여겨졌다.

2년 뒤, 교육청에서 운영하는 방과 후 보육교실이 학교에도 생겼다. 도와줄 사람이 필요하다는 학교의 요청으로 기회가 왔다.

"좋은 조건은 아니었죠. 비정규직인데다가 1년씩 계약을 연장해야 했고 명칭도 자주 바뀌었어요. 보육교사에서 돌보미, 도우미 선생님, 지금은 돌봄 전담사로 정착됐고요. 이름만큼이나 사연도 많았죠. 계약직이다 보니 조건도 안정적이지 않았어요. 학교 안에서 아이들을 돌봐주고 숙제도 돌봐주는 에듀케어 역할을 하고 있는데 정확히 따지면 아이들만 돌봐주는 것이 본연의 임무이기는 해요.

하지만 맞벌이가정, 한부모가정, 다문화가정이 많다 보니 부모님들께서 공부도 봐주길 원하시죠. 저도 키워봤으니 일하면서 공부를 돌봐주지 못하는 부모의 맘은 오죽하겠습니까? 그래서 나름대로 조금씩 준비했어요. 숙제 외에 제가 정한 문제집으로 기본적인 학습을 체크해 주고 1학년의 경우 글자를 익혀주거나 받아쓰기는 물론 종이접기 같은 특별한 프로그램도 만들어 주고, 그렇게 돌봄 전담사가 되면서 점차 본격적인 워킹맘이 된 거죠."

세월이 달라지니 엄마들의 모습도 달라졌다. 요즘 엄마들은 엄마들이 직접 모든 걸 다 해주려고 한다. 그녀는 늘 그 점이 속상하고 불만이다.

"무심한 것이 좋은 건 아니지만 저의 입장에서 보면, 요즘 젊은 엄마들은 정말 넘치도록 모든 걸 다 해주시더군요. 3년 전인가 좀 늦된 친구가 있었어요. 분명히 글자를 모르는 아이인데 일기숙제를 내주면 완벽하게 해오는 거예요. 이상하다 싶어서 자세히 들여다보니 아무리 봐도 글자가 어른글씨예요. 아이가 글자를 모르면 받아쓰게 해서라도 하나하나 가르치며 도와줘야 하는데, 워킹맘인 엄마가 답답한 마음에 시간도 없고 하니까 그냥 숙제를 다 해준 거였어요.

그렇다고 제가 정규교사도 아니니 무턱대고 말씀을 드릴 수도 없어서 상황을 좀 지켜봤습니다. 같은 일이 몇 번 반복되면서 나중에는 담임선생님과 의논을 했어요. 무엇이 진짜 아이를 위한 길인지 제 의견을 전달했죠."

남의 아이라고 다를 수는 없었다. 그녀는 자신이 키운 아이에 대한 나름의 교육철학이 있었다. 아이 스스로의 힘을 키워주는 일. 어린 시절, 기초적 습관을 갖춘다면 나중에 굳이 신경 쓰지 않아도 알아서 하게 되는 그런 시절이 올 거라고 확신했다. 자신도 그렇게 아이를 키웠으니 말이다.

수학 익힘책의 문제풀이도 시간이 없다는 이유로 답을 다 달아주는 엄마들이 있었다. 출근은 해야 하고, 해결할 집안일은 쌓여 있고, 숙제는 산더미고, 마음은 백 번 이해했다.

"이해하죠. 속에서 천불이 나겠죠. 급한 불부터 끄자는 심리지만 길게 보면 그게 무슨 도움이 되겠어요. 오히려 아이의 학습능력을 망치는 일일 수 있거든요. 기본이 어그러지면 학습은 오래가기가 힘들어지죠. 수학 익힘책이든 문제집이든 저는 스스로 하는 기초가 필요하다고 봐요. 혼자 풀게 하고 틀린 답을 가져오게 해요.

처음에는 절대 답을 가르쳐 주지 않습니다. 틀린 부분만 체크해서 페이지를 접어서 다시 주죠. 다시 한 번 읽어보라고요. 또 틀려서 오면 다시 접어주죠. '다시 읽어볼까?' 함께 다시 읽고 다시 돌려보내요. 그렇게 세 번쯤 반복해서 돌려보내면 정답을 맞히지 못하더라도 생각하는 힘이 생기고 네 번째쯤 오면 제 옆에 서서 문제를 천천히 읽게 합니다. 희한하게도 스스로 읽다보면 자기 스스로 풀어내더라고요.

생각을 하게 만든 시간의 힘이죠. 시간이 좀 걸려도 스스로 생각하게 만들어 줘야 문제를 해결할 기회를 얻어요. 큰아이가 수학을 잘한다는 이야기를 많이 들었는데, 저희 아이에게도 똑같은 방법으로 수학을 시켰습니다. 절대로 한 번에 가르쳐 주지 않았어요. 당연히 시간이 걸렸죠."

큰아이는 과학고에서도 수학을 잘하는 아이로 유명했다. 어렸을 때부터 틀린 문제를 스스로 생각하도록 문제지를 접어주었다. 문제를 다시 보면 생각하는 힘이 길러졌다. 쉬운 일은 아니었다. 빨리 가르쳐 주면 수월할 수 있는 일을 시간이 걸려서 혼자 해내도록 했으니까 말이다.

"아이에게 특히 수학을 좀 많이 시켰어요. 첫 돌이 되었을 때 어설프게 숫자를 쓰기 시작했어요. 친정아버지께서 아이를 보실 때마다 심심풀이로 달력 뒷면에 1, 2, 3을 써놓고 가르치셨대요. 제가 보기에는 그냥 그림 그리듯 따라 쓴 건데 아버지는 숫자를 잘 쓴다고 좋아하셨죠.

　그 뒤 초등학교 때는 거의 공부를 안 시켰어요. 안 시킨 게 아니라 못 시켰죠. 저희가 사는 강서구 대저동이라는 곳이 대도시 부산과 달리 외곽에 있는 지역이다 보니까 농사도 짓고 토마토도 키우는 시골이에요. 담임선생님께서 애들은 놀아야 한다고 숙제도 안 내주시고 공부에 대한 강압도 없었어요. 2학년이 되어서야 겨우 글자공부를 시작했죠. 신입생이 6명이었다고 하면 동네 분위기 이해하시죠? 6명 입학, 6명 졸업했어요.

　그런데 3학년 담임선생님께서 영재원에 출강하시는 분이셨는데 아이가 수학을 잘한다고 하시더라고요. 그때 저는 독서논술 지도도 하고 방과 후 돌봄 교사를 하고 있었는데 제 일에 바쁘다보니 그런가 싶은 정도였죠. 연산용 학습지를 하나 하고 있었는데 사는 곳의 특성상 학원 하나 보내는 것도 만만치 않았어요. 수학적 재능이 있다면서 4학년 영재원 시험을 치라고 권하셨어요. 선생님 덕에 공부도 전혀 안 된 아이를 시험을 치게 했는데 당연히 떨어졌죠. 문제패턴이나 푸는 방식도 전혀 몰랐으니까요. 그런데 그 뒤에 수학에 깊은 흥미를 느끼더군요. 4학년이 되니까 심화문제가 힘들다면서 도움이 필요하대요. 처음으로 학원이란 곳을 보내게 됐죠. 사실, 언어 쪽에는 별로 재능이 없는데 수학 할 때 집중력은 굉장히 좋았어요."

　그렇게 아이들은 스스로 필요한 걸 찾으며 자랐다. 아이들이 자라는 동안 그녀는 어땠을까? 젊은 엄마에게 시골생활은 만족스럽기

힘들었다. 대도시에서 직장을 다니던 젊은 새댁. 시골생활이 좋기만
했을까?

"시어른들과 함께 사니 따로 사는 것처럼 편하지는 않았죠! 해야
할 일도 있고요. 하지만 어른들 모시니 다른 워킹맘보다 육아에 도
움을 많이 받았죠. 일하면서도 마음으로는 한결 든든했어요. 아이
맡길 곳이 없어 전전긍긍하는 사람들을 많이 보거든요. 그나마 저
는 육아의 지원군이 있었던 셈이죠.

하지만 다른 어머니들이 설명회다 뭐다 찾아다닐 시간에 일을 했
으니까 제 직장에 매어 있어야 했죠. 사실, 정보에 민감한 성격도 아
니라서 제 일을 좀 우선시했는데 참 무심하고 이기적인 엄마였어
요. 큰아이가 아들이다 보니까 시시콜콜 잘 말해 주지 않아서 저도
학교일에 무심했죠. 언젠가 한소리를 하더라고요. 엄마는 나한테 신
경을 별로 안 쓴다고요."

스스로를 무심한 엄마라고 자책하지만 그러면서도 그녀에게는
남다른 자신감이 흘러넘친다. 오히려 그 무심함 속에서 아이들이
저 스스로 단단히 자랐으니 말이다.

하지만 아무리 무심한 척해도 그녀도 엄마다. 아이들이 아플 때
는 잠시 조퇴할 수 있는 여느 직장과 달리 다른 워킹맘의 아이를 돌
봐주다 보니 자신이 빠지면 스무 명의 아이들이 그냥 방치되는 셈
이었다. 책임감을 버릴 수가 없어서 자신의 아이들에게는 무심한
엄마가 돼야 했다. 사명감으로 일을 하지만 가족들은 종종 그녀의

열정에 상처를 입혔다.

"남편이나 아이들이 간혹 타박하죠. 돌봄 교실 챙기느라 정작 우리는 내버려 두는 거 아니냐고요. 오죽하면 딸아이는 엄마 핸드폰에 자기들보다 돌봄 교실 아이들 사진만 가득하다고 누가 진짜 자식이냐고 묻더군요.(웃음) 그럴 때마다 제 일의 사명감을 열심히 설명하죠. 어느 아이들이 귀한 게 아니라, 엄마가 맡은 일을 열심히 책임지는 거라고요. 엄마인 제가 제 일을 열심히 하는 게 아이들에게도 하나의 공부라고 생각했거든요."

대학원에 진학한 후 그녀가 도서관에 간다고 하면 아이들도 자연스레 따라나섰다. 공부하라는 잔소리를 한 번도 해본 일이 없었다는 그녀에게도 한 번의 고비가 있었다. 큰아이가 과학고에 다닐 때 어느 주말 집에 와서는 게임만 열심히 했다.

"왜 그렇게 게임을 많이 해?"

그렇게 물었다가 서로 불쾌한 언쟁이 시작됐다. 사춘기에 들어선 아들과의 언쟁 속에서 그녀는 오기가 생겼다. 시험을 망치면 스스로 열심히 하겠지. 잔소리는 쉬워도 기다림은 너무 힘들었다. 하지만 기다림의 미덕을 발휘하니 아이는 결국 알아서 해나갔다.

"아이들에게 대학 이후는 너의 인생이니 스스로 개척해야 한다고 늘 이야기해요. 그랬더니 아이들이 어느 날 이런 항의를 하더라고요. '우리가 제일 두려운 말이 뭔 줄 아세요? 네가 알아서 해라. 너희들이 알아서 해. 이 말이에요!' 하하, 그런데 오히려 내버려 둔다고 생각하니 자신들이 두려워서 더 열심히들 하게 된 모양이에요.”

좋은 엄마는 어떤 엄마일까? 아이들만 생각하고 아이들만 따라다니고 아이들을 위한 정보만을 모아오고 오롯이 자신의 인생을 다 바치는 엄마? 주위 사람들이 그녀에게 핀잔을 줄 때도 있다. 자기 공부 한답시고 자식들에게 관심을 덜 둔다고 말이다.

그렇다면 엄마들은 자식을 위해 온전히 자기 인생을 접어야 하는가. 물론 워킹맘 중에는 경제적 어려움 때문에 원치 않는 일을 해야 하는 사람들도 다수 있다. 사람마다 처한 입장이 다르듯 일에 대한 생각도 다를 수밖에 없다.

“저는 오롯이 전업맘 생활을 해봤잖아요. 그런데 행복하기는커녕 솔직히 너무 힘들었어요. 사람마다 다르죠. 전업맘으로 무척이나 행복한 사람도 있고, 저처럼 나와서 일을 하는 게 몸이 힘들어도 훨씬 나은 사람도 있고. 일하고 싶어도 일자리가 없다는 전업맘도 있고 안 하고 싶은데 벌어야 해서 나오는 사람도 있고. 다들 다르죠. 그냥 각자의 철학이 중요한 거죠. 저는 제 일을 할 때가 정말 좋아요. 돈을 얼마나 버느냐는 부차적인 문제죠. 육아, 살림, 남편이나 자식만 바라보고 있자니 도대체 언제들 집에 오는지 체크하게 되고, 늦게 오면 따져 묻고 큰소리 나고, 아이들 공부는 어떻게 시키나 몰두하게 되고 마음이 오히려 혼란스러웠어요.

큰아이 4살 때는 글자 가르친다고 온 사방에 붙여두고 신경 바짝 쓰고 스트레스 받으니까 우울증 같은 느낌이 살짝 왔어요. 백화점 총무과에서 일하면서 정말 활달하다는 이야기를 들었는데, 시골로 와서 주위환경이 변했죠, 노부모님 모시고 있죠…. 나는 뭐지? 자꾸 슬픈 생각만 나더라고요. 어머님이 시장에서 과일 장사를 하셨는데 1년을 도왔어요. '과일 사세요!' 이 말이 안 나와서 마음고생하고 겉으로는 표현 못했지만 장사는 제 적성에 맞지 않았던 거예요. 결국 제가 좋아하는 일을 하니 돈이 많아서가 아니라 남편이나 아이에게만 매달리지 않고 제 일로 보람이 있어서 삶의 만족도도 높아졌어요."

돈이 많지 않아도 좋았다. 지위가 높지 않아도 일이 좋았다. 그녀는 자신의 일을 사회 속의 말단직원이라고 표현했다. 무기계약자로 살아가는 자신의 직업. 그나마 많은 변화를 거치며 매우 좋아졌다고 했다. 그 와중에 제 몫을 잘해 준 아이들이 엄마를 당당하게 만들어 주었고 일하는 미안함을 덜어주었다. 무심한 엄마가 해준 것에 비해 큰 성과를 보여준 아이들. 아이들 덕에 밖에 나가서 인사도 받는다고 엄마는 웃는다. 그 모든 것이 어린 시절 잡아준 학습에 대한 기본자세였다고. 그것만은 잘했다고 당당히 자신감을 드러낸다.

"어깨에 힘 들어가죠. 뭐 물론 명문대가 누구에게는 쉬울 수도 있고 누구에게는 어려울 수도 있을 겁니다. 그러나 저에게 한 가지는 확실했어요. 시골학교에서 사교육 받을 기회도 별로 없었고, 더구나 무심한 엄마가 일까지 하면서 많이 돌봐주지 못했으니까, 이런 수식 어구를 앞에 달면 아이들이 고마운 건 사실이에요.

　큰아이의 입시성공이 저뿐만이 아니라 비정규직으로 어렵게 일해 온 다른 엄마들에게도 격려가 됐나 봐요. 다른 어머니들이 상담하러 오거든요. 큰아이가 없었다면 제가 어떻게 그런 존재감을 가질 수 있었을까요. 모두 고마운 일이죠.”

일하는 엄마들에게 그녀의 아이는 귀감이 될 수밖에 없다. 그럴 때마다 그녀는 단 한 가지를 잊지 않고 조언하는데 ‘아이를 믿는다면 기다려 보라.’는 말이었다. 물론 기본은 잡아주고 말이다.

“제가 잘한 게 있다면, 잔소리하지 않고 지켜본 일입니다. 당연히 쉽지 않죠. 잔소리를 해야 제 속도 풀리고 하는 건데. 하지만 지금 와 생각하니 정말 잘한 것 같아요. 한번은 어쩌다가 잔소리하려고 하니까 벌써 눈치를 챘는지, ‘제가 알아서 합니다!’ 한마디로 상황을 정리하더군요. 알아서 하도록 키워놓고는 그 사실을 깜빡 잊었던 거죠.

　중학교 때도 늘 밤 11시 전에는 잠을 잤어요. 졸리면 그냥 자요. 다른 집 중학생은 학원 다녀와 기본이 12시라는데, 잠이 오는데 어떻게 공부를 하냐고 되물어요. 그래서 물어보니까 수업시간에는 절대 졸지 않는다고 해요. 집중해서 들었던 거죠. 수업시간에 기본개념을 철저히 집중해서 파악해 두니까 공부가 수월했겠죠. 밤에 푹 자니까 수업시간에 집중력도 좋았을 거고요. 지금 와 생각하니, 아무리 무심해도 어린 시절 기본 학습능력을 잡아주는 일은 중요하다고 생각해요. 그것만 잘하면 학습에서 다음은 쉬워지죠.”

엄마의 마음은 대체로 넉넉하다. 큰 조바심이 없다. 그럼에도 불구하고 이 강한 엄마도 종종 눈물을 보인다.

"중학교 다닐 때, 독서 퀴즈대회가 학교에서 열렸어요. 대회에 쓸 책을 사줬어야 하는데 제 일에 바쁘다 보니까 마련해 주지 못했죠. 워킹맘이 힘든 게 이런 점이에요. 제때에 챙기지 못할 때가 많죠. 서점에도 다 팔려서 없고 도서관을 다 뒤졌는데 다 대출되었고 어쩌나 싶더라고요. 학교 가서 친구한테 잠깐 빌려보겠다더니 친한 친구였는데 빌려주지 않았나 봐요. 티격태격 시비가 붙었는데 결론은 제 아들이 친구를 한 대 때린 꼴이 됐어요.

그 부모께 사과를 하는데 참 마음이 아팠어요. 누구를 때려본 적이 없는 아이였는데, 일하는 엄마가 아이 책 한 권 챙겨주지 못해서 이런 일을 만든다 싶으니까 마음이 울컥하더라고요."

아무리 일을 좋아해도 마주치는 현실이 그녀의 꿈을 꺾을 때가 많았다. 학교 일선에서 계약직 돌봄 교사에 대한 시선들이 자신감을 잃게 했고 그런 일에 매달려 최선을 다하고 있는 자신이 볼품없게 느껴지기도 했다. 제도가 몇 번씩 바뀌는 과정에서 상처를 입기도 했다. 내가 이런 대접밖에 못 받는 사람이었던가? 상실감도 컸다. 주위에서는 월급 얼마 받는다고 대접도 못 받는 그런 일에 매달리느냐며 질타했다. 아이들이나 잘 키우지 무슨 영광을 보겠다고 그러느냐는 이야기를 들을 때마다 오기가 났다. 자존심이 상했다.

"얼마 번다고…. 이 말이 제일 저를 상처 나게 했죠. 일의 대가는 소중하지만, 돈 때문에만 일한다면 참 슬퍼지죠. 일이 좋아서 참고 한다면, 그럼 힘들다는 이야기도 하지 말라면서 주위에서 타박을 하죠. 스트레스 안 받는 일이 어디 있어요? 아무리 좋아한다고 해도 다 마찬가지 아닌가요? 그러니 힘들어도 내색 못하는 워킹맘들이 얼마나 많겠어요.

아이 일과 회사 일이 겹쳐 학교에 갈 수 없을 때 남편한테도 말 못 하고 왜 이걸 엄마인 나만 속상해야 하는지 은근히 부아가 치밀기도 했어요. 하지만 일을 지키기 위해서 말도 못하고 꾹 참는 거죠. 내 일을 하찮게 여기니까 표현도 못하고. 그런데 저에게는 이 작은 일이 제 삶을 이어주는 전부가 될 때도 있어요. 몇 평 안 되는 이 작은 공간이 제 능력을 보여주는 소중한 공간이라는 생각이 들 때 그 행복감을 어떻게 말로 할까요? 아내의 일에 대한 사명감을 남편들이 이해해 준다면 더 힘이 날 거에요."

그녀는 아쉬웠고 서운했지만 당당했다. 세상이 떠들썩하게 알아주는 전문직이 아니더라도 자신의 자리에서 최선을 다해 책임을 완수하는 엄마의 모습을 아이들이 배울 거라고 믿는다.

"곰곰이 생각해 보면 학교도 학원도 해결 못하는 부모만이 할 수 있는 그 무엇인가가 분명히 있습니다. 부모로서 해야 하는 일이요. 인성의 그릇을 만들어 주는 일도 그렇고요. 하루 한 끼라도 꼭 집에서 먹여야겠다는 이런 평범한 일도 부모니까 가능한 일이겠죠. 밥을 같이 먹는다는 건 참 중요하죠.

그런데 저는 두 아이 다 고등학교 때부터 기숙사에 보내놨으니 걱정이에요. 떨어져 있는 동안 인성이 부족한 부분은 생기지 않았을까 우려되고 부모와의 끈끈한 정이 사라지면 어쩔까 하고 마음 쓰이고… 부대끼고 싸우는 것도 필요한데…. 그 부분도 부모로서는 걱정해야 할 일이죠.”

아이 둘을 모두 다 과학고에 보냈으니 남들은 성공이라고 부러워할 현실 속에서도 그녀는 일찍이 떨어뜨린 아이들이 걱정이다. 배워서 익히는 것이 아닌 인성. 그것은 부모가 키워줘야 하는 기본이라고 생각하기 때문이다.

동생이 태어났을 무렵 동생 이름이 발음이 안 돼서 “행이! 행이!” 하면서 폴짝거리던 큰아이의 모습이 지금도 선한데 아이는 훌쩍 자라 군대에 갔다. 계단에 둘이 앉아 동생 볼에 뽀뽀해 주던 아들의 모습이 아직도 생생한데 말이다. 힘들고 고달팠던 시간들이지만 잘 견뎌준 가족들이 있기에 오늘이 따사롭다. 그 무심한 엄마를 열심히 따라와 준 아이들이 그녀의 일을 더 당당하게 만들어 주었다.

모든 감사 속에서 그녀는 빼놓을 수 없는 특별한 존재를 골라 든다. 가정과 육아, 그리고 일 속에서 무엇 하나 포기하지 않고 달려온 오롯한 ‘자기 자신’. 그 자신이 그녀에게는 제일 특별한 존재다. ’잘했어. 잘하고 있어.’ 자신에 대한 뜨거운 응원과 격려가 그녀를 다시 일어서게 했다.

“워킹맘이시라면 결코 포기하지 말고 힘내세요. 포기하지 않으면 길이 보입니다."

    그녀가 남긴 한마디다.

다시 찾은 일,
눈부시게 달콤하게

워킹맘 김민옥 (부산교통방송 PD/전 CBS 아나운서)

– ♂ 김○○ (영재고 졸/카이스트 기계공학과 졸/부산대 의전원 본과3)
– ♀ 김○○ (중앙대학교 간호학과3)

한 사람의 여성을 키우기 위해 또 한 사람의 여성이 희생이 된다는 말처럼 그녀는 친정엄마의 도움 없이는 자신의 오늘이 없었을 것이라고 고백한다. 늘 죄송한 마음이 앞섰지만 많은 워킹맘들은 그녀를 부러움의 대명사로 꼽는다. 육아를 도와준 친정엄마의 조력이 있었고, 경력단절의 전업맘으로 살다가 다시 찾게 된 전문직. 게다가 영재학교를 졸업한 아들은 카이스트를 졸업 후 늘 가슴에 남아 있던 의학도의 꿈을 이루기 위해 의과전문대학원에 진학을 했다.

근심걱정 없이 다 가진 것 같이 보이는 그녀에게도 가정과 일 사이의 갈등과 불안기는 존재했다. 자신의 일을 다시 찾기까지의 두려웠던 시간들. 그리고 다시 일을 하면서 일과 가정 사이에서 느껴야 했던 아이들에 대한 측은함. 워킹맘에게 달콤한 결실이란, 말할 수 없는 애타는 과정을 이긴 자만이 누릴 수 있다.

"미안해하는 마음을 겉으로 표현하지는 않았어요. 저도 이뤄가야 할 제 세계가 있는 거죠. 엄마가 열심히 일하는 모습을 보면서 아이들도 자긍심을 갖게 되니까요."

많은 시간 함께 해주지 못해 늘 미안한 마음 가득했지만 대신 함께하는 시간 동안 두 배의 정성을 쏟아 아이들의 말에 귀를 기울여 주었다. 항상 관심을 가지고 정성을 다하면 결국 아이들은 그렇게 스스로 자라는 것이라고 믿게 되었다는 그녀는, 다시 찾은 마이크 앞에서 세상 모든 근심을 잊고 산다. 어렵게 다시 찾은 자신의 일을 평생 지켜가고 싶다.

공부도 재능이라고 말을 한다. 공부가 전부가 아니라고 하면서도 알아서 척척 학습에 재능을 가진 아이들을 보면 가끔 부러워지기도 하는 것이 보통 부모들의 속내 아닐까? 적어도 나는 그랬다. 알아서 척척 공부 잘하는 아이들을 키운 워킹맘, 부러움을 많이 받는다.

"큰아이는 심혈관 계통으로 공부를 하고 싶어 해요. 심장 쪽에서 생명을 구하는 일을 해보고 싶다고 늘 말했죠. 물론, 돈은 안 되겠지만요….(웃음) 어려서부터 의사가 되는 게 꿈이기도 했어요. 하지만 음악을 좋아해서 밴드활동을 했는데, 얼마 전에는 한 케이블방송에서 하는 음악프로그램까지 출연했었죠. 아마 지금 선택한 길이 아니었다면 가수가 됐을지도 모르겠네요.

딸은 재수를 했는데 외고의 이과생이었어요. 이과생이면서도 사회적 이슈에 관심이 많았어요. 아마도 방송PD인 남편과 저의 영향을 받은 것 같은데 관심은 방송인데 언론고시가 워낙 힘들기도 하고, 요즘은 케이블방송 포함해서 채널이 많으니 좀 폭넓게 생각하고 있어요. 생명공학 공부하고 과학을 접목시킨 방송을 할 수도 있을 테니까요. 다양하게 생각하고 있어요."

아들과 딸. 두 아이 모두 자신의 길을 스스로 선택해서 가고 있다. 과학을 했던 큰아이, 흔히 엄마들이 한번쯤 만나게 되는 과학자의 꿈에서 그녀의 아들 역시 예외가 아니었다.

"황우석 박사의 강의를 듣고 난 후였어요. 교육청에서 주최한 영

재원 강의가 있었는데 어미 소에 손을 넣어서 송아지를 빼낸 장면
이 매우 인상 깊었나 봐요. 그때부터 생물에 관심을 보였어요. 대학
에서 화학을 하면서도 생물에 쭉 관심을 가지고 있었죠."

아들은 과학영재로 영재원을 거쳐 공부했다. 엄마가 따라다니며
뒷바라지한 결과는 아니었다. 워킹맘 엄마는 사실 그다지 시간이
많지 않았다.

"제가 24살에 CBS에 입사해서 5년 동안 아나운서로 근무를 했는
데, 4년차쯤 됐을 때… 남편이 PD로 입사했죠. 그렇게 만나 1년 만
에 결혼을 했죠. 그때 저는 아나운서 5년차가 되고 남편은 PD 2년차
가 됐는데, 요즘과 달리 그 시절만 해도 아무래도 부부가 같은 회사
에 있으니 회사에서도 좀 그랬던 거 같아요.

그러다가 제가 서울로 발령이 나게 됐죠. 일을 계속할 생각이었
으니까 올라가려고 준비를 시작했는데 임신 4개월 때였어요. 어떻
게 들어온 직장인데 그만둘 수 있나 하는 생각으로 준비했죠. 출산
휴가와 육아휴직까지 1년 정도는 받을 수 있으니 반드시 계속 다녀
야지 하고 서울에 방 얻으려고 휴가까지 냈는데, 마침 남편이 유사
類似장티푸스로 심각하게 입원을 하게 된 거예요.

이사 준비에 전근에 남편 간호에 상황이 다 맞물리니까 너무 힘
들더라고요. 남편을 병원에 입원시켜 놓고 임산부가 혼자 방 얻으
러 서울 가려니까 갑자기 자신이 없어지는 거예요. 복도에 혼자 앉
아서 서럽게 펑펑 울었어요. 아이를 위해서 그만두자. 일은 또 기회

가 있을 거야. 현실에 무너져 버린 거죠. 병원 복도에서 사직서를 쓰고 4년 뒤 둘째 낳고…. 그렇게 8년이 흘렀어요. 경력단절 여성이 되었던 거죠."

방송을 해본 사람들은 안다. 방송 5년차는 한창 재미를 붙일 때다. 그 순간에 방송사를 떠나게 되었으니 그녀에게 방송은 늘 로망이었다. 마음은 늘 그리움투성이었다.

"경력은 단절이었지만 마음은 단절이 아니었죠. 항상 남편 친구들을 만나기라도 하면 늘 부탁했어요. 남는 자리 있으면 소개해 달라고요. 저는 정말 일이 좋았어요. 그러다가 작은아이 네 살이 되던 해에 부산 교통방송에서 경력직 PD를 뽑는다고 하더라고요. 아나운서까지 겸해야 한다니까 저는 더 좋았죠. 아나운서로 활동한 경력이 있으니까 더없이 좋았어요. 99년에 들어와서 지금 19년차 들어가네요. 아유, 그 사이의 어려움이 왜 없었겠어요…."

8년 동안의 육아는 고스란히 그녀의 몫이었지만 직접 할 수 있었던 육아가 얼마나 고마운 일인지 지금은 안다. 하지만 그 당시 상황에 밀려 어쩔 수 없이 선택한 퇴사는 일에 대한 그리움을 마음에 남게 했고 산후우울증으로 다가왔다. 이렇게 인생이 끝나는 것인가 싶은 불안함으로 아이에게 모유수유를 하다 말고 주르륵 눈물이 흘렀다. 생각할수록 심난한 마음이 가슴을 술렁이게 했다. 어수선한 8년이었다.

“97년 IMF가 왔잖아요. 남편 직장에서도 월급이 반토막이 났어요. 그래서 집에서 개인과외를 시작했어요. 영문과 출신이다 보니까 과외 하기는 어렵지 않았어요. 그러다가 둘째 낳고서는 초등학교 방과 후 영어교사로 활동했죠. 파트타임으로 부지런히 살았던 시기예요.”그렇게 틈틈이 일을 하면서도 방송으로의 복귀를 꿈꾸었던 그녀에게 다시 찾아온 방송 일은 놓칠 수 없는 소중한 기회였다. 아이를 맡아줄 주 양육자가 절실히 필요했다. 다행히 든든한 친정엄마가 자처하셨다. 여자의 성공 뒤에는 또 다른 여자의 희생이 있다는 말이 마음에 걸려서 다른 방법을 찾고 싶었지만 뾰족하게 방법이 없었다.

“아버지가 월남하신 분이라 친척이 아무도 없어요. 그러다 보니까 엄마도 자식을 많이 낳고 싶어 하셨는데 실제적 여건이 안 되다 보니까 오빠와 저 둘밖에 없었어요. 그래서 저도 가족이 많은 게 늘 부러웠죠. 저라도 아이를 많이 낳고 싶었는데 막상 방송국에 다시 입사할 수 있는 기회를 만나고 보니 셋째를 낳을 엄두가 안 나더라고요. 셋째를 낳으면 다시 일을 잃거나 아니면 또 친정엄마의 몫이 될 텐데, 두 아이를 봐주시는 것만 해도 죄송해 죽겠는데 더 이상 안 되겠더라고요. 엄마도 늙어 가시는데 그래서 결국 포기했어요.”

친정엄마가 버텨주고 계시니 다른 사람들은 그녀에게 굉장히 운이 좋은 여자라고 이야길 했다. 현실적으로 맞는 말이었다.

“첫애가 태어나고 그해에 아버지가 돌아가셔서 엄마가 혼자 되셨어요. 친정엄마를 우리 집 주변에 모셔다 놓고는 제가 왔다 갔다 했죠. 엄마도 심심하던 차에 서로 오가며 외로움을 나누곤 했는데, 그러다가 제가 방송사에 합격하니까 엄마가 더 좋아하셨어요.

입사 후 맡은 첫 번째 프로그램이 새벽 6시 생방송이었어요. 새벽 6시에 출근해서 오후 3시까지 근무했죠. 엄마가 새벽같이 오시려니 그게 더 번거로워서 나중에는 오빠네 생활을 정리하시고 우리 집으로 오시라고 했어요. 친정어머니 연세가 지금 80이 넘으셨는데…. 아무리 생각해도 어머니의 희생을 바탕으로 사는 나쁜 딸이에요.”

8년 동안의 경력단절을 마무리한다는 것은 많은 변화를 시사하는 일이었다. 틈틈이 일을 하긴 했어도 주로 가사와 육아를 전담하는 전업맘으로 살다가 매일매일 출근을 해야 하는 워킹맘이 되니 신혼시절의 직장생활과는 많은 것이 달랐다. 아이들과의 물리적인 시간이 부족하니 그 틈을 메우기 위해 더 애써야 했다. 퇴근 후 함께 하는 시간에 충실하고자 공을 들였다.

“스트레스를 받고 오면 아이들이 편하게 안 봐지잖아요. 그렇다고 해서 아이들에게 미안함이나 죄책감 같은 걸 느끼는 스타일도 아니라서 그럴 때는 정말 친정엄마의 도움이 컸어요. 아이 학교의 자잘한 행사나 모임 같은 것은 주로 다 친정엄마의 몫이었죠.

학교 다녀와서 엄마 없이 빈집에 들어올 아이들의 기분 때문에 워킹맘들이 안타까워하는 경우가 많은데, 그래서 친정엄마께 그런 부분은 꼭꼭 신경 써 달라고 부탁드렸죠. 아이들이 돌아올 때 빈집은 아니어야겠더라고요. 엄마도 저보다 더 열정적인 분이라서 손자 손녀들을 키우며 교육에 대한 관심이나 만족감들을 많이 가지셨던 것 같아요.”

육아는 해결되었으나 틈틈이 챙겨야 하는 교육정보에서는 자유 롭게 못했다. 전업맘과 워킹맘을 가르는 단어 ‘정보’. 그녀는 그것을 ‘관심’이라는 단어로 바꿔야 한다고 이야기한다.

“정보를 얻는다는 게 참 힘들다고 하는데, 저는 그것도 관심이라 고 생각해요. 저 역시 물리적인 시간이 많이 부족하니까 엄마들 만 날 시간도 힘들었죠. 하지만 관심은 늘 가졌어요. 되도록 엄마들 모 임에 참석하려고 노력했다는 거예요. 사실 적극적으로 이야기에는 참여 못하죠. 평소에 알고 있는 정보가 없으니까 들어도 겉도는 거 죠. 하지만 귀동냥해서 어떻게든 듣게 되잖아요. 그래서 일찍 가지 는 못하지만, 꼭꼭 후발주자로라도 가서 상황을 판단해 보고 끼어 줄 수 있는지 물었어요. 뭐 자존심 이런 거 내세울 때가 아니니까요.

가끔 ‘그런 정보 몰라도 돼. 나는 교육관이 다르니까.’ 하고 자존심 세우다가 후회하는 워킹맘들을 종종 봤거든요. 전업맘들의 정보를 결코 무시해서는 안 되죠. 부탁해서라도 겨우겨우 모임에 들어가곤 했는데 큰애는 너무 잘 따라갔고 스스로 열심히 해서 나중에는 원 하는 성적까지 올랐죠. 엄마의 관심과 아이의 적극적인 실행. 박자 가 잘 맞았던 거 같아요.”

똑같은 환경을 제공해 주었는데도 작은애는 또 달랐다. 머리가 좋다느니 영재소리를 들으면서 자신이 몰입한 일은 성과를 보이는 범생이 오빠와는 달리, 영재소리는 듣지 못했어도 할 일은 다 챙기는 리더십 있는 우등생이었다.

"워킹맘으로 살면서 아이들의 교육에 대해서 스스로 약속하고 지키려고 노력한 두 가지가 있었어요. 첫째는 초등 2학년 때부터 집에 오면 영어공부를 하게 했는데, 인터넷에서 유명한 잠수네 영어를 했어요. 영어교재를 다 구입해서 집에서 듣기, 읽기를 시켰고 연따… 즉, 연속해서 따라 읽기를 시키는 일을 하루 한두 시간은 꼭꼭하게 했죠. 계획을 세워주고 실천하도록 하는 일. 이건 제 교육의 원칙이었죠. 출근 전에 이렇게 하자고 제안하면 아이가 잘 따라줬어요. 그러다가 어느 날 안 하면, 야단치거나 윽박지르지 않고 가볍게 권유하듯 말을 해줬어요. 그러면 순순히 따라줬죠.

두 번째는 초등 5학년부터 중학교까지는 텔레비전을 아예 보지 않았어요. 중학교 올라가면서 영재학교에 가겠다고 스스로 목표를 정하더니 TV를 안 보더라고요. 책을 접하기 쉬워졌죠. 한창 영재학교 붐이 일었을 때였는데 저희 집이 한국과학영재학교가 있는 당감동이랑 가까운 곳이라서 더 그런 목표를 세웠는지도 모르겠네요. 영재원을 다니니까 영재학교에 대한 정보를 더 알게 되기도 했고 과학캠프 같은 곳에 다녀오더니 아예 진로를 스스로 굳히더라고요."

영재학교 진학을 위해 신문스크랩을 도와주었다. 창의력을 키워야 한다는 생각으로 도와준 신문스크랩은 아이의 지식발전에도 매우 유용했다.

"중학교 1학년 때부터 신문스크랩을 해서 볼 수 있도록 도와주었어요. 과학적인 부분, 시사적인 부분…. 제가 먼저 신문을 보고 오려서 그 기사 밑에 저의 생각을 글로 붙여서 만들어 줬죠. 엄마는 이렇게 생각하는데 너는 어떠니? 하고 제 글을 붙여놓으면 아이도 꼭꼭 자기 생각을 놓치지 않고 적어놨는데 어떨 때는 말도 안 되는 글을 적어두죠.

그렇게 서로 시사에 대한 관심을 나누기도 하면서 생각을 키워가게 했어요. 키우면서 아무것도 안 해줬다고 생각했는데, 돌아보니 이렇게 저렇게 소소하게 도와준 것들이 있네요.(웃음) 어쩌면 그런 노력들이 여러 부분의 창의성을 키워줬는지도 모르겠어요."

그렇게 시작한 스크랩이 중학교 3학년까지 서너 권의 분량이 될 정도로 쌓여갔다.

"사실 과학을 좋아하다 보니 자기가 좋아하는 책만 읽곤 하거든요. 책의 편식이죠. 과학책이나 베르나르 베르베르 책 외에 다른 소설이나 인문서는 아예 들춰보질 않았어요. 편식한다고 과학책을 안 사주니까 자기가 사서 보더라고요. 그랬던 아이에게는 다양한 분야의 신문스크랩이 그나마 여러 생각을 만들어 줬을 거예요."

학습습관을 만들어 주기 위해 포기한 텔레비전 시청. 자연스레 그 시간은 책으로 이어졌다.

"사실 저희는 방송을 하는 사람들이니까 트렌드를 알기 위해서라도 보아야 하죠. 하지만 아이들을 위해서 참았어요. 아이들의 학습생활을 지켜보니 그런 절제가 필요할 때가 많더라고요. 지금 와생각하니 잘했다는 생각이 들어요.

큰애하고는 어떤 일을 시작할 때 늘 합의해서 규칙을 만들었어요. 제가 강요해서 만들었다면 튕겨 나갔을지도 모르겠는데 어른이라는 이유로 무조건 리드하지 않았어요. 솔직히 전 좀 냉정한 엄마인데 그래서 워킹맘이라 시간이 없다고 특별히 미안해하지도 않았고요. 애들 교육에 대해서는 남편이 저를 100% 신뢰하는 편이었기때문에 제 결정은 늘 존중해 주고 육아를 많이 도왔어요."

아빠는 아들에게 절대적인 존재였다. 엄마의 힘이 닿지 못하는부분은 남편이 적극 나섰다.

"저는 굉장히 합리적이고 이성적으로 접근하는 편이라 좋게 말하면 쿨하지만 나쁘게 말하면 냉정한 편이죠. 반대로 남편은 매우감성적이고 다정해요. 보통의 부모하고 역할이 좀 바뀌었죠! 자상하게 접근해야 할 일이 있으면 남편이 도맡았어요. 제가 이래서 저래서 조목조목 야단치면 남편은 '그만해, 그럴 수도 있지. 당신은 안 그랬어?' 아이들의 마음을 달래줬어요. 역할이 확실하게 나누어졌으니까 호흡이 잘 맞았던 거 같아요."

이즘 그녀는 직장에서 자신과 같은 워킹맘들을 자주 만나게 된다. 직장의 워킹맘 후배들을 보면 그녀의 시대와 달라도 많이 달라진 모습을 본다. 일과 가정 앞에서 이러지도 저러지도 못한 채 쩔쩔매는 후배들을 볼 때마다 어려움 없이 육아를 할 수 있도록 그녀의 직장생활을 도와준 친정엄마를 일등공신으로 꼽지 않을 수가 없다.

"일과 가정사가 충돌될 때 어느 것을 선택해야 하느냐, 어느 것을 우선해야 하느냐, 이런 질문들을 많이 받아요. 사실 참 어려운 질문인데 소중함으로 따지자면 당연히 가정이겠지만… 일을 선택한 워킹맘으로서 그 대답이 쉬울 수는 없죠. 자신의 일과 본분을 지키는 것이 사회 속에서는 또 우선되어야 하니까요. 그런 갈등 속에서 저는 친정엄마가 많은 것을 맡아주셨으니 운 좋은 워킹맘이긴 하죠.

큰애도 저처럼 합리적이고 계획적인 걸 좋아해서 미리 서로 논의해서 생기는 일에는 뒷말이 없었어요. 학교행사가 있어도 '엄마가 내일 못 간다고 선생님께 전화했으니 알고 있어라.' 하면, 못 가는 것에 대해서 쿨하게 이해해요. 징징 짜고 그런 스타일이 아니니까요. 전 그런 건 정말 단호해요. 제가 잘못해서 못 가는 것도 아니고 일이 있어서 못 가는데 뭐가 미안하고 뭐가 죄책감이 들지? 그런 스타일이에요. 아이는 늘 엄마는 엄마 일을 해야 하는 거니까 당연한 거라고 하더라고요. 서로 주어진 상황을 빨리 받아들이는 것이 최선의 관계라고 생각해요."

아이들은 다행히 서운함에 앞서 일하는 엄마를 자랑스러워했다. 오히려 어떤 때는 엄마 방송을 좀 들어보라고 친구들에게 자랑도

했다.

"제 친구들이랑 같이하는 모임이 있는데 다들 자기 생일을 가족들이 기억 못할까봐 조바심들을 내요. 남편이 선물은 해줄까? 가족들이 기억은 할까? 애들이 케이크는 사올까? 그런데 저는 그런 조바심을 이해 못하겠어요. 왜 그런 걸 시험하고 맘 졸이냐고 오히려 통박을 주죠.

그냥 생일이면 공표하라고 해요. '낼모레 내 생일이야. 당신은 이거하고 너희들은 이런 선물 좀 사오고 다들 내 생일파티 해줘.' 이렇게 저는 이야기하는 편이에요. 그것 때문에 우리 가족들이 스트레스를 받았을까요? 저는 안 받았는데.(웃음) 달력에다가 아주 크게 '엄마 생일'이라고 써놔요. 제가 스트레스 받으면 아이들에게 무슨 좋은 영향을 줄 수 있겠어요. 남의 눈치 안 살피는 단호한 성격이 저의 일에는 큰 도움이 됐을 거예요."

그러나 아무리 통 큰 대범한 성격이라고 해도 그녀도 엄마 아닌가? 아이를 키우며 울어본 적이 없지 않다.

"큰애가 영재학교 입학했을 때예요. 1등으로 들어가든 꼴찌로 들어가든 들어가기만 하라고 응원했죠. 그런데 1학년 기말고사를 치르고 나서 밤 12시쯤 전화가 왔는데, 전화기를 들고 펑펑 우는 거예요. 그렇게 서럽게 우는 건 처음 봤어요. 가슴이 찢어지더라고요. '엄마, 저는 이 학교에서 안 될 것 같아요. 수학을 따라갈 수가 없어요.' 그렇게 말하면서 엉엉 울어요. 맡은 일은 정말로 열심히 하는 스타일인데, 해도 안 된다는 말에 가슴이 덜컥 내려앉았죠.

사실 공부는 DNA가 있다고 하는 말처럼 어디나 넘기 힘든 넘사벽들이 존재하죠. 아무리 해도 뛰어넘을 수 없는 귀신같은 아이들이요. 공부도 안 하고 매일 드럼 치고 기타 치고 운동하고 노는데도 수학시험만 치면 만점이 나와서 주위를 놀라게 하는 그런 아이들이 있대요. 그러면서 펑펑 울어요. 미칠 것 같았죠. 아이가 통곡하는데, 그것도 다 큰 고등학생이 그러는데 어떤 어미가 덤덤하겠어요. 어찌 달래나 난감했어요.

'네가 수학을 못하는 것도 아니잖아. 어느 분야든 그 분야의 천재가 있고 너처럼 우등생도 있는 거야. 하지만 다른 부분에서 네가 잘하는 부분도 있잖아.' 남들 다하는 뻔한 위로였지만. 아유, 다시는 생각하기도 싫어요. 한밤중에 펑펑 우는 자식의 전화를 받아보세요. 전화 끊고 밤이 너무 길었어요. 그때까지 좌절이라고는 한 번도 안 해보던 아이니까. 어쩌겠어요, 견뎌야죠."

이슥한 시간에 걸려온 아이의 전화. 끝없이 눈물을 쏟는 아이의 전화. 아무리 냉정하고 무딘 엄마라 해도 오래오래 아팠다. 그리고 대학에 진학해서 그 후에 받은 한 통의 전화.

"이번에는 새벽 3시에 전화가 왔어요. 엉엉 울기에 왜 그러냐고 했더니 동아리에 좋아하는 여자선배가 생겼대요. 그런데 고백을 했더니 제 아들에게 충격고백을 하더래요. 그것도 여자선배가 울면서요. '네가 좋긴 하지만 과거에 사귄 남자와 이미 깊은 관계가 있었다.

그래서 너를 받아줄 수 없다.' 이러면서 어떡하느냐고 우는데 그때 성적이 제일 안 좋았어요.(웃음)

정말, 자식을 키우다 보니 여러모로 인생 공부해요. 솔직히 마음이야 그 여자선배가 불쌍해서가 아니라 제 아들의 눈물이 아파서 같이 울었지만요. 친구들은 저더러 그래요. 그런 의논을 하는 아들이 있어서 좋겠다고요. 아들은 너의 멘토가 누구냐고 물으면 엄마라고 해요. 저는 끈적거리는 거 싫어하고 객관적인데 아들도 그런 스타일이라 서로 코드가 맞나 봐요."

쿨한 엄마와 쿨한 아들은 서로 마음이 잘 맞는다.

"고등학교 기숙사에 있을 때도 '노트가 하나 필요해요!' 하고 전화 오면 저는 '어떤 노트?' 하고 묻지도 않아요. 종류대로 다 사서 갖다 주고 말죠. 두 번 말하지 마라. 하하, 그런 식이죠. 그러면 아이는 알아서 그걸로 써요. 안달복달 안 해요. 제 성격을 잘 아니까 오히려 이 무심함을 딸이 더 많이 감싸주고 커버해 주죠. 무심한 엄마가 지칠 때는 딸이 위로해 줘요. 제 단점을 아는 거죠. 그럴 때는 딸이 있는 게 얼마나 좋은지 몰라요."

일하는 엄마에게 완벽을 종용하는 것은 너무 잔인하다. 그래서 늘 주위에 거들어 주는 좋은 전업맘 친구들이 필요했다.

"엄마들 모임에 자주 가지는 못하지만 가급적 그 멤버 중에 한 사람과 친해 두고 정보를 얻기도 했어요. 워킹맘 후배들에게 그렇게 말해요. '모임에서 핵심멤버 한 사람 찾아서 계속 연결하고 밥도 사

주고 진심으로 베풀며 도움을 구해라.' 그러면 다 방법이 생기더라
고요."

그녀는 전업맘들과의 사이에서도 현명하게 지혜로움을 발휘했
다. 워킹맘의 어려움을 의논하는 후배들에게 그녀가 늘 중요하게
의논해 주는 부분은 제대로 된 주 양육자를 구하라는 말이다. 양육
자가 자주 바뀔 때 아이들은 불안하다.

"워킹맘의 필요충분조건은 아이들에게 믿을 만한 주 양육자를
찾아주는 일이라고 봐요. 그 어려움만 해결되면 제일 중요한 건 해
결되는 셈이죠. 그래서 저는 직장마다 육아시설이 정말 필요하다고
생각해요. 그게 없어서 포기하는 엄마들이 많거든요. 돈을 아무리
많이 줘도 주 양육자랑 아이가 안 맞는 경우 참 곤란해요. 친정엄마
도 안 맞는 경우가 있더라고요.

가까운 가족들의 육아도움도 호흡이 중요해요. 친정엄마 육아관
은 정말 행운처럼 여겨졌어요. 제가 커온 것도 엄마의 헌신적인 교육
열 때문이었는데 제 자식 키우는 일까지 이렇게 도와주셨으니까요.

그런데 사실 딸이 아이를 낳으면 제 일을 포기하고 키워줄 의향
은 전혀 없어요. 단호하게요.(웃음) 이기적인가요? 저도 어렵게 지킨
제 일이 있으니까요. 돈이 들더라도 끝까지 갈 수 있는 일이라면 돌
봄 아주머님을 구하든 투자하라고 딸에게 지금도 그렇게 얘기해요.
물론 서운해 하지만 할 수 없어요. 엄마는 그런 사람이라고 인정해
요. 어릴 때부터 그렇게 일하면서 일을 좋아하고 일을 지키려고 노

력했던 엄마를 너무 잘 알기 때문이죠."

　말은 그렇게 하면서도 그녀가 결국 말꼬리를 살짝 흐린다. 나이가 드니까 사실 요즘에는 가끔 생각이 오락가락한다면서 말이다. 내 아이가 정말 육아 때문에 힘들어하면 내가 외면할 수 있을까, 요즘은 그런 고민이 추가되었다고 한다. 친정엄마를 보며 그녀도 친정엄마가 될 준비를 하는 모양이다.

　"분명한 건 육아 때문에 직장 내에서 성공을 '한다'. '못한다'라고 말할 사항은 아닌 것 같아요. 일은 직장 내에서의 능력이지 육아로 인해 미룰 수 있는 사항은 아니라고 보는 거죠. 물론 제가 친정어머니나 남편으로부터 좀 더 많은 지지를 받은 환경이었기 때문에 이렇게 얘기할 수 있는 건지도 모르겠네요. 영향이 없지는 않겠지만 그래도 성공할 수 있는 조건에 육아가 지대하게 영향을 미친다고는 생각하지 않아요. 그래서 일하려면 독해야 한다는 말들을 하나 봐요. 워킹맘에게는 가정사와 분리시킬 수 있는 일의 책임감이라는 것이 참 무서운 거죠."

　공과 사에 대해 분명한 기준을 가지고 있는 그녀는 워킹맘이기 전에 방송전문가다. 그녀는 정말 일이 좋다.

　"좋죠. 죽을 때까지 마이크 앞에 앉았으면 좋겠어요. 이건 진짜예요. 저는 전업맘도 해봤잖아요. 둘 다 가치 있지만, 만약 저에게 선택하라면 저는 일을 선택하고 싶어요. 사람마다 선택은 다를 것이고 이유도 다르겠지요. 일을 하면서 내 존재, 내 정체성의 확인 같은 것으로 살아 있는 힘이 느껴져요. 내가 살아 있다는 느낌이랄까요. 그리고 내가 뭔가 사회를 향해 할 일이 있다는 즐거움 같은 거요.

방송이라는 게 사회와 소통하는 채널이잖아요. 사회 속에서 어떤 목소리를 낼 수 있고 어떤 영향을 미칠 수 있다는 느낌. 엄마로서 갖는 보람과는 다르죠. 엄마는 울타리를 보호하는 느낌이 강한데 서로 다른 느낌이죠. 오롯이 나로서 인정받는 게 참 좋아요. 힘들어도 저는 끝까지 일하고 싶어요. 젊은 후배들한테도 '나 퇴직해도 일 좀 하게 해줘. 나 꼭 써줘야 해.' 이렇게 미리미리 부탁하고 웃어요."

엄마라는 단어 앞에서 우리는 눈물을 흘릴 수밖에 없다. 눈에 넣어도 아프지 않다는 표현으로 예쁜 아이를 낳고 키운다. 그러니 그렇게 예쁜 아이들을 떼어두고 나가는 일이 어디 쉽기만 할까.

"일에 대한 두려움이나 희열은 사람을 키운다고 생각해요. 8년의 경력단절이라는 공백 뒤에 찾아온 일이었으니 참 두려웠어요. '다시 즐겁게 자신감 있게 할 수 있을까?' 굉장히 걱정했는데 첫 방송 하고 모니터하며 들어보니까 그 마음이 녹슬지 않아서 어찌나 감사했었는지 몰라요. 8년의 단절이 더 일을 간절하게 만들어 줬고 간절했던 만큼 더 열정을 쏟았어요.

그런 시간도 없이 계속 일을 지켜간 워킹맘들은 대단한 거예요. 어쩔 수 없어서 쉰 8년. 그리고 보니 경력단절이 나쁘기만 한 건 아니었네요. 오히려 그 불안감이 지금의 일에 더 열정적으로 매달리게 해준, 행운의 불안함이었어요."

그렇다고 후배들에게 중간에 몇 년을 쉬라고는 절대 말하지 않는다. 아무리 힘들어도 절대로 사표는 내지 말라고 충고한다. 어떤 수를 써서라도 직업을 유지하라고 조언한다. 버틸 수 있으면 어쨌든 버티라고 지지한다.

"직업마다 다를 수도 있어요. 다시 올 수 있는 일이라면 상관없지만 그런 일은 흔치 않죠. 사실 아이를 키워보니 모든 것이 열 살 이전에 대개는 끝나더라고요. 태도, 성격, 학습자세…. 그래서 열 살 이후에는 굳이 같이 있지 않아도 충분히 아이들과 교감하며 잘 키울 수 있다고 봐요. 어려운 시기에 아이 키우며 10년을 버텼다면 결코 포기해서는 안 되죠.

정말 시간의 양이 아니라 질적으로 승부해야 해요. 기초공사가 되어 있는 상태에서는 충분히 될 수 있어요. 일을 놓지 말고 계속 이어가기를 응원해요."

아이들이 기숙사에 가고 부지런한 엄마들은 철철이 보약을 보내고 철철이 이불을 바꾸어 보내며 마음을 쓴다. 그런데 그렇게 하지 못했지만 그녀는 그 역시 미안하지 않다.

"여름에 겨울이불 덮고 있으면, 물어는 보는데 괜찮다고 하면 그냥 넘어가요. 필요하면 아이가 말했겠죠. 1년 사시사철 빨기만 하고 하나의 이불로 생활하더라고요. 미리 알아서 보내주는 일은 없었어요. 그래도 미안하다는 생각 안 하려고 노력해요. 스스로 챙기면서 아이들은 자라게 되어 있으니까요. 언제까지 모든 걸 챙겨주겠어요!

어린 시절의 모습이 아직도 선한데 세월이 정말 빨리 흘렀어요. 그때는 비디오 촬영을 많이 했잖아요. 요즘 다시 보면 아이들이 너무 좋아하는 거예요. 언젠가는 동네 애들하고 놀다가도 제가 시장 다녀오는 모습이 보이면 큰애가 막 달려와서 '우리 엄만데, 우리 엄마 크지?' 하는 거예요. 제가 이렇게 키가 작은데.(웃음) 아이 마음속에 엄마라는 존재가 얼마나 컸을까 싶어 웃었죠. 정말 어려서는 데리고 여행을 많이 다녔어요. 그게 지금도 항상 기억이 나고 이야기를 많이 하게 돼요. 가족여행을 많이 다녔던 것이 제일 좋았어요."

아이들이 사춘기가 지나고 철이 들면서 그녀는 아이로부터 떠나자는 생각을 많이 하고 산다. 아이는 내 소유물이 아니고 신의 선물이니 잠시 맡아서 키우는 일이라고 생각했다. 아이에 대한 집착 때문에 사이가 힘들어지고 비틀어지는 일을 주위에서 많이 본다. 이제 떠나자, 아이를 놓아주자…. 요즘 그런 생각을 부쩍 많이 한다.

"그런 것이 저를 편하게 하는 것 같아요. 자식에 대해 의존감, 그런 거 벗어나고 싶고…. 그래야 아이 입장에서도 한결 편한 거죠. 그래도 가슴에 아이는 늘 있죠! 살아보니까 그래요. 일이 더 행복하려면 가정에서 인정받아야 하는 게 우선순위더라고요. 밖에서 아무리 인정받아도 가정에서 그렇지 못하면 불행하지 않을까요. 당당한 내 인생도 좋은데, 가정이 기반이 되는 당당한 행복이 저는 더 좋아요. 워킹맘으로서 행복하고 일도 할 수 있었고 육아도 만족감을 느꼈지만, 이건 제 만족이죠.

저는 제 딸은 꼭 결혼하기를 바라요. 딸이 일하는 워킹맘으로서 일도 가정도 다 지키면서 결혼 속에서 힘들게도 지내보고 편하게도 지내면서 가족의 행복도 느끼고 일의 행복도 느꼈으면 좋겠어요. 그게 정답이라고 생각해요. 절대로 혼자 살지 말고, 정말 결혼했으면 좋겠어요. 아유, 자식이오? 평생의 그리움 덩어리죠. 알면서도 져주고 싶어지는 존재. 생각만 해도 즐겁지 않으세요?”

제각기 마음으로 모습으로 재능으로 보석처럼 빛나는 아이들. 수많은 아이들이 각자의 분야에서 엄마를 웃게 한다. 지치고 피곤한 엄마들의 일생을 순식간에 달콤하게 바꿔놓는다.

회의실 안의 젓가락 볼펜

탤런트 김성령 씨는 오랫동안 알아온 방송계 후배다. 우리는 지금도 종종 통화하며 아이 키우는 이야기를 한다. 예쁜 외모와 달리 아주 소박하고 털털한 성격을 가진 그녀는 나이 들수록 빛을 발하는 예쁜 아줌마가 되고 있다. 차를 한 잔 나누다 불쑥 이런 이야기를 꺼낸다.

"내가 잘 알고 있는 '징글징글한 언니들 Best3'에 언니가 들어가 있는 거 알아?"

징글징글한 언니들? 웃음이 났다. 그래. 나, 일과 가정, 두 가지 다 포기하지 않으려고 징글맞게 노력하는 워킹맘이야. 맞는 얘기였다.

워킹맘으로 일을 포기하지 않고 자신의 환경과 맞서 싸우려면 일단 체력전에서 이길 수 있어야 한다. 저질체력으로 두 가지 일을 다 해내기란 결코 쉽지 않다. 틈틈이 나의 건강을 위해 신경도 써야 한다. 밥을 앉혀놓고 잠시 틈이 나면 훌라후프를 돌리고, 반찬을 담아 식탁에 올리고 또 잠시 틈이 나면 맨손체조를 했다.

아이들이 중학생일 때는 저녁 설거지 후 숙제하거나 학원에 가 있는 틈을 이용해 동네 길목을 부지런히 산책했다. 하루 30분이라도 걷기를 게을리 하지 않았다. 운동을 못하는 날은 출근길에 계단을 이용해 걷기를 시도했다. 몸을 위해 무엇이라도 해야 한다고 생각했다. 평소 일을 한답시고 뺏기는 체력을 보충하기 위해서라도, 또한 서른 넘어 늦게 낳은 아이들을 오래도록 곁에서 지켜주기 위해서라도 건강유지에 신경을 써야 했다.

일하는 엄마가 신경을 쓰지 않는다는 이야기를 들을까 싶어 매일 아침 아이들의 옷차림에도 많은 신경을 썼다. 색과 디자인을 맞춰 옷을 고르고 단정히 접어 소파에 차려두고 출근을 했다. 돌봐주시는 아주머님이 어린이집에 보낼 때도 깨끗하게 차려 입힌 옷차림은 필수사항이었다. '엄마는 출근 중'임을 표시 내지 않도록 아침마다 직접 옷을 골라 코디를 해두고 나온다. 일 년 내내 이것만큼은 잊는 일이 없었다. 엄마로서의 최소한의 예의라고 생각했다.

또한 무엇보다 다른 곳에 쓸 돈을 아껴 자주 미용실에 들렀다. 아줌마 직장인이라서 후줄근하게 출근한다는 인상은 주고 싶지 않았다. 새벽프로그램을 할 때도 아침 일찍 일어나 깔끔하게 차려입고 화장하고 집을 나섰다. 남에게 보이는 인상에도 깔끔을 떨었다.

그렇게 오만 척을 다하며 부지런을 떨던 어느 날, 세상에나 늦잠을 자고 말았다.

특히나 아침 회의가 있던 날이었다. 눈썹 휘날리며 회사로 달려 갔다. 후다닥 1층에서 4층까지 뛰어 올라가 간부 회의실에 도착 했다. 다행히 늦지 않았다. 아까부터 도착해 있었던 듯 숨을 몰아 쉬며 내숭을 떨고 있다.

회의가 시작될 무렵, 가방에서 우아하게 볼펜을 꺼내들고 탁자 위에 턱 내려놓는다. 내려놓고 보니 아이의 젓가락 한 짝이다. 쿡 하고 웃음이 터지는데 누가 볼까 싶어 성급히 후다닥 가방에 집어 넣고는 주위를 살핀다. 다시 손을 가방에 넣고 뒤적뒤적 볼펜을 꺼 내는데 아이의 양말 한 짝이 딸려 나온다. 참았던 웃음보가 터질 것 같다. 누가 볼세라 가방에다 코를 박고 터진 웃음을 정리한다.

'어쩌면 좋니, 어쩌면 좋아.' 고개는 들어야 하는데 기가 막히고 코가 막힌 웃음이 멈추지 않는다. 그래, 나는 대한민국의 일하는 워킹맘이다.

> ▶ 대한민국에서 일하는 엄마로 산다는 건 사는 것이 아니라 살아지는 일이다.

아이와 함께 원하는 미래를 향해

워킹맘 장양희 (에어부산㈜ 김포공항 지점장)

– ♀ 김○○ (네바다주립대 호텔경영2)
– ♀ 김○○ (샌디에이고 캘리포니아주립대 생명의료공학1)

과하지 않게 아이를 사랑하는 일은 쉽지 않다. 그러다 보니 부모에게는 욕심이 생겨난다. 원하는 길도 잘 찾아갔으면 좋겠고 자신의 재능을 잘 살리면 좋겠고. 우리는 이론적으로 다 알고 있으면서도 종종 현실적인 욕심에 마음이 괴롭다. 그러니 객관적으로 아이를 냉정하게 사랑하기가 쉽지 않다. 있는 그대로 그 아이를 사랑하는 현명한 사랑. 그녀가 그 사랑을 실천했다.

"세상은 왜 공부 잘하는 아이들만 알아주는 걸까요? 왜 그런 아이들의 엄마만 성공했다고 하죠? 저희 아이들은 참 건강해요. 그래서 자랑할 게 많아요. 공부를 못해도 자기의 길을 열심히 가는 아이들, 그런 아이들도 응원해 주세요. 공부 아니어도 다른 재능을 잘 키워가는 아이들도 격려해 주세요."

그녀의 딸 키우기는 참으로 건강하다. 워킹맘의 일상 속에서도 바쁜 틈을 쪼개어 엄마 자신의 자기계발을 위한 나만의 시간을 가져야 한다고 당부한다. 뜨개질을 하든 영어단어를 외우든 책을 읽든 운동을 하든 자신의 인생에 대한 다음 걸음을 위한 하루 한두 시간의 투자. 시간이 없는 것이 아니라 찾으려는 노력을 덜한 것이라고 충고한다. 비록 적은 시간일지라도 오롯이 혼자만의 시간을 갖는 연습은 앞으로 다가올 워킹맘의 인생에 매우 중요한 투자임을 거듭 강조하는 삶. 그런 그녀를 따라가 보자.

아이 잘 키운 워킹맘들을 만나 책을 낸다고 했더니 그녀는 대뜸 아이 잘 키운 기준에 대해 나에게 물었다. 그리고 세상은 왜 공부 잘 하는 아이들을 주로 잘 커준 아이들로 인정하느냐고 따져 물었다. 그러게 말이다. 말문이 잠시 막혔다.

그녀의 이야기는 계속 꼬리를 물었다. 수많은 교육강연회에도 공부 잘한 아이들의 엄마만 성공스토리를 들고 나온다고 했다. 공부는 못해도 자기의 길을 열심히 가는 아이들도 있는데 세상은 그런 아이들 모두를 자랑스러워하고 응원해 주어야 한다고 했다.

들을수록 매력이 넘치는 그녀의 말에 이 건강한 엄마의 실체가 더 궁금해졌다. 그런 엄마 곁에서 자란 아이들은 얼마나 건강할까? 아이들의 오늘과 내일이 더 궁금해졌다.

항공사 승무원 출신인 그녀는 상냥한 미소와 호감 가는 미모를 타고나서 보는 사람을 참으로 부럽게 만든다. 무엇보다 서글서글한 성격의 대범한 그녀. 두 딸의 엄마다.

대학 졸업 후 첫 직장을 다니다가 결혼과 함께 직장을 그만두면서 바로 임신을 했다. 첫아이랑 둘째아이가 1년 20일 차이로 태어났으니 쉽지 않은 두 아이의 육아가 이어졌다. 연년생인 터울을 두고 사람들은 뭐가 그리 급했느냐고 농 삼아 이야기했다. 정말 뭐가 그리 급했는지 부부는 해마다 아이를 낳은 셈이 되었다.

출산 후 1년을 쉬었다. 큰아이를 가지면서 시작된 휴식, 간간이 프리랜서로 강의를 했다. 그리고 둘째를 낳고 전념하여 아이를 키운

1년. 사이사이 휴식시간을 합하면, 그녀의 인생에 '휴식'이란 단어는 단 3년으로 끝난 셈이다.

간간이 일을 하는 순간부터 워킹맘의 전쟁은 시작되었고 지금까지 그녀는 눈물 속에서 웃음 속에서 보람과 아픔이 함께하는 워킹맘의 이름표를 그렇게 달고 살아간다. 많은 워킹맘들이 육아에 머리를 싸매야 하는 세월, 그녀도 예외는 아니었다.

"아이들이 초등학교 고학년이 될 때까지는 프리랜서 강사로 활동을 했었기 때문에 일하는 시간 조절이 여유 있게 가능했어요. 하지만 일이란 게 어디 제 마음대로 제 입장을 봐서 생기는 게 아니니까 종종 아이를 맡겨야 하는 일도 생겼습니다. 갑자기 강의할 일이 생겨서 부득이 맡겨야 하는 경우는 참 난감했죠. 아이들이 아주 어렸을 때는 등록이 되어 있는 단체 중에 믿음이 가는 곳들을 미리미리 알아두었어요. 주로 베이비시터에게 도움을 구하곤 했죠. 가끔은 시어머님이 돌봐주시기도 했고요.

유치원에 입학한 이후부터 초등학교까지는 정말 동네 아줌마 모두가 우리 아이들의 엄마였습니다. 무슨 말인지 워킹맘들은 단박에 이해하실 거예요. 옆집 아줌마, 윗집 아줌마, 아랫집 아줌마, 뒷집 아줌마…. 아줌마란 아줌마는 다 우리 아이들의 엄마였어요. 급한 일이 생기면 이웃집의 친한 분들이 돌아가면서 상황 되는 대로 돌봐주셨거든요.

워킹맘들에게 아이를 돌봐주는 양육자의 문제는 정말 제일 심각한 문제면서 아직도 완전히 해결되지 않은 다급한 문제기도 해요.

저희 아이들이 어렸을 때에도 그랬는데 지금도 그 문제는 끝나지 않은 숙제죠."

주위의 고마운 분들이 많아 급한 불은 끌 수 있었지만, 워킹맘의 일상은 남에게 드러내 보일 수 없는 눈물샘을 따로 안고 살아야 하는 일이었다.

"일하는 엄마로 살다 보니 아이들을 살뜰히 신경 써주는 것이 마음처럼 쉽지는 않았습니다. 저만 그런 건 아닐 거예요. 다들 그런 미안한 마음을 가지고 살죠. 그래서 평소에 많은 걸 해주지 못하니까 가급적 기회가 될 때 특별한 기회를 주려고 노력했죠.

그래서 좀 힘들긴 해도 필리핀 세부 지점으로 지원을 했어요. 영어도 배울 수 있고 다른 나라의 문화도 체험할 수 있다는 장점이 있으니까요. 3년 임기로 필리핀으로 떠났습니다. 처음에는 할 수 있을 거라고 자신 있었어요. 그런데 웬걸요. 그 먼 곳에서 남편 없이 저 혼자 딸아이 둘을 도맡아야 했고, 제 일을 해야 했고…. 생각만큼 쉽지 않더라고요."

남편의 성격은 매우 섬세하다. 무엇보다 안전에 대해서는 지나칠 정도로 꼼꼼하고 엄격한 남편이 아내와 두 딸만을 필리핀 세부까지 보내야 했으니 갑작스런 가족의 별거가 편하지는 않았다. 그러나 직장을 두고 따라갈 수도 없는 노릇이고 아이들에게도 좋은 기회라고 생각한 맞벌이 부부는 당연히 감수해야 하는 몇 년간의 별거를 기꺼이 받아들였다.

갑작스런 가족 간의 별거를 경험하며 그녀는 있는 힘을 다해 노력했다. 딸 둘을 데리고 온 세부의 생활은 여러모로 낯설고 힘들었다. 특히 필리핀의 치안이라는 것이 그렇게 안정적인 것이 못 되다 보니 무엇보다 걱정이 컸다. 직장에서도 여성직원을 필리핀에 지점장으로 발령 낸다는 것이 여러모로 마음 쓰이는 일이라서 본인의 자원이기는 해도 세심하고 특별한 신경을 써주었다.

안전하게 임기를 마쳐야 한다는 의무감이 항상 강하게 자리를 잡았다. 남편도 없는 낯선 곳의 집. 두 딸을 집에 두고 공항으로 일을 하러 가는 엄마는 늘 안전에 대한 부담을 안을 수밖에 없었다. 지나칠 만큼 안전을 강조하다 보니 조금이라도 염려가 되는 부분은 모두 안 되는 일로 금지를 시켰다.

10대의 아이들. 한국 같으면 친구 만나고 수다 떨고 온몸으로 자유를 경험하고 싶을 나이. 아이들이 얼마나 갑갑할지 알면서도 어쩔 수 없는 선택이었다.

"세부는 여행객들이 많은 장소이다 보니 밤에 도착하는 비행기들도 많아요. 항공사 업무 특성상 늦은 밤에 공항에 나가 있어야 할 때가 많죠. 그래서 종종 아이들이 잠든 뒤 늦게야 집에 들어가는 일이 잦았는데 처음에는 엄마 없이 잠드는 아이들이 걱정돼서 먹을 물도 방에 모두 넣어두고 아예 밖으로 못 나오게 했어요. 꼭 한방에서 둘이 같이 자라고 당부하고 창문이며 문이란 문은 모두 다 잠그고 다녔습니다. 자물쇠가 몇 개였나 몰라요.

아무도 없는 집에 두 딸만 남겨두어야 하는 엄마의 심정. 너무 힘들었죠. 정말 겪어보면 이 지나쳐 보이는 행동이 어쩔 수 없었던 선택이란 걸 이해하실 거예요.(웃음)"

하루는 매우 늦은 밤 집에 도착했다. 어찌나 자물쇠를 많이 장치했는지 여기저기 잠긴 문을 여느라 한밤중 혼자서 끙끙댔다. 마음은 급하고 문은 열어야겠고, 그러다가 그만 두 번째 문에서 열쇠가 똑 부러지고 말았다. 잠들어 있을 두 딸의 안부가 걱정되어 급하게 문을 열다가 너무 힘을 주었는지 열쇠가 부러진 것이다. 자물쇠 안으로 반쯤 걸쳐진 부러진 열쇠를 꺼내야 했는데 주위를 둘러보니 옷핀이 보였다. 작은 구멍에 옷핀을 넣고 아무리 이리저리 돌려도 쉽게 빠지지 않았다.

야심한 필리핀의 한밤, 30도를 훨씬 웃도는 후끈후끈한 날씨 속에서 땀은 비 오듯 흐르고 마음은 급하고 그렇게 애를 쓰다가 부러진 열쇠조각이 밖으로 빠지는 순간, 왈칵 눈물이 쏟아졌다. 낯선 곳의 이슥한 밤, 열쇠와 씨름하고 있는 자신의 모습이 너무 기가 막혀 괜히 서러워 눈물이 났다. 잠긴 몇 개의 방문을 더 따고 들어가니 딸아이 둘은 엄마의 말대로 한 침대에 나란히 누워서 잠이 들어 있는데 온 사방의 문을 꽁꽁 닫아 땀에 흠뻑 젖은 채 잠에 빠져 있었다. 잠든 아이들을 보니 다시 펑펑 눈물이 쏟아진다.

무슨 성공을 할 거라고 한창 움직이기 좋아하는 10대의 두 딸을 감옥 같은 방에 가둬두고 나는 지금 이곳에서 무엇을 하고 있는가?

남편도 없는 이 타국 땅에서 무슨 영어환경을 만들어 줄 거라고 이 무모한 선택을 자처했는가? 참았던 서러움이 물밀듯 밀려왔다.

누가 시킨 것도 아니고 스스로 선택한 이 상황이 갑자기 서러워졌다. 내친 김에 주저앉아 펑펑 울기 시작했다. 서러움이 물꼬를 트면 그렇게 눈물이 난다. 눈물이 눈물을 낳았다. 한밤중에 쏟아진 워킹맘의 이해할 수 있는 통곡. 실컷 울고 나니 한결 시원했다.

그 맘을 안다. 너무 힘들어서 누구에게 어떻게라도 하소연을 하고 싶은데 이러지도 저러지도 못할 상황에 빠지고 말 때, 세상은 말한다. '너의 선택이잖아! 어쩌라고. 어찌 되었든 버텨.'

잡고 있는 그 끈을 놓아버리면 자존감이고 뭐고 와르르 무너지며 그냥 그렇게 눈물이 폭발한다. 사는 게 서러워서, 세상이 너무 가혹한 것 같아서 그냥 그런 날이 있다, 그냥.

필리핀 세부에 파견된 한국주재원은 모두 남성들이었다. 대부분 아내가 아이들을 키우고 집안일을 돌보니까 남성직원들의 경우 같은 일을 해도 한 가지에 집중할 수 있어서 훨씬 유리하다. 일 좋아하고, 누구보다 똑 소리 나게 일하고 싶은 그녀에게는 특히 부러운 일면이었다.

사실 일 좋아하는 워킹맘에게 그런 현실은 흔하게 발생한다. 정해진 출퇴근시간이 아니라 능력껏 자신을 인정받기 위해 좀 더 일찍 출근하고 좀 더 늦게 퇴근하며 최선을 다하고 싶지만, 육아나 살림에 쫓겨서 원하는 만큼 일하지 못하는 안타까움. 생각 못한 변수들이 툭툭 터져 나오기도 한다.

"그럴 때는 정말 남자동료들이 많이 부럽죠. 결혼하지 않았으면 좀 더 나았을까요?(웃음) 뭐, 단순하게 비교하면 워킹맘이라는 건 지극히 개인적인 사정이니까 그런 현실이 절대적으로 불리한 입장이라 해도 그걸 핑계로 다른 관계를 소홀히 할 수 없는 것이고, 그런 점을 보여서도 안 되는 거죠. 조직 안에서 저는, 일을 잘해야 하는 사회인일 뿐이니까요.

거기에 집에 돌아오면 철저하게 엄마로 아내로 또 주어진 제 역할에 충실해야 하니까 이중의 부담을 가지고 있는 게 현실이죠. 누구에게 하소연 하겠어요? 모르죠…. 어쩌면 남편도 저하고 똑같이 얘기할지도요.(웃음) 그래도 남편보다는 저에게 훨씬 많은 부담과 의무가 주어졌던 것 같아요. 하지만 제가 선택한 거잖아요. 일이 좋아서 목표를 만들고 가고 있으니까 그냥 안고 가야죠. 힘은 들지만요."

서러웠던 눈물도 잠시. 그 모질고 모진 '그럼에도 불구하고'의 철학이 발동하는 시간. 그럼에도 불구하고 그녀는 자신의 일이 너무 좋다. 그렇게 일을 지키고 딸을 지키며 엄마의 일을 즐겁게 진행 중이다.

사실 워킹맘들의 사정을 넉넉히 고려해 주는 마음 좋은 회사는 바라기 힘들다. 아니, 바라더라도 한계가 있으며, 무턱대고 바라서도 안 될 일이다. 조직은 누구에게나 평등해야 한다. 잘못된 이해를 특별히 구하다가는 "그러니까 집에서 살림이나 하지!" 하는 원치 않는 반격을 받게 된다.

워킹맘 철칙 1조. 조직의 구성원으로서는 당당하게 자신의 임무를 다해야 한다. 그녀의 마음에 늘 남아 있는 생각이다. 그러다 보니 워킹맘의 일상은 무엇보다 남편들의 외조와 가족의 협조가 절대적이다.

"회사의 30대 젊은 남편들을 보면 아내보다 가정 일을 더 많이 도맡아서 한다거나 밤새도록 육아를 전담하고 출근하는 경우들을 종종 봐요. 정말 배가 아플 정도로 부러운 경우가 많습니다. 그런 면에서 요즘 젊은 워킹맘들은 우리 때와 달리 호강하는 것 같거든요. 시대를 잘 만난 거니까, 그러려면 다시 태어나야 하나요?(웃음) 물론 그렇게 적응된 워킹맘들은 그래도 만족이 안 되어서 더 외조를 받아야 한다고 할지 모르겠는데, 저처럼 달리 협조 받지 못하고 보수적인 남편과 살고 있는 입장에서는 요즘 워킹캄들 보면 한결 직장생활이 쉬울 거라는 부러운 마음도 듭니다.(웃음)"

남편 없이 아이 둘을 건사하며 눈물 뺀 워킹맘의 시간이었지만 최선을 다한 세부에서의 3년이 흐르고 다시 한국으로 복귀하면서 두 딸은 세부국제학교를 졸업하고 외국대학에서 유학생활을 시작했다. 고생한 3년, 나름의 성과가 있었다.

건강을 최고의 모토로 키워온 엄마의 육아방식으로 두 딸은 모두 170cm를 넘는 장신의 키를 가졌고, 리듬감이 뛰어나 춤도 잘 추고 무엇보다 운동하는 걸 매우 즐긴다. 엄마가 바라던 대로 건강한 딸들로 자라주었다.

　육아의 대부분을 도맡아야 했던 힘든 시간들은 대신 모녀관계의 특별한 친밀감이라는 선물로 돌아왔다. 그래서 아빠의 완고한 사고방식과 딸들의 코드가 달라 훈육방식에 갈등이 생길 때면 엄마가 개입해 해결한다.

　"워킹맘들에게는 '출장'처럼 며칠 집을 비워야 하는 일들이 종종 곤혹스러워질 때가 있죠. 한 이틀 가는 출장인데, 막상 출장가기 전에 미리 해놓고 가야 할 일이 너무 많거든요. 그렇다고 저만 출장에서 빠질 수도 없는 일이잖아요. 출장을 자주 다녔는데, 그럴 때 육아에 있어 남편과 함께 나누고 공유하면 좋은데 그게 막상 쉽지가 않더라고요.

　한 번은 제가 출장 간 사이에 딸들이 말다툼이 있었나 봐요. 서로 자기가 시작한 일이 아니라고 하니까 남편이 누군가 한 명은 거짓말을 하고 있다면서 혼을 냈죠. 아이들은 그 분위기가 두려워서 끝까지 변명들을 했나 봐요. 상황을 지켜보던 남편이 그만 참지 못하고 아이들에게 처음으로 매를 들었는데 정도가 좀 심했어요. 요즘도 그때를 가장 무서운 기억으로 얘기하더라고요. 엄마를 아주 간절히 기다렸다고 하면서요.

　제가 옆에 있었다면 분위기를 풀어주거나 아이들을 다독여서 상황을 좀 쉽게 정리했을 텐데…. 안타까운 일이었어요. 아무래도 아빠는 남자니까 딸들의 섬세한 심리를 완전히 이해 못해요. 하긴 뭐,

아들만 가진 제 친구는 도무지 아들들의 심리가 이해가 안 간다고 하더라고요. (웃음)"

워킹맘에게는 부부 서로가 공유하는 교육 코드가 필요하다. 현실적으로 매우 중요한 문제이기도 하다. 무엇보다 아이들의 성별에 따른 부모 각자의 역할이 필요하다는 걸 체험적으로 깨달은 엄마는 그 후로 딸들이 좀 더 아빠를 이해할 수 있도록 신경을 쓰고 있다. 섬세하게 이야기를 전달하고, 상황을 이해시키며 아빠에 대해 더 좋은 기억을 간직하도록 하는 것이다.

부모의 역할뿐만 아니라 신경 써야 하는 일은 한두 가지가 아니었다. 일에 대한 의지를 불태울 때마다 엄마로서의 의지도 함께 키워야 했던 순간순간. 아이들과 함께하는 시간이 절대적으로 부족하다 보니 아이들은 가끔 우리 엄마도 집에 있었으면 좋겠다는 말로 일하는 엄마를 아프게 했다. 그러면서도 엄마가 말쑥하게 정장을 빼입는 날이면 그 모습을 꽤나 좋아하며 자랑스러워했던 딸들.

그 흔들리는 갈피를 어찌 모를 수 있을까. 이제 두 딸 모두 멀리 떨어진 곳에서 자신의 인생을 향해 달리고 있는 이즘, 모진 시간 속에서 지켜온 지난 세월들이 스스로 생각해도 대견하기만 하다.

생활에 지쳐 힘들 때마다 그녀가 늘 마음에 읊조리는 이야기가 있다. 심리학자 M. 스캇 팩의 저서 『아직도 가야 할 길』의 서두에 나오는 글귀.

"인생은 고해다. 삶은 고난의 연속이다."

그녀는 이 글귀를 언제나 가슴에 간직하고 산다. 종종 그 구절을 외우면서 힘든 삶을 위로받는다. 누구나 쉬울 수만은 없는 사람살이. 때때로 다가오는 난관들을 억지로 부정하지 말고 그냥 받아들이면 한결 쉽고 편할 때가 있다. 인생은 원래 힘든 거니까, 누구나 다 똑같이 힘들기도 하니까, 특별히 내가 나약한 게 아니니까, 이렇게 자신을 다독인다.

"위로하는 거예요. 받아들이려고 생각하면 힘든 일도 하나의 과정이라고 생각돼서 그냥 받아들이게 돼요. 언제까지 일을 할 거냐고 종종 후배들이 물어요. 저는 정말 영예롭게 제가 생각하는 목적을 다 달성한 후에 그제야 비로소 퇴사하고 싶어요. 욕심이 큰가요?(웃음) 그렇기 때문에 단 한 번도 사표 내고 싶다, 그만두고 싶다, 이런 생각을 진지하게 해본 적은 없어요."

육아에 있어 비교적 여유가 생긴 요즘, 지난 시간을 통해 얻게 된 그녀의 워킹맘 철학이 있다. 무엇보다 자신에 대한 투자를 게을리하지 말자는 거다. 일과 가정에 자신의 24시간을 모두 쏟아 붓더라도 최소한 하루 한 시간이나 주말 두어 시간은 오롯이 자신을 위해 할애해야 한다는 것이다.

"아이가 어릴 때는 그것도 쉽지 않은 일이에요. 그러나 결코 포기해서는 안 되는 거죠. 하루 30분이면 어때요, 아이가 잠든 뒤라도 그냥 같이 자지 말고 시간을 만들어야 해요. 무엇을 배우는 것도 좋고 무작정 쉬는 것도 좋고, 자신에 대한 대우를 절대 소홀히 해서는 안 된다는 겁니다. 워킹맘 스스로 자신을 대우해서 키워나갈 때 남들도 자신을 인정해 주죠. 그래야만 일과 가정을 다 양립할 수 있다고 생각해요.

고민하고 찾아보면 하루 30분에서 한 시간은 어찌해서든지 만들어 낼 수 있다고 봐요. 긴 마라톤을 해야 하는 나를 위한 투자, 마라톤에서 만나는 한 모금의 소중한 물과 같습니다."

이즈음 직장에 들어오는 후배들을 보며 그녀는 생각이 많다. 특히 워킹맘의 길에 들어선 후배들에게는 더더욱 할 말이 많다. 사실 둘 다 잘할 수 없다면, 육아에 충실하라고 그녀는 충고한다. 일은 다시 기회를 만들 수 있지만, 아이들과의 과거는 되돌릴 수 없기 때문이다. 그만큼 두 가지를 다 해내는 워킹맘의 길은 결코 쉬운 길이 아니다.

"일을 한다는 것이 생계유지를 위해 필요한 일이라면 어쩔 수 없는 경우도 있을 겁니다. 하지만 비록 박봉일지라도 알아주는 사람이 없을지라도 스스로 생각했을 때 이 일이 나의 미래를 대비한다거나 나의 성장을 위해 꼭 필요한 과정이라면 각오를 해야죠.

특히 우리가 결혼을 선택했다면, 육아 역시 소홀히 할 수는 없는 거잖아요. 아이들에게 가장 중요하고 필요한 시기에 엄마 역할을 대신할 조력자가 있다면 그야말로 천운이지만 일과 가정 두 가지를 다 해낼 자신이 없을 때는 저는 일단 아이키우기에 전념하라고 해요. 조금 돌아가더라도 천천히 가는 것이 바른 순서라고 생각하는데, 기왕이면 힘들어도 두 가지를 다 지켜가는 게 제일 좋죠. 정말 일이 좋다면, 일단 육아를 도와줄 주 양육자를 부지런히 찾아보세요.”

항공사에는 특히 여성들이 많다. 워킹맘들도 많다. 집에만 있었던 것처럼 똑같이 좋은 엄마 노릇 다하면서 일하겠다고 하면 회사를 그저 멋으로 다니는 것이 될 수도 있다고 그녀는 우려한다. 결코 조직 속에서 남에게 폐가 돼서는 안 될 일이기 때문이다.

사명감과 책임감을 가진 직장인이 되어야 워킹맘 후배에게도 또 다른 가능성의 길을 열어주는 것이다. 일과 가정에 대해서 철저하게 분리해야 하는 것이 워킹맘의 중요한 조건이다. 엄마라는 점으로 양보 받으려 한다면 조직 안에서 따돌림을 당할 수도 있다. 왜 남이 그 피해를 안아야 할까.

돌아보니 그녀에게도 육아의 지난 시절은 고비가 많았다. 어느 워킹맘처럼 사적인 엄마들의 모임에 빠지지 않고 참여할 수 있다는 것도 쉽지 않은 일이었다.

“또래 아이들의 부모와 어울려서 이야기를 나누고 정보 얻고 생각 공유하는 그런 시간들을 많이 가지지 못했죠. 그런 면에서는 아이들 뒷바라지를 제대로 못한 건 사실이죠. ‘참 부족한 엄마였구나.’ 가끔 반성도 됩니다. 하지만 아무리 노력해도 그건 정말 어쩔 수 없는 일이었어요. 100퍼센트 만족이 쉽지 않으니까요.”

하지만 연연해하지 않기로 했다. 학습의 정보보다 더 소중하게 여긴 건 인성이었다. 훌륭한 인성에 공부까지 잘해 준다면 더 이상 바랄 나위가 없겠지만, 선택을 해야 한다면 공부보다 인성이었다. 공부야 죽을 만큼 노력하고 가르치면 뒤늦게도 될 수 있다 싶었지만, 한번 만들어진 인성의 그릇은 바뀌지 않을 거라고 생각했다. 인성교육의 원칙과 함께 더 소중하게 여기며 지켜온 건 아이들을 제대로 먹이는 일이었다.

"나는 엄마니까 다른 건 못해 줘도 먹을 건 잘 해먹이자 생각했어요. 먹거리에 대한 부분은 누구에게도 뒤지지 않을 만큼 최선을 다했죠. 한 끼 한 끼 영양을 체크하고 가급적 바른 먹거리를 먹이려고 노력했어요. 퇴근하고 밤 11시가 되어도 다음날 만들 음식 재료를 준비해 두고 다음날 새벽 4시 반에 일어나서 한 시간 동안 그날그날 먹을 음식을 만들었으니까요. 간식, 과일 모두 먹기 좋게 이름표 붙여서 아이들이 각각 주어진 분량을 먹을 수 있도록 준비해 두는 일도 빠짐없이 했고요. 특히 방학 때는 세 끼 식사 그리고 오전 오후 간식까지 분류하여 매일 준비해 두고 출근했습니다.

아무리 그 전날에 회식으로 술 잔뜩 마시고 과음한 채 새벽 1시에 잠이 들어도 어김없이 4시면 일어나서 가족들이 먹을 음식 준비에는 소홀하지 않았어요. 라면 하나를 끓여도 멸치 육수에 면을 따로 삶고 각종 야채를 함께 넣어 부족한 영향의 균형을 맞추었다면⋯. 좀 지독하게 들리나요?^(웃음) 그러다 보니까 제가 먹으려고 과일 깎는 것도 끔찍해졌어요. 아이들 먹이려고 늘 깎아주다 보니까 제가

먹을 거라도 좀 줄여야 일이 줄어든다고 생각했을 정도니까요. 이
건 칭찬받을 만하죠?”

　엄마들은 제각기 그 각자의 이름으로 반짝인다. 그 엄마들만의
빛나는 노하우로 아이를 키운다. 바른 먹거리로 아이들을 건강하게
키운 그녀의 정성, 말만 들어도 쉽지 않아 보였다. 새벽부터 주방에
불을 밝힌 엄마의 정성으로 건강하게 자란 딸들은 결코 잊지 않고
매일의 아침을 기억할 것이다.
　“엄마들이 다 그렇겠지만 저 역시 아이들이 저를 좀 따뜻한 엄마
로 기억해 줬으면 좋겠어요. 우리 엄마는 정의롭고 양심적이며 가
슴이 따뜻해서 남을 배려하고 도움을 많이 준 사람이었다…. 와우,
이렇게 기억해 준다면 더 바랄 거 없죠. 욕심이 너무 과한가요?
　공부! 중요하긴 해도 살아보니까 우리 삶에서 무조건 중요한 부
분은 아니더라고요. 자식을 바르게 자라도록 지도해 주는 일, 학습
지도보다 더 어렵고 무서운 일이란 걸 압니다. 그래서 아이들을 바
르게 키워야 한다는 두려움과 긴장감을 항상 가지고 있었죠. 비록
늘 곁에 있진 않았어도 자신의 일을 정의롭게 해나간 엄마라는 사
실을 기억해 주기를 바라요. 그런 기억이 자리 잡는다면, 워킹맘으
로서 아이들에게 받는 최상의 칭찬일 것 같아요. 든든한 인생의 후
원자였고 항상 곁에 있었던 협력자였다고 기억해 준다면….
　사실, 저를 그저 엄마라는 단어로 기억해 주는 한 그 어떤 구체적
인 바람들이 무슨 의미가 있겠어요. 아! 그러고 보니까 진짜 바람이

하나 있네요. 저는 개그프로그램을 정말 좋아하는데 아이들이 개그 프로그램을 보면서 느끼는 유쾌함처럼, 우리 엄마는 항상 우리를 웃게 해준 사람이었다고 기억해 준다면? 아, 이러다 정말 끝이 없겠는데요.(웃음)"

힘들었던 시절을 기억하며 기쁨으로 만들어 내는 그 엄마가 이제야 웃는다. 웃으니 더 아름답고 예쁘다.

새벽 4시면 가족을 위해 과일을 썰고 채소를 닦으며 찌개를 끓여왔을 엄마의 주방. 힘든 상황에서 자신의 일을 포기하지 않고 지켜가며 묵묵히 오늘을 가고 있는 엄마의 뒷모습을 보며 딸들은 엄마의 길을 자랑스럽게 이어갈 것이다.

엄마표 김밥

엄마의 모습에는 향기가 있다. 내가 기억하는 우리 엄마의 모습들.

초등학교 학부모 모임이 있는 날. 단정히 한복을 차려입고 머리에 한껏 힘을 주신 엄마가 교실로 입장하던 순간을 나는 잊지 못한다. 아침이면 다섯 남매의 도시락을 싸느라 화장실 갈 새도 없이 숨 몰아쉬며 아침을 준비하느라 허덕이던 부스스한 엄마의 얼굴도 잊을 수 없다. 밤 12시가 넘은 이슥한 저녁, 마지막 전철을 타고 집에 오는 대학생 딸을 기다리며 매일 저녁 지하철역 입구에 나와 계시던 엄마의 작은 체구도 잊을 수가 없다.

우리는 엄마의 모습을 어떻게 기억하는가? 소풍날 아침, 눈 비비고 일어나면 부엌에서 풍겨오는 익숙한 참기름 냄새. 세수도 하지 않은 부스스한 얼굴로 주방을 향하면 고소한 김밥 말며 경쾌한 인사를 건네주시던 엄마의 정겨운 모습을 나는 잊을 수가 없다. 엄마는 뒤를 돌아보지 않고도 등 뒤에 눈이 달린 것처럼 다가가는 나에게 말씀하셨다.

"일어났어? 즐거운 소풍날이네."

고소한 엄마의 음성은 김밥의 향기와 함께 어린 나의 소풍을 더욱 들뜨게 했다. 소풍날 아침이면 엄마가 말고 계신 김밥의 소리가, 하나하나 썰어내는 그 소리가 흡사 음악처럼 기분 좋은 아침을 깨웠다. 단무지와 시금치, 그리고 어묵 한 줄. 별다를 것도 없는 그 김밥이 너무 좋았다. 새벽같이 보여준 엄마의 정성을 들고 달려간 소풍길의 행복.

엄마와 함께 떠오르는 그 행복감을 아이들에게 전해주기 위해 나도 김밥을 말았다.

워킹맘으로 살아가며 아이들 곁에 오래 있어주지 못한다는 미안함을 조금이라도 만회하고자 소풍날 아침이면 꼭꼭 새벽에 일어나 직접 김밥을 만들었다. 맛있고 화려한 김밥 집에 단체주문을 하는 것이 유행인 요즘이지만, 볼품없어도 직접 김밥을 만들었다. 내가 기억하는 한, 김밥은 사먹는 것이 아니라 엄마의 손끝에서 완성되는 것이었다.

어린 시절, 내가 느꼈던 달큰하고 나른할 만큼 평화로웠던 소풍날. 그날 아침에 마주하는 다정한 엄마의 기억을 아이들에게도 선물하고 싶었다. 김밥이 아닌 엄마의 존재감을 포장해 주고 싶은 마음. 소풍에는 따라가지 못해도 김밥에 담긴 엄마의 존재는 늘 너의 곁에 함께한다는 마음을 주고 싶었던 순간. 워킹맘의 바쁜 새벽에 강요 아닌 강요가 되었다.

식탁에 모인 온 가족이 새벽같이 만들어 둔 김밥 앞에 탄성을 보내준다. 손바닥만한 김밥 통에 요리조리 엄마표 김밥을 담고 아이의 가방을 챙겨준다. 아이가 커서 그래도 일하는 엄마가 바쁜 아침에 싸주었던 김밥의 향기를 엄마의 모습으로 기억해 준다면 얼마나 좋을까 기대도 해본다.

소풍날이면 엄마표 김밥을 싸주셨던 나의 엄마는 이제 더 이상 김밥을 쌀 필요가 없는 팔순의 노모가 되셨다. 그래도 엄마의 김밥은 내 기억에 향긋하게 살아 있다.

> ▶ 고소한 김밥의 향기는 엄마의 향기다. 단단히 말린 김밥을 입에 넣으면 어린 시절 엄마 품에서 느꼈던 평온함이 절로 밀려온다. 소풍날 아침, 김밥을 말면서 '나의 엄마'와 '향기'를 소환하고 있다.

초등학교 첫 공개수업

워킹맘들은 아이의 학교행사에 자주 참여할 수가 없다. 어쩌다가 휴가를 내는 것도 하루 이틀이지 일일이 다 찾아서 참여할 수가 없다. 가지 못하는 마음이야 안타깝고 속상하지만 그렇다고 미안한 마음을 가져서도 안 된다.

죄지은 듯한 모습을 보이면 아이는 '엄마의 일'이란 '자신에게 엄마가 미안해지는 일'이라고 생각할지도 모르기 때문이다. 대신 가지 못하는 이유를 정확히 이해시켜야 한다. 여기까지는 이론이다. 다들 그러라고 한다. 그런데 막상 상황이 현실이 되고 나면 이론대로 움직이기란 쉽지 않다. 그것이 솔직한 마음이다.

오늘은 큰아이의 초등학교 첫 공개수업일.

아침 생방송을 진행하고 연출하는 나는 갈 수가 없다. 생방송은 방송을 듣는 무수한 청취자들에 대한 예의다. 그러니 녹음은 안 된다. 아이에게도 아침에 잘 알아듣도록 설명을 해야 했다. 일단, 아이의 눈높이에 맞게 자세를 낮추고 나는 아이와 눈을 맞췄다.

"있잖아. 나중에 커서 스무 살이 되면 누구나 독립이란 걸 하게 돼. '너는 이제 어른이야. 세상 속으로 나갈 수 있어.' 이런 신호지! 모두 그때 어른이 되는 거야. 그런데 어떤 아이들은 능력이 충분해서 일찍 연습할 기회를 줘.

엄마는 오늘 너한테 그 기회를 줄 거야. 다들 엄마가 따라가지만, 너는 엄마 없이도 잘할 수 있다고 생각하니까 기회를 주는 거야. 이 연습은 아무나 기회를 주는 게 아니야. 엄마 없어도 잘할 수 있지? 울 아들, 역시 대단해!"

아이는 각오가 된 얼굴로 고개를 주억거렸다. 어깨에 얹어진 일말의 비장함. 애써 밝게 고개를 끄덕였지만, 안으로 숨었을지도 모를 서운함. 마음이 시큰하다.

초롱초롱한 눈망울을 빛내며 교실에 앉아 공개수업을 듣고 있을 아이들. 선생님 말씀 잘 들으며 가끔 교실 뒤편으로 고개 돌려 자신의 엄마를 찾고는 V자 한번 그려볼 터이다. 그러나 애써 고개 돌리지 않을 내 아이가 떠올라 마음이 짠하다.

라디오 생방송을 진행하며 나는 멘트를 정리하고 음악을 튼다. 음악이 나가는 3분 40초 동안 편지지 한 장에 아이에게 줄 몇 자의 편지를 끄적거린다.

'아들! 잘하고 있지?' 편지지 위로 툭 눈물 한 방울이 떨어진다. 변명을 위로와 격려로 늘어놓으며 일하는 엄마는 편지 속에서 울고 있다. 소리 내 울 수 없으니, 소리 죽여 운다.

음악이 끝나간다. 아무 일도 없었던 듯 나는 마이크 앞에서 밝은 소리로 다시 이야기를 이어가고 있다.

소중한 인성
– 누가 엄마를 대신할까요?

워킹맘 송선미 (교원아카데미 세일즈매니저)

– ♂ 김○○ (과학고 졸/중앙대 생명과학과3/워킹홀리데이 중)
– ♀ 김○○ (경원고2)

교육은 이론이 아니라 실천이라고 굳게 믿어온 그녀는 아이들을 키우며 부모의 모습을 보고 배우는 아이들을 발견했다. 그럴 때면 두려웠다. 아이들이 보고 있다고 생각하니 어느 것 하나 소홀히 할 수가 없었다. 그리고 찾아온 깨달음 하나. 바르게 열심히 자신의 삶을 살면서 믿어준다면 반드시 그 믿음에 아이들이 보답할 것이라는 사실이다. 오랫동안 아이들의 학습을 돕는 일선에서 활동하면서 수많은 아이들을 보고 수많은 엄마들을 보았다. 아이를 보면 엄마의 모습이 보였다.

갓난아기를 업고 수많은 교육강연회를 찾아다니며 정보를 잃있딘 아이의 이린 시절. 그 덕에 무수하게 많은 책들로 독서를 즐겼다는 엄마. 그 덕분인지 아이는 책 읽는 일을 제일 좋아한다. 엄마의 수첩에는 인생의 사소한 기록들이 빼곡하다. 그녀는 항상 글을 쓰며 찰나의 순간을 놓치지 않는다. 그 능력이 아들에게 전해져서 아들도 글을 참 잘 쓴다. 옆집 엄마들의 무조건적인 사교육에도 결코 흔들림이 없었다는 그녀는 오히려 옆집 엄마들에게 책의 소중함을 강조하며 그 옆집 엄마들을 흔들어 놓았다.

워킹맘으로 늘 집을 비워 미안했지만 엄마가 없는 그 시간에도 믿음을 저버리지 않고 잘 자라준 아이들을 생각하면 부러울 것이 없다는 그녀다.

　사교육 시장에 유혹받기 쉬운 이즘의 교육현실 속에서 자기주도학습으로 큰아이를 키운 그녀의 이야기는 박수받기에 충분했다.

　큰아이는 사교육을 전혀 받지 않은 채 독서실력으로 과학고에 발을 들였다. 그렇게 말하면 믿지 않는 사람들이 더 많더라는 그녀의 말, '믿거나 말거나'다. 사실은 사실이니까.

　그녀는 출판사의 교재가 판매된 뒤 방문하여 관리하는 일에 종사한다. 직업상 또래의 아이들이 있는 집을 많이 방문해야 했다. 종종 대궐 같은 집을 가게 되면 내가 가진 것들이 초라해 보이기도 했지만 각자의 삶이 다를 뿐 견주어 자신의 일을 낮추지 않았다. 자신의 일에 대한 당당함과 자신감. 열심히 살아온 세월이었다.

　그러나 간혹 그녀의 일을 마주한 사람들 중에는 그녀의 일을 얕보는 사람도 적지 않아 상처를 주었다. 그런 시선이 가끔은 힘들었다. 하지만 엄마들을 만나며 그녀는 오히려 자신의 현실에 감사할 때가 더 많았다. 최고급 아파트에 살면서 남보다 더한 경제적 호사를 누리는 사람들이 때로는 겸손치 못한 자세를 보여줄 때, 또한 훌륭한 사회적 지위를 가지고도 아이 앞에서 바르지 못한 행동을 구사하는 부모를 마주칠 때면 외려 타산지석의 기회가 되었다.

　"사실 제가 말주변도 없고 수줍음이 많아서 남 앞에 서는 건 정말 못하는 성격이었어요. 그래서 집집마다 방문해서 교재를 상담하고 관리하고 팔기도 한다면 친구들이 다 놀랐죠. 어떻게 그런 일을 하냐고요. 제 성격을 생각하면 정말 많이 변했다 싶어요.

이 일에 뛰어든 지 16년입니다. 출판사 교원에서 교재를 방문판매하기 시작했고 지금은 판매교사를 관리하는 지국장 일을 하고 있어요. 사실 영업이라는 이름으로 일을 시작했었는데 판매량보다 사람의 마음을 움직이는 것이 더 소중하다고 생각했어요. 엄마들을 1대 1로 만나서 아이에 맞는 관리를 해주죠. 입소문이 나면서 감사하게도 찾아주는 분들이 많아졌어요.”

그녀의 일은 출판물을 구매한 아이들을 찾아가 구입한 책이 전시용 장식물이 되지 않도록 엄마들에게 활용법을 알려주는 일이다.

“일찍 결혼했기 때문에 아이교육에 대해 주변에 물어볼 데가 없었어요. 그때는 아이 둘을 키우는 순수한 전업주부였죠. 스물다섯에 엄마가 되었으니 뭘 알았겠어요. 그래서 아이를 업고 온갖 출판사의 교육강연회는 다 찾아다녔어요. 한솔, 웅진, 삼성, 교원, 프뢰벨…. 학습교재의 역사를 제가 더 훤히 꿰고 있을 만큼 열심히 다녔죠.

뿐만 아니라 여러 신문사에서 주최하는 교육강연도 빠짐없이 찾아다니며 나름대로 교육하는 엄마의 길을 찾았죠. 대부분은 상품소개가 많았지만 들을 만한 이야기들은 소중하게 귀동냥하며 교육정보를 정리하는 유익한 시간이었어요. 발품을 판 만큼 얻은 게 많았죠.”

큰아이가 백일 무렵의 어느 날, 길거리에서 나누어 주는 무료지도와 학습교재 몇 가지를 얻고는 좋은 책을 보내준다는 말에 전화번호를 알려주었다. 지금이야 개인정보 유출에 대한 부작용으로 의심이 많아질 수밖에 없는 세상이 되었지만, 20년 전만 해도 전화번호 정도는 쉽사리 주고받았다. 그렇게 알려준 출판사마다 연락이 오고 무료자료가 왔다.

새로운 학습자료가 나올 때면 관심을 가졌다. 그러던 중 한 출판사에서 나온 TV광고에 시선이 쏠렸다. 28개월 어린아이가 혼자서 『개구리왕자』를 직접 읽으며 한글을 깨우친다는 광고. 광고 속의 책들은 일파만파 퍼져 나가며 아이들에게 한글을 가르치는 학습자료로 관심을 받았던 시절이었다.

굳이 그 책은 아니었지만 큰아이도 30개월에 한글을 읽었다. 많이 읽어주고 들려준 결과였다. 젖을 물리면서도 잠을 재우면서도 보이는 대로 아이에게 읽어주기 시작했다. 시도 읽어주고, 동화도 읽어주고 그러다가 그 내용에 빠져들었다.

"읽어주다 보니 아이들 책이 재미있더라고요. 그러면서 여러 강연에 참여해 보니까 말 그대로 책에 노출되는 환경이 정말 중요하다는 생각을 갖게 됐죠. 그래서 책을 장난감처럼 가지고 놀게 해주려고 많이 노력했어요. 한글카드도 제가 직접 먹글자와 색글자를 따로 만들어서 교재삼아 놀게 해주었고, 쓰고 만들기를 좋아하던 저의 취향에 딱 맞았던 거죠."

큰아이가 7살이 되었다. 초등학교에 곧 입학할 아이를 두니 학부모로서의 두려움이 밀려왔다. 교과서 풀이를 해준다는 출판사의 설명회를 찾았다. 독서는 아이가 평생 해야 할 일이지만, 교과서 학습은 전략적인 구성이 따로 있다는 걸 깨닫게 되면서 1학년에는 무엇을 배우고 그것이 2학년에는 무슨 연관이 있으며 고학년에는 어떻게 연결되는지 꼼꼼히 살필 수가 있었다. 원리를 알고 나니 학습내용에 따라 체계적인 독서로 공부가 가능하다는 판단이 섰고 나름대로 학교공부에 대한 엄마만의 새로운 로드맵을 만들 수가 있었다.

"쓰레기 분리수거하는 날, 폐지함에 초등교과서가 있더라고요. 주워서 유심히 분석해 보니 우리 때는 텍스트와 그림 위주로 암기만 하면 되었던 것들이 완전히 변해 있더라고요. 이런 식으로 분석하면서 계획 세우고 가르치면 되겠다 싶었는데 그때 일이 좀 생겼죠.

갑자기 몸이 며칠 이상해서 병원에 갔더니 임신은 아니래요. 위가 안 좋은 것 같다고 약을 처방해 주더라고요. 약도 먹고, 위내시경까지 했는데 나중에 보니 임신이었어요. 황당했죠. 며칠 약도 먹고 내시경한다고 마취까지 했으니 낳을 수 없었어요. 지금 같으면 정말 의료소송이라도 했을 텐데 당시는 바보 같았죠.

충격적인 일을 겪고 나서 심리적으로 위축되어 있느라 그렇게 열심히 교육에 관심을 갖던 제가 큰아이가 학교에 입학했는데도 한 학기 동안 넋 놓고 살았어요. 정신을 차리고 보니 아이가 어느새 2학기를 맞이하고 있더라고요."

다시 힘을 냈다. 그녀는 두 아이의 엄마였다.

슬픔을 추스르고 다시 분주한 생활 속으로 빠져들 즈음 알고 있던 출판사에서 학교공부 과정을 위한 특강에 참여하며 새로운 세상을 만났다. 특히 역사특강은 매우 흥미로웠다.

"심장이 터지는 것 같았어요. 1, 2학년 통합 북에 들어가 있는 11가지 단원을 쭉 훑었는데 왜 아이들이 5학년에 역사를 배우는지, 지리는 왜 그런 교육과정으로 나뉘어 있는지, 그 연계성이 한눈에 보이는 거예요. 내 아이에게 이걸 다 체계적으로 알려줄 생각에 말할 수 없는 기대심을 갖게 됐죠.

사실, 교육기관이며 학교에서 해주는 특강을 많이 들었는데 거의 다 이론적인 것들이 많았어요. 그런데 그날의 강의는 독서계획부터 하물며 포트폴리오까지 할 수 있는 걸 알려주더라고요."

특강은 그녀에게 일을 하게 만들었다. 아이들의 교재를 체계적으로 접하기도 좋았고 큰 욕심 부리지 않고 영업을 하면 큰돈은 못 벌어도 소일삼아 아이들의 학습에도 끊임없는 관심을 가질 수 있겠다 싶었다.

초창기에는 돈 버는 일에 관심을 두지 않았으니 10시 출근해서 교육강의를 듣고 바로 집으로 오는 일도 많았다. 돈이 목적이 아니라 배우는 게 우선의 목적이었다.

"영업을 위해서는 책을 많이 팔아야 하잖아요. 저는 출판사마다 어지간한 책들을 다 파악하고 있었으니까 스카우트 대상이 됐던 거죠.(웃음) 일을 좀 더 하라고 직장에서는 권했고 저는 자신 없다고 발을 뺐고, 그러던 중에 한 프로그램이 나왔는데 체험해 보고 좋으니까 주위에 권유하면서 영업에 참여하게 됐어요. 사실 달변가는 아니라서 영업체질은 아니었는데 저의 경험을 이야기하는 건 무리가 없더라고요. 일에 점점 빠져든 계기예요.”

아이들이 어려서 아침 8시 20분의 이른 출근이 쉽지만은 않았지만 그렇게 워킹맘이 되어갔다. 역사책 한 질을 사준 사람에게는 책만 팔고 끝이 아니라 방문을 통해 역사 포트폴리오 작성부터 관리까지 체계적으로 방법을 일러주었다. 엄마들이 하지 못하는 작업을 강의에서 배운 대로 정보를 전해 주었다. 열심히 일한 덕에 아이가 초등 3학년 때 지국장으로 빠르게 승진이 되었다.

직업의 특성상 아이들의 집을 방문하다 보면 별의별 에피소드가 다 생긴다. 돈은 요구하는 대로 줄 테니 아이들의 과외를 하루 종일 맡아달라는 엄마도 있다. 그럴 때마다 그녀는 안타까워 이렇게 이야기한다.

“어머니! 우리 일은 엄마가 하실 수 있도록 엄마의 방법을 바꿔드리는 거지, 제가 아이를 키워주는 엄마가 되는 게 아니에요. 엄마가 꼭 해줘야 할 일이 있답니다. 품에 안고 어르고 엄마만이 할 수 있는 일. 그런 건 돈으로도 방문교사로도 해결되는 게 아닙니다.”

그렇게 강조할 때마다 엄마의 자리를 혼동하고 있는 현실에 마음이 답답했다.

“엄마들에게도 개인시간은 분명히 필요합니다. 자기계발을 할 시간도 분명히 필요하죠. 전업엄마일수록 자신을 아끼고 계발하는 일을 게을리 해서는 안 된다고 생각해요. 하지만 종종 그런 의미를 잘못 해석하는 엄마들도 있어서 안타까웠죠.

남들이 다 보낸다고 어린아이들을 죄다 어린이집에 보내두고 모여서 차 마시고 점심 먹고 그냥 그렇게 우르르 몰려다니는 몇몇의 엄마들을 보면 제가 속이 상하는 거예요. 적어도 아이가 잘하길 바란다면 엄마가 먼저 교육에 관심을 가지고 있어야 하는 게 시작이 아닌가요? 그걸 돈이 다 해결해 준다고요? 아니죠."

아이의 뛰어난 결과를 바라면서 아무런 노력을 하지 않는 엄마. 말로만 이끌어 갈 수 없는 것이 교육이다. 아이들은 엄마를 보고 자란다.

워킹맘들은 새벽에도 상담을 요청해 왔다. 일하는 엄마들의 입장을 충분히 이해하니까 고객이 원하는 시간과 장소에 일을 맞춰야 했다. 그렇게 시간 상관없이 집을 비우는 바쁜 엄마였지만 유아기에 잡아준 독서습관이 아이들의 학습에 참 유용하게 활용되었다.

"책을 쉽게 접하는 환경을 만들어 주니 아이는 무엇이든 책으로 해결을 했어요. 그러다가 큰아이가 과학축전에서 학교대표로 과학기술부 장관상까지 받아 더 보람을 느꼈죠.

제가 출판사에서 일하게 되었다고 아이가 갑자기 책을 읽게 된 것이 아니에요. 꾸준히 해 온 독서습관이 어려서부터 만들어진 거였죠. 책만 많이 산다고 해서 아이가 독서를 잘하게 되던가요? 아니요, 독서는 습관을 만들어 주는 게 중요하죠. 제 아이도 스스로 책 읽는 습관이 바탕이 되어서 영재원까지 가게 됐고, 과학고까지 가게 된 것 같아요. 물론 사교육이나 선행교육을 따로 안 했더니 고등학교 가서는 무척 힘들었지만요.(웃음)"

고등학교 진학 후 선행으로 무장된 아이들로 인해 과학, 수학 학습에는 어려움을 많이 겪었다는 솔직한 엄마. 멋쩍게 웃는 모습이 그래서 더 마음에 온다.

"학습에서는 힘든 과정도 있었지만, 그건 그래도 극복방법은 있지 않을까요? 그런데 인성은 정말 달라요. 부모와 상담을 하는데 엄마 등을 발로 차는 아이도 봤어요. 제 앞에서 그런 일이 벌어졌으니 그 엄마가 얼마나 부끄러웠겠어요. 당연히 울죠.

그러면 저는 바로 책을 덮어요. 지금 공부가 중요한 건 아니라고 말을 하죠. 6학년이 된 아이가 엄마한테 이런 행동을 하니 이 책을 읽어서 될 일이 아니라고 바로 말을 해줬어요. 인성부터 다시 가르쳐야한다고 손을 잡았죠. 마음을 읽어주면 엄마들이 오히려 편안하게 마음을 열어줬어요."

자신의 아이만 보면 엄마들은 종종 바보가 된다. 그러나 비교대상이 많아지면 아이가 객관적으로 보이기 시작한다.

"상담하다 보면 여러 엄마들이 많아요. 선생님, 옆 동에 그 아이는 어떤 책 읽어요? 그 아이 잘하죠? 어떤 책을 보고 잘하는 거예요? 경쟁하는 대상에 대해 예민하게 계속 물어요. 사실, 아이들은 잘하는 부분이 다 따로 있잖아요. 그런데 엄마들은 단지 눈에 보이는 성적만 보고 그 아이를 부러워하는 거예요. 알고 보면 그 아이의 인성은 엉망인데 성적만 좋은 아이도 있죠. 그렇다고 그런 말을 할 수도 없고 저 혼자 안타까운 거죠. 똑똑하다는 게 정말 어떤 걸 보고 하는 얘길까요? 저의 편견일 수도 있지만 상식적으로 보이는 게 있잖아요.

한 번은 한 어머니께 새로운 프로그램을 다 설명해 줬어요. 그랬더니 제 손을 잡고 그러는 거예요. '선생님, 이거 우리 애만 가르쳐 주심 안 될까요?' 설마 싶으시겠지만 그런 일이 참 많아요.

아직도 기억나는 한 엄마가 있네요. 아이가 초등학교 3학년인데 원하는 물건 안 사주면 학교도 안 갈 거라고 협박을 한대요. 그 엄마에게서 아이가 원하면 무엇이든 다 사줄 수 있다고 과시하고 싶어 하는 표정이 보였죠. 그건 자랑이 아니라 문젯거리인데…. 뭐가 문제인지 파악을 못하고 보여주고만 싶어 하는 그런 엄마들도 종종 만나죠."

현장에서 배운 타산지석은 그녀를 여러모로 성장시켰다.

책으로 키운 큰아이가 중학교에 가장 좋은 성적으로 신입생 선서를 하고 들어갔다. 그리고 영재원까지 합격하면서 아이는, 엄마직장의 사보에 인터뷰이가 되었다. 역사면 역사, 정치면 정치, 지리면 지리. 아이의 방대한 독서량은 자연과학부터 인문사회를 넘나들었다.

5학년 때는 스스로 반만년 역사신문을 시대별로 만들어 정리하기도 했다. 퇴근하고 집에 가면 아이가 만든 포트폴리오가 서서히 쌓이기 시작했다. 정리를 다 할 수 없을 정도로 분야별 포트폴리오가 많아졌다.

"인터뷰할 때 그 기자분이 그렇게 묻더라고요. '다른 친구들은 집에 오면 엄마가 다 계신데 너는 엄마가 직장생활 하시니까 밥도 제대로 못 챙겨주고 불편한 게 많지?' 그런데 아이가 의외의 대답을 하는 거예요. '저는 엄마에게 감사해요. 책을 사주시고, 책을 접해 과학에 눈뜨게 해주셨어요. 엄마는 태양이고 저는 지구와 같아요. 태양의 원심력에 지구가 태양을 돌듯이 제가 엇나가지 않도록 늘 지켜주시거든요. 태양처럼 모든 것을 주시죠.' 그 말을 하는데 옆에서 지켜보던 제가 얼마나 뿌듯했는지 몰라요.

아이는 역사적 사실도 과학으로 많이 풀었어요. 단어 하나를 이야기하면 여기저기에서 관련 지식을 끌어냈죠. 개구리를 조사하라고 하면 문학에서의 개구리, 과학에서의 개구리, 역사에서의 개구리…. 10가지가 넘는 사실을 끌어내는데 이건 독서를 통해 훈련이 되었던 것 같아요. 그러다 보니 다른 아이들이 학원에 가서 준비하는 환경탐사대회 같은 것도 스스로 준비하더라고요. 중학생이 최우수상을 받았는데 5학년이 우수상을 받았으니 잘한 거죠? 제가 너무 아이 자랑만 했나요? 그렇다고 저희 아이가 특별히 대단한 건 절대 아니고요….(웃음)"

겸손한 이 엄마는 아이를 생각할 때마다 마음이 짠하다고 했다.

"고객 집에 가서 상담하다가 그 집 아이들이 하교하고 오면 엄마가 가방을 받아주고 간식을 챙겨주잖아요. 그 평범한 일상을 보면, 속으로 눈물이 나는 거예요. 저는 그렇게 못해 주니까요. 하지만 지금도 애들 앞에서는 큰소리 뻥뻥 쳐요. '이 녀석들아! 그래도 엄마 덕에 책은 실컷 본 줄 알아. 책에 고파본 적은 없잖아!' 하고 말이죠."

큰아이는 선행상이며 품행상을 단골로 받는 착하고 바른 아이였다. 아이의 바른 품성은 엄마의 겸손함이 만들어 낸 산물이었다.

아이들을 생각하며 일을 즐겼지만 그래도 일은 일이었다. 쉼 없이 이어지는 고객들과의 상담. 사람에 지치는 일이 종종 힘들어 그녀도 사표 쓸 생각을 여러 번 가졌다.

"한 번은 저녁밥을 먹는데 너무 시간이 늦었던 거예요. 다 커서야 저희들끼리 밥 있고 국 있으면 차려먹으면 되는데 초등학생 때는 상황이 달랐죠. 저는 아이들이 유치원 다닐 때도 한 번도 종일반을 시켜본 적이 없었거든요. 가족이 우선이었으니까요. 일을 적게 해서 소득이 적더라도 효율성 있게 일하려고 노력했죠.

그런데 지위가 올라가다 보니 할 일이 많아지더라고요. 저 때문에 늦은 시간인데 급하게 밥을 먹는 아이들을 보니까 안쓰러움이 화로 변해서 짜증이 났어요. 무슨 심술인지 없는 반찬에 잘 먹는 아이들을 보니 더 화가 치밀더라고요. 저에 대한 속상함이었겠죠.

그래서 '엄마 그만둘까?' 하니까 아이들이 반대를 해요. 엄마 덕에 책이며 실험교구를 자주 만질 수 있어 좋대요. 학원 문턱도 안 가보고 영재원에 합격했는데 그게 그런 덕이라는 거죠. 지금도 어떤 엄마들은 저더러 앞에서는 시키고 뒤에서는 다른 소리 한다고 하는데, 그러려니 해요. 사교육을 받는 아이들이 문제가 있다는 건 아닙니다. 오해 마시고요.(웃음)

제각기 맞는 학습법도 달리 존재하는 거죠. 아이가 중3 때 학부모 회장을 하게 되었는데 많은 엄마들 사이에서 너무 힘들고 마침 회사에서도 속상한 일이 많아서 다 그만두고 싶었죠. 그래서 속을 보였더니, 아이가 그래요. '엄마! 저도 중3 학생회장 하고 있잖아요. 나름대로 열심히 하는데 부딪치는 일도 있고 힘든 일도 있어요. 그런데 맡은 일이니까 최선을 다해요. 엄마는 지국장까지 얼마나 힘들게 갔어요. 그걸 다 아는데 왜 그만두려고 하세요.' 더 이상 아이 앞에서 투정을 부릴 수가 없었어요."

책 좋아하는 아이는 명작 세트를 11벌이나 읽었다. 출판사별로 11벌. 대단한 일이다. 독서는 학습의 밑거름이 되어주었고 다양한 분야의 간접경험을 누릴 수 있게 해주었다.

책은 사고의 큰 원천이다. 하지만 책을 싫어하는 아이들도 종종 만나게 된다. 정말 재미있는 동화책을 읽어주는데 쿨쿨 자는 아이도 있었다. 처음부터 책을 싫어했을까? 궁금했다.

온 집 안이 고양이 캐릭터 용품으로 가득한 집. 둘러보니 책 한 권이 없었다. 책을 쉽게 접하지 못한 아이는 당연히 책을 싫어하게 되었을 것이다.

"씁쓸한 생각이 들더군요. 대개의 아이들이 다 좋아하는 책을 읽어주는데도 자고 있다니. 30대의 젊은 엄마는 한 달 월급을 줄 테니 아이를 꼼꼼히 봐달라고 하더라고요. 그 엄마의 둘째아이는 엄마의 무관심을 틈타서 게임하기에 여념이 없었죠. 아이를 키운다는 건 마음의 관심을 두지 않으면 결코 쉬운 일이 아니죠."

가끔 갑의 위치에서 사람을 휘두르는 예의 없는 고객들 앞에서는 힘들고 짜증나는 일이 많았다. 판매사원이라고 무시하는 사람들의 결례. 그런 상처들이 가슴에 쌓이기도 했다. 그럴 때 마다 아이들을 생각하며 다시 힘을 냈다.

'책 한 권 안 판다고 굶는 것도 아니잖아. 당당히 벌어다주는 남편이 있는데 뭐. 예의범절 잘 알고 할 일 잘하는 아이들이 있는데 뭐.' 배짱 좋게 가족을 생각하면 기분이 정리되었다. 그렇게 보이지 않는 어려움을 헤쳐 가며 워킹맘의 일을 펼쳐 나갔다. 선택한 일에 대한 소신, 그 때문이었다.

"일을 시작한다니까 처음에는 남편이 반대했죠. 치울 시간도 부족해서 집도 엉망이 되는데 굳이 나가서 일을 해야겠냐고 했어요. 그런데 저는 항상 떳떳했어요. 제가 엉뚱한 일로 돌아다니는 것도 아니고 아이들 교육에 도움이 되는 정보까지 얻으며 일하러 다니는 거니까요. 한 번씩 집안이 엉망이면 싫은 내색은 해도 남편이 강압적으로 꼼짝 못하게 하는 스타일은 아니었어요. 다행이죠."

워킹맘으로 살아온 고달픈 시간 속에서도 그녀는 후배들에게 워킹맘을 좀 더 권한다. 전업맘의 생활도 큰 도움이 되었지만 많은 엄마들이 교육에 관련된 일을 했으면 좋겠다고 시원하게 웃는다.

"가끔 어떤 집에 가보면 하루 종일 아이를 다른 집에 맡겨두는 엄마도 있더라고요. 맡아주면서도 흉을 보고 불만을 쏟아내죠. 그래서 저는 우리 아이들이 충분히 둘이서 모든 것을 해결할 수 있도록 출근하기 전에 신경을 썼어요. 남의 집에 가서 민폐 끼치지 않도록 훈련을 시켰던 거죠. 그건 제가 아이들을 무한신뢰하기 때문에 가능했던 것 같아요.

가끔 아이가 전화를 안 받으면, 저는 진동으로 해놓아서 못 받는다고 생각하는데 어떤 엄마들은 아이가 놀러 나갔을 거라고 확신하더라고요. 엄마와 아이는 믿음감이 제일 중요하다고 생각해요. 제가 아이를 못 믿으면 누가 믿겠어요? 아이들의 좋은 인성이란 게 부모들이 믿어줄 때 만들어지는 게 아닌가요?

요즘은 집집마다 방문을 해보면, 집에 있으면서도 외식을 선호하는 엄마들도 많더라고요. 외식이 나쁜 건 아니지만 한 끼라도 만들어서 함께하려는 엄마의 마음이 아이에게도 전달된다고 생각하면 권장사항도 아니다 싶거든요. '우리 아이는 책을 안 읽어요. 집중력이 없어요.' 그렇게 말을 하는 부모일수록 정작 아이들에게 책 읽을 시간을 안 주는 경우도 많더라고요.

맨날 엄마들 모임에 데리고 다니면서 책 읽을 시간도 안 주고 안 읽는다고 하죠. 시간표 보면 학원이 빽빽한 거예요. 제가 봐도 숨을 못 쉬겠어요. 수업을 끝내고 '다음에 뭐해?' 하고 물어보면, '엄마한테 물어보세요!' 그렇게 답을 해요. 그래서 엄마에게 물어보면, 다음 스케줄이 학원이라고 하면 애가 난리를 쳐서 말을 안 했대요. 심각한 얘기죠."

마주치는 아이들의 문제를 볼 때마다 스스로 챙기는 두 아이가 새삼 고마웠다. 퇴근 후 아무리 지쳐도 독서계획표대로 책을 읽었는지 체크해 주는 일은 잊지 않았다.

"자, 각자 읽은 책을 따로 쌓아주세요! 하고는 일단 읽었다는 사실에 듬뿍 칭찬을 주죠. 그러고는 제가 잘 아는 책을 하나 골라서 아이에게 묻는 거예요. '와, 벌써 이만큼이나 읽었구나.' 그리고 부드럽게 물어요. '엄마가 마침 내일 이 책 가지고 교육을 해야 하는데 지금 설거지도 해야 하고 스토리가 기억이 안 나. 대신 이야기 해줄래?'

아이는 신나서 이야기를 시작하죠. 완벽하게 읽지 않았을 때는 더듬거리게 마련이죠. 야단치지 않아요. '엄마 설거지할 동안 다시 한 번 읽어볼까?' 아이는 얼른 다시 책을 집어 들죠. 그런 식으로 체크했어요."

엄마 없는 집에 하교하고 돌아올 두 아이가 안쓰러워 썰렁한 집안이 걱정이 되었다는 그녀는 출근하며 빈집에 내내 CD를 틀어두었다. 아이들이 돌아오는 시간, 허전한 마음을 음악으로라도 달래줄 요량이었다.

"엄마가 없는 빈 공간에 돌아오면 허전한 마음이 든다고 해서 늘 CD를 틀어놨어요. 영어스토리든 동화구연이든 소리가 있도록요. 오죽하면 우리 집 CD는 우리 집 벽이 제일 많이 들었다고 애들이 농담을 해요. 특강에서 배운 대로 실천해 본 방법이었는데 나름 효과가 있었어요.

운전을 하게 되면서 일하는 도중에도 틈나면 아이들 챙기는 일을 게으르지 않게 신경 썼어요. 하지만 아무리 그렇다고 해도 마음이야 늘 미안했죠. 간식 제대로 못 챙겨준 일, 가방 한번 제대로 못 받아준 일, 비 오는 날 우산 한번 못 들고 간 일…. 해도 해도 마음에 남은 부채감이 있었어요. 그래도 아이들은 책 많이 보여준 엄마가 좋대요."

한 번은 학교에서 북페어가 펼쳐졌다. 큰아이는 읽고 싶은 책 2권을 골라들었다. 다른 애들에게도 권했더니 한 아이가 우리 엄마는 이런 거 안 사준다고 손사래를 쳤다. 아이는 충격을 받았다. 어떻게 책을 안 사줄 수가 있을까. 그리고 또 다시 충격을 받았다. 엄마가 안 사주면 자기 용돈으로 사면 되는데 책 사는 데 야박한 친구들도 이상했다. 어려서부터 책에 대한 열정을 배운 아이는 책에 대한 관심이 남달랐다.

그런데, 아이가 책에 빠져 있는 동안 세상은 선행학습이라는 단어로 아이들을 유혹하기 시작했다. 발 빠른 엄마들은 많은 정보로 사교육 시장을 전전했다.

"학원 정보에 정통한 엄마들도 많죠. 그런 것들도 존중해야 하죠. 문제는, 무조건 남이 하면 그냥 따라한다는 거예요. 사교육도 필요할 때는 해야죠. 뒤늦게 그런 생각이 절실해졌죠."

사교육 전혀 없이 아이는 과학고 준비를 하기 시작했다. 스스로 시작한 공부로 과학고에 입학은 할 수 있었지만 걱정이 앞섰다. 주위에 자문을 구해도 직접적으로 정보를 준 사람은 없었다. 그저 다 유명하다는 학원만 가르쳐 주었다. 해오던 방법을 믿고 입학을 했지만 그것이 뒤늦은 후회를 만들었다. 선행학습을 놓친 아이는 과학고에 진학해서 힘든 고비를 맞아야 했다.

"아이를 교육시키며 제 방법에 후회는 전혀 없었어요. 하지만 딱 한 가지 놓친 게 있다면 중학교 3학년 때 수학을 좀 잡아줬어야 했는데, 그때 시기를 놓친 것이 솔직히 안타까웠죠. 중3까지 저 나름대로 공부하면서, 학원 다니며 성적 낸다는 아이들을 다 이겼으니까 너무 방심한 거죠. 현실은 좀 달랐어요. 과학고에 진학하고 나서 학습에 슬럼프가 왔죠. 정말 열심히 했어요. 하지만 결과는 좋지 않았어요. 과학고 동기들이 거의 다 조기졸업을 하고 대학에 진학했는데 3학년까지 남아 다시 입시를 준비해야 했죠.

수시에 원서를 넣었다가 실패한 뒤 제 차를 타고 집에 오는데 뒷좌석에서 아무 소리가 안 나는 거예요. 왜 이리 조용한지 돌아봤더니, 이어폰을 끼고 눈물을 뚝뚝 흘리며 울고 있어요. 행여 운전하는 엄마가 들을세라 소리도 못 내고 울고 있는데 정말 가슴이 찢어졌어요.

집에 와서 대학이 인생의 전부가 아니라고 위로하며 큰 소리로 울라고 했죠. 아이가 통곡을 하며 말해요. '왜 내가 쓴 자기소개서를 꼼꼼히 안 보느냐? 내신성적만이 전부는 아니지 않느냐? 내 자기소개서를 꼼꼼히 읽었다면 나를 안 뽑을 수가 없다.' 엉엉 우는 아이를 두고 제 가슴은 어땠겠어요? 그때까지는 실패를 모르고 스스로 모든 것을 해온 아이였는데, 내가 틀을 잡아준 그 방법이 잘못되었나 싶어서 너무 마음이 아팠어요. 지금은 모든 고비를 딛고 대학에 진학해서 최선을 다하고 있어요. 지금까지 그래왔듯 저는 아이를 믿을 거예요."

이제 엄마는 자신의 일이 있고 그 일에 최선을 다하는 것으로 아이들의 롤 모델을 자처하고 있다.

"고객들이 저더러 참 열심히 산다고 칭찬을 많이 해줍니다. 열심히 사는 건 아이들이 열심히 공부할 때 엄마도 열심히 일하고 있다는 걸 보여주고 싶은 이유죠. 우리가 영원히 같이 살지는 않잖아요.

친정아버지가 몇 년 전에 교통사고로 돌아가셨는데, 살가운 분은 아니셨어요. 완고하고 무뚝뚝한 분이셨는데 그렇게 허무하게 빨리 가실 줄은 상상도 못했어요. 사고 나기 이틀 전에 도로 위에서 우연히 아버지 차를 만났어요. 신호대기 중에 정차한 아버지 차를 따라가 옆 차선에 섰죠. 창문을 내리고 '아버지!' 불렀더니 '김치 가져가라…. 엄마가 김치 담가 놨다.' 그게 마지막 말이 되었어요. 상상도 못했어요. 아직도 그 자리에 서면, 왈칵왈칵 가슴이 미어지죠.”

참았던 눈물이 쏟아지고 말았다. 가뜩이나 눈물 많은 그녀에게 무뚝뚝한 아버지와의 이별은 상상조차 해보지 못한 이른 일이었다.

인생은 아무도 알 수 없다. 영원히 함께 살 수 없는 아이들에게 부모로서 할 일을 다 해야 한다는 사실은 우리에게 주어진 큰 숙제다.

“먼 훗날 우리도 아이들 옆에서 사라지겠죠. 아버지는 다정하신 분도 아니었고 엄청난 재산을 물려주신 분도 아니었지만 이렇게 성인이 될 때까지 부모님 곁에 살 수 있었다는 게 그저 감사한 일이었음을 뒤늦게 깨달았어요. 오히려 완고하신 아버지 덕에 더 바르게 자랄 수 있었다고 생각해요.

제가 이 세상에 없을 때 아이들이 제가 써놓은 일상의 기록들을 보면서라도 이 엄마를 가끔은 그리워해 줬으면 좋겠다고 생각해요.”

부모와 자식은 그렇게 얽혀 있는 관계다. 그 관계가 영원하지 않을지라도 주어진 시간 동안 우리는 최선을 다해 그들을 사랑하리라. 그들의 힘찬 응원 속에서 엄마는 오늘도 아이들을 무한신뢰하며 성큼성큼 세상을 향해 나아간다.

학원 선택방법

학원을 선택할 때 가장 좋은 방법은 선생님과 아이의 호흡을 맞춰보는 일이었다. 아무리 소문이 난 좋은 선생님이라고 해도 내 아이와 잘 맞지 않으면 서로 스트레스가 된다.

바이올린을 가르치기 위해 학원을 고를 때도 나는 동네에 있는 열한 곳의 학원에 들렀다. 상가로에 적힌 바이올린 학원의 명단을 들고 이곳저곳을 기웃거렸다. 어느 곳에서는 아이가 악보를 읽을 줄 아느냐고 물었고, 어느 곳에서는 글자를 알아야 한다고 했고, 어느 곳에서는 자기네 학원의 대외수상 실적을 줄줄이 외우고, 어느 학원은 학원수강생의 숫자를 자랑했다.

그렇게 돌아다니다가 마지막 11번째로 들르게 된 학원이 마음에 들었다. 원장선생님은 갑자기 아이에게 질문을 했다.

"음악이 얼마나 재미있는 건지 알아?"

그러고는 바이올린 활을 아이에게 건네주더니 둘이서 활을 가

지고 칼싸움을 한다. 입이 벌어지게 활로 칼싸움을 즐긴 다섯 살
배기에게 원장님은 숨을 몰아쉬며 이렇게 말한다.

"음악이란… 이렇게 즐거운 거야."

나는 당장 등록을 했다.

태권도를 가르치기 위해 아파트 단지 내의 몇몇 학원을 쏘다니
다가 결국 선택한 태권도장. 관장님의 태도가 정말 마음에 들었
다. 관장님은 아이와 눈높이를 맞추기 위해 무릎을 꺾고 낮춰 앉
았다. 아이와 눈높이를 맞춰준 관장님의 태도가 무조건 마음에 들
어 단숨에 등록을 했다. 하나를 보면 열을 알 수 있다.

아이를 키우다 보면 학원을 선택할 일이 많다. 옆집 아줌마의
소문이 아닌 내 아이와의 궁합이 제일 중요하다. 서로를 이해하고
신뢰하지 않으면 교육이 될 수 없다. 좋은 분들을 만나 받게 되는
교육은 매우 소중한 자원이 된다. 선택을 스스로 결정하기에 아이
들은 아직 어리다. 아이가 선택할 수 있는 몇몇의 변수를 엄마가
만들어 주면 어떨까?

선택은 아이의 몫이지만 선택할 수 있는 과정은 엄마가 거들어
주는 것이 지혜롭다.

▶ 알고 싶은 마음이 이해하는 마음을 만든다. 눈높이를 낮춘 이해로
아이들 곁에 있어준 고마운 선생님들은 아이들에게는 고마운 선물이
었다.

세계지도와 아이

엄마인 나는 '사회와 나누는 아이'를 키우고 싶다는 열망이 강했다. 무엇을 어떻게 이루느냐의 업적보다 무엇으로 어떻게 사회에 기여하느냐가 나의 자녀교육관이었고 방향이었다. 넓은 세상 속으로 아이들이 거침없이 나아가기를 바랐다. 그래서 더 당당히 사회와 마주하기를 원했다.

생활이 곧 정신이 된다고 생각하여 그 거창한 목표를 품고 세계지도를 거실 바닥에 붙였다. 근 20년이 지난 지금, 이제 귀퉁이가 떨어져나가기 시작한 4절지 크기의 세계지도는 우리 방과 아이들 방 사이에 붙여져 있다.

둘째가 막 배밀이를 하며 기어다닐 준비를 하고 있을 무렵, 세계지도는 그 자리에 붙여졌다. 아이는 기고 서고 걷고 뛰며 그렇게 우리 곁을 떠날 것이다. 그런 아이들이 기고 걷고 뛰는 곳을 세계무대로 만들어 주고 싶은 엄마의 욕심으로 아이들이 다니는 길목에 지도를 붙인 것이다.

두 아이가 걷기 시작하더니 세계지도에 엉덩이를 대고 앉아서 노는 일이 많아졌다. 펼쳐진 지도에는 신경 쓰지 않고 떨어진 과자를 주워 먹으며 그저 엉덩이깔개로 사용했다. 그러던 아이들이 걷기 시작하며 지도를 매끄러운 발매트 삼아 미끄럼놀이를 시작했다. 그리고 드디어 뛰기 시작하더니 어느 날부터 지도 위에 배를 깔고 머무는 시간이 늘기 시작했다.

작정하고 붙인 세계지도. 엄마의 속마음을 아이들은 알고나 있을까? 놀이삼아 세계를 인식하기를 바랐던 엄마의 속셈을 풀어주듯 아이들이 지도 위를 샅샅이 뒤지며 세상을 즐기고 있다.

아이에게 바라는 우리의 작은 바람이 있다면 그 바람을 담아 가장 가까운 실행에 옮겨보자. 평소의 생각이 결과를 만든다.

지도 한 장 붙여두고 나는 아이들이 흡사 세계의 리더가 된 양 혼자 싱글벙글이다. 어쩌랴, 때론 팍팍한 현실 속에서 달뜬 기대가 행복을 준다.

▶ 언젠가 아이들도 지도에 담긴 엄마의 속셈을 눈치챌 것이다. 변명이라고 해도 좋을 '너'를 위한 엄마의 그 속내를 말이다.

이젠 학원 가고 싶어요

생각할 겨를도 없이 사교육이 쳐들어왔다. 그건 분명 '쳐들어옴'이었다.

아이의 손을 잡고 동네 놀이터에 마실을 나가기 시작할 무렵, 유치원이나 어린이집에 다니기 전에도 엄마들은 아이들의 학습상황을 걱정한다. 생후 몇 개월에 한글을 뗀 아이도 있다는 소문이 들려오면 나만 우리 아이를 아무것도 시키지 않고 있나 하는 불안함이 엄습해 온다.

그런 이야기에 휩쓸리지 말아야지 했던 친구들도 아이를 낳고 엄마가 되면서 다 똑같아지는 것 같다. 그러다 보니 숫자도 인식 못하는 아이에게 더하기 빼기를 가르치고, 글자를 제대로 인식 못하는 상태에서 베껴 쓰게 하며 한글을 가르치기도 한다.

큰아이의 유치원 동기 S의 어머니. S는 외동딸이었다. S의 엄마는 야무지게 아이를 교육시키는 그런 엄마였다. 어느 날 S의 엄마가 학습지 이야기를 꺼냈다.

"우리 동네 아이들 다 해요. 학교 가기 전에 수학연산은 하루에 몇 장씩 미리미리 풀어두면 나중에 수학할 때 큰 도움이 된대요."

아직 초등학교도 가지 않은 아이들에게 수학연산을 풀린다고? 맥없이 놓고 있다가 깜짝 놀랐다. 판단의 확신도 없었고 이리저리 일에 밀려 시간을 놓치면서 전혀 준비하지 못한 채로 학교에 입학시키게 되었다.

초등학교 1학년 담임선생님은 1에서 10까지의 보수개념을 매우 즐겁게 학습시켜 주셨다. 노래로 율동으로 아이들은 숫자 1에서 10까지의 보수개념을 익히며 수의 원리를 깨우쳐 가기 시작했다. 3학년 2학기가 지나고 겨울방학이 시작되면서 아이가 불쑥 학원에 가고 싶다고 얘기를 꺼낸다.

"친구들이 문제를 정말 빨리 풀어요. 그런데 나는 너무 늦어요."

"그래서 너는 틀려?"

"아니요, 나도 맞아요. 한참 생각하면 답을 알 수 있어요."

문제 하나를 놓고 아이에게 질문을 했다. 아이는 한참을 생각하더니 자기가 답을 맞힌 과정을 꼼꼼하게 설명한다. 1부터 10까지 기초적인 숫자의 보수개념을 철저히 파악하고 나면 문제풀이는 쉽다. 개념이 잡히지 않은 상태에서 무조건 숫자만 보면 더하고 빼면 생각이란 걸 안 하게 된다던 초등학교 1학년 담임선생님의 말씀. 그 말씀을 믿은 게 잘한 일이었다.

이제는 학원에 가도 된다는 확신이 들었다. 그 아이가 카이스트에서 물리학과 수학을 복수전공하고 있다. 갈수록 수학이 어려워진다고 말하면서도 갈수록 수학은 참으로 아름다운 학문이라고 이야기한다.

옆집 아줌마가 수학을 일찍 시작한다 해도 걱정하지 말자. 아이마다 접근하는 방법이 다르고 이해하는 정도가 다르다. 수학은 국어와 같다. 이해가 앞서야 문제풀이가 가능하다. 책을 많이 읽고 생각을 깊이 하는 아이들의 수학이 좋은 실력으로 나타난다.

나 역시 경험이 없으니 큰아이에게 선행을 강요했다가 어느 날 쓴소리를 들어야 했다. 뒤늦게 펑크 난 부분에서 기본기를 다져가느라 힘든 시간이 있었다며 아이가 고백을 했다. 그제야 알았다. 진도만 나가는 것이 얼마나 무의미한 일인지 말이다.

좀 더디게 가더라도 꼼꼼하게 다지고 가는 것이 수학에서는 지름길이다.

▶ 대개의 모든 학문이 그렇겠지만, 수학은 특히 기초공사가 관건이다.

차 안의 도시락, 극성? 열성? 정성?

'열성'과 '극성'. 아이를 키우면 두 단어와 자주 만나게 된다.

사전적 의미로 보면 '열성'은 열렬한 정성을 의미하니 긍정적인 느낌이 강하지만, '극성'은 지나치게 몹시 왕성한 것을 뜻하여 성질이나 행동이 몹시 드세거나 지나치게 적극적이라고 풀이되어 있다. 부정적인 기운이 강하다.

그런데 요즘 좋아하는 단어가 생겼다. 열성도 극성도 아닌 '정성'. 정성은 참신하고 가볍다. 정성은 행복하고 따뜻하다.

당신은 아이교육에 있어 열성인가? 극성인가? 아니면 정성인가?

열성이 지나쳐 극성이 될 수도 있겠지만 워킹맘들은 극성은커녕 열성까지 가는 시간도 쉽게 허락되지 않는다. 그러니 정성을 다한다는 것은 별도의 노력이 필요하다. 하여, 워킹맘인 나는 아이교육에 있어 '정성'이라는 코드를 잊지 않기로 마음을 먹었다.

일요일 정오, 주방이 난리가 났다. 한쪽 프라이팬은 삼겹살을 굽고 한쪽은 계란말이를 하고 또 한켠에서는 상추를 씻는다. 압력밥솥은 삐~삐~ 알람을 울리고 있다. 몸이 열두 개라도 부족할 판이다. 한 입 크기로 상추를 잘게 잘라 갓 지은 고슬고슬한 밥을 얹고 기름 뺀 삼겹살을 한 조각씩 올린다. 화룡점정으로 쌈장을 톡톡 떨어뜨려 '삼겹살 쌈밥'을 만든다. 애들이 정말 좋아하는 메뉴다. 평일에 못해 주는 뒷바라지를 모아놓은 빨래 시원하게 해치우듯 주말마다 기분 좋게 해결한다. 워킹맘에게 주말은 모처럼 엄마 노릇 제대로 할 수 있는 시간이다.

1분 1초가 전쟁이다. 아침 일찍 도서관에 공부하러 간 아이들에게 길거리 음식이나 식당 음식을 먹이고 싶지 않다. 주말이나마 아이들이 좋아할 메뉴로 도시락을 만들어 공부하는 장소로 챙겨다 준다. 차 안에서 뚝딱 점심을 먹인다. 엄마표 즉석 도시락에 아이들은 신이 났다. 비닐장갑을 끼고 '삼겹살 상추쌈'을 꺼내 먹으며 '맛있다! 재미있다!'를 연발한다. 맛있게 점심을 먹은 아이들을 다시 도서관으로 들여보내고 집으로 돌아온다.

어질러진 주방은 흡사 태풍이 휩쓸고 간 자리 같다. 치워야 할 일은 산더미지만 든든하게 먹인 아이들을 떠올리면 더없이 행복하다. 일주일을 일하고 유일하게 쉴 수 있는 주말이 나에게는 온전히 아이들을 뒷바라지하며 정성껏 엄마임을 즐길 수 있는 고마운 여백이다. 그래서 오히려 이 피로한 주말이 나를 살게 한다. 워킹맘의 미안함을 한껏 덜게 한다.

자투리 시간을 활용하여 정성 엄마가 되어보자. 일에 치인다고 주말까지 워킹우먼을 연장하면 아이들과 함께할 소중한 시간을 잃고 만다. 함께 느끼고 행동할 수 있는 신나는 시간으로 바꾸어 주자.

아이들은 너무 빨리 자란다. 주말이라도 그들에게 오롯이 엄마로 돌아가 보자! 그 순간 느끼는 행복이 평일의 미안함을 채워줄 수 있다. 비록 적은 시간일지라도 즐거운 엄마놀이를 아이들은 두 손 들어 환호한다. 그리고 느낌으로 감동한다. 꾸밈없이 곁에 있어주는 '엄마'의 모습. 약간의 정성만 있다면 충분히 가능하다.

▶ 황금 덩어리를 준다 해도 휴식과 바꾸지 않겠다는 요즘 사람들. 그 금쪽같은 휴식시간을 아이에게 다 주고 비워내면서도 워킹맘은 진정 뿌듯하다.

부모의 멘토 역할

남에게는 잘 풀어지는 이야기가 가까운 가족에게는 잘 안 될 때가 있다. 회사에서 생긴 자존심 상하는 일을 동료에게는 의논할 수 있어도 남편에게는 꺼내기 싫다. 가깝기 때문에 그래서 안 보여주고 싶은 모습. 이런 이치로 부모가 살피지 않으면 놓치게 되는 안타까움이 있다.

흔히 왕따와 같은 사회적 문제를 겪는 아이들이 부모와 그렇게 친숙하면서도 아픈 이야기를 전혀 내색하지 못하고 있다가 큰 문제가 되는 일들을 목격하게 될 때마다, 가족 간에는 서로가 관심을 갖지 않으면 놓치는 일이 많다는 것을 새삼 깨닫게 되는 것이다.

그래서 그런 대화를 이어가기 위해서는 멘토가 필요하다. 부모가 그 역할을 모두 담당할 수는 없다. 부모에게는 부끄럽고 자존심 상해서 하지 못하는 이야기를 멘토에게는 하기가 쉽다. 학원선생님이 그 멘토 역할을 할 수도 있고, 과외선생님이 할 수도 있고,

엄마친구가 할 수도 있고, 삼촌이 할 수도 있다. 가까운 사이일수록 객관적인 어드바이스를 해줄 멘토가 필요하다.

큰아이의 경우, 과학을 지도해 주시는 학원선생님께 그 역할을 부탁드렸다. 아이는 부모에게 어리광이나 응석을 부리는 대신, 선생님께 진지한 충고를 들으며 마음을 달래기도 했다. 그렇다고 그 멘토 역할에서 부모가 빠질 수는 없다. 부모의 멘토 역할은 간접적으로라도 싫든 좋든 선택 없이 늘 이어져야 하는 역할이다.

나는 아이의 인생멘토로서 긍정마인드를 항상 강조했다. 어떤 경우라도 어떤 상황이라도 긍정마인드를 가지고 있으면 해결이 될 거라고 믿었다. 한 번은 이런 일도 있었다. 그렇게 참여하고 싶어 했던 한 대회에 접수를 한 둘째아이. 돌아와 외치는 말.

"엄마! 100대 1이래요." 나는 능청스럽고 태연하게 말을 받는다.

"1명은 뽑네! 네가 그 1명이 될 수 있을 거야…."

합격을 위해 시험을 보면서 불합격의 99라는 숫자에 더 먼저 눈이 가는 이유는 뭘까? 목표한대로 가야 한다면 계란으로 바위치기일지라도 계란을 허무하게 던지며 불가능을 생각할 것이 아니라, 정말 계란이 바위를 칠지도 모른다는 절대적인 각오로 덤벼야 하는 것이다. 그것이 절실함이며, 결국 절실한 의지가 일을 만든다.

남포동 먹자골목에서 잡채가 들어 있는 유부주머니로 엄청난 재산을 이뤄낸 유부 할머니의 다큐멘터리. 인터뷰에서 기자는 할머니에게 엄청난 부의 축적의 비결을 물었다.

"할머니, 어떻게 이렇게 돈을 버셨어요?"

"이놈아… 절실해 봐라. 안 되는 게 있나…."

무릎을 쳤다. 그리고 한동안 '절실'이라는 단어에 오래도록 붙들려 살았다.

아이들은 쉽게 무엇이 되고 싶다고 말한다. 절실한 꿈이 아니다. 그냥 옆집 아이가 말하니까, 엄마가 강요하니까, TV에서 봤으니까…. 아이쇼핑 하듯 콕콕 찍어본 꿈은 아이쇼핑으로 끝난다. 그것은 내게 얼마나 절실한가? 얼마나 절실한 마음으로 아이를 키우고 있는가?

절실하지 않으면 결코 온전한 내 것이 될 수 없다. 성공하는 입버릇이 성공을 부른다고 한다. 절실한 긍정마인드. 이 시그널을 아이들이 오래오래 간직하길 바란다.

▶ 아이들은 엄마와 다른 사람의 요리를 쉽게 구별한다. 정성의 절실함이 다르기 때문이다.

러시아 아이들의 태양그리기

사주팔자를 잘 본다는 분을 딱 한 번 만나러 갔다. 공부하는 남편을 따라 미국에 가야 할 일이 생기면서 집을 팔고 가나 두고 가나 고민이 되어서였다. 누군가 고민하지 말고 가보라 했다. 용하다면서 말이다. 머리털 나고 처음으로 철학관이라는 곳을 가보았다. 아는 사람의 소개로 마주한 그분은 연세 높으신 초로의 신사였다. 그날 봐준 사주팔자는 별 기억이 없는데, 마지막에 해준 한마디가 오래도록 마음에 남았다.

"40년이 넘는 세월 동안 남의 사주를 봤지. 근 20년이 되었을 때만 해도 남들이 잘 본다고 하니까 자신감이 넘쳤어. '넌 이렇게 될 거다, 저렇게 될 거다.' 하고 말이야. 그런데 40년이 되고 보니까 거지같은 사주를 가지고도 완전히 성공해서 오는 사람이 있고, 왕의 팔자를 가지고도 쫄딱 망해서 오는 사람이 있어. 별별 사람이 많더라는 거야. 그러니 오히려 더 자신이 없어졌지.

40년 동안 내가 얻은 진리는 타고난 사주팔자가 반이라면, 운명을 만드는 반은 환경이라는 결론이야. 잘 타고나든 아니든 중요한 건 자기의 환경을 어떻게 활용하고 극복하느냐 거기에 달렸다는 거지…. 인생은 결국 공평하다는 생각이 들었지. 끝까지 포기하지 않는 사람이 결국은 승리하는 거야!"

타고난 저마다의 팔자가 있다고 하면서도 환경은 매우 중요하다는 이야기다.

20년이 넘는 방송생활 동안 내가 만난 스타나 유명인도 주어진 환경을 잘 이끌어 가고 극복해 낸 사람들이었다. 타고난 유전자가 전부가 아니라 주위의 환경이 아이를 바꾼다. 아이들은 주어진 환경을 극복해내며 가능성을 과시하는 가능성 덩어리다.

아름다운 석양을 등에 지고 운전을 하는데 초등학교 5학년 큰아이가 말을 건다.

"엄마! 우리나라 아이들은 해를 그리라고 하면 선을 하나 쭉 긋고 수평선에 떠오르는 태양을 그리거나 산을 두 개 그리고 그 사이에 떠오르는 태양을 그린대요.

그런데 러시아 애들은 태양을 그리라고 하면 일단 동그라미 2개를 그린대요. 우주 속에 존재하는 지구와 태양을 그리는 거죠. 우주강국 러시아의 아이들답죠? 사람은 환경에 따라 다른 생각을 한다고 다큐멘터리에서 우주인 고산 아저씨가 그랬어요."

환경에 따라 다른 생각을 갖게 된다는 말. 맞다. 환경이 사람을 지배한다.

일하는 엄마를 둔 환경 속에서 아이들은 직감적으로 스스로 해야 하는 일들을 잘 알고 있다. 엄마는 아침이면 회사로 향한다는 것을 알게 된다. 학교에서 돌아와 불평하거나 투정할 새 없이 스스로 무엇인가를 챙겨야 한다는 것도 이해한다. 운동회 날이어도 소풍날이어도 어차피 포기를 해야 하니 오라는 소리를 하지 않는다. '혼자 잘할 수 있어요.'를 입버릇처럼 내놓는 아이의 독립적인 멘트에 때로는 가슴이 저리다. 곁에 있어줘야 할 때 곁에 없다는 것으로 아이가 상처받을까 더럭 겁이 날 때도 있다. 그러나 우리는 잘 알고 있다. 아이들은 자신이 원하는 환경을 만들 가능성 덩어리라는 사실을 말이다. 그래서 정말 다행이다.

▶ 부모란 누구나 아이를 위해 좋은 환경을 만들어 주고 싶다. 그러나 그렇게 못한다고 해도 포기하지 말라. 아이들은 스스로 그 환경을 만들 수 있는 가능성 덩어리다.

지구별 여행

쉴 새 없이 하루 종일을 동동거렸다. 다큐멘터리 제작에 들어가면, 매일 두 프로그램의 생방송 이후에도 일이 이어진다. 내 마음대로 취재일정을 잡을 수도 없다. 인터뷰이의 일정이 곧 나의 일정이다. 일정을 계획하고 수정하고 정리하며 눈코 뜰 새 없이 뒤섞인 일 속에서 종종 점심도 걸러 가며 뛰어다닌다. 편집하고 녹음하고 방송하고 사람 만나고 원고 검토하고 입에서 단내 나게 일하고 퇴근하면 물에 젖은 솜처럼 몸을 가누기 힘들다.

큰아이가 다섯 살 무렵의 일이다. 퇴근한 엄마를 졸졸 따라다니며 말을 걸고 있다. 행여 한 순간이라도 놓칠세라 치마꼬리를 잡고 있다. 낮 시간 내내 보지 못한 엄마를 행여 다시 놓칠세라 바짝 붙어 있다. 음식물 분리수거를 하려고 쓰레기통을 들고 나오는데도 앞서 현관문을 밀고 저 먼저 나간다.

녹초가 된 몸과 마음으로 입에서 연신 쏟아지는 한숨 소리는 귀가 거슬릴 만큼 크고 잦다. 나도 모르게 긴 한숨을 내쉬며 뻐근한 허리를 펴는데 아이가 묻는다.

"엄마! 왜 한숨 쉬어요?"

나는 물끄러미 아이를 본다.

"지구별을 타고 여행하고 있는데 왜 한숨 쉬어요?"

아이의 말에 무심코 올려다본 하늘. 누군가의 따스한 위로를 받은 듯 갑자기 시큰한 눈물이 쏟아질 것 같다. 아침에 들은 제작국장의 야단이 생각나고, 낮에 받은 청취자의 항의전화가 떠오르고, 저녁에 터져버린 엉켜버린 일들이 한꺼번에 밀려왔다.

'힘들어하지 마세요. 좋아하는 일을 하잖아요. 우리도 속 안 썩이고 잘 자라고 있잖아요. 엄마는 엄마의 인생을 지키고 있잖아요. 다들 응원해 줄 거예요. 힘내세요. 엄마는 지금 행복한 여행 중이잖아요.'

초롱초롱한 아이의 눈을 보며 나는 스스로 위안의 말들을 꺼내고 있다. 지친 몸으로 지친 생각으로 쓰레기통을 들고 서 있는 나의 모습이 아이의 지구별 여행이라는 단어 앞에 화들짝 놀라 위로받고 있다. 다시 하늘을 올려디보며 나는 맞장구를 친다.

"맞네. 지구별을 타고 여행하고 있네…."

아이는 어떻게 이런 예쁜 생각을 하게 되었을까. 하늘을 올려다보니 별이 총총하다. 아이의 말처럼 나는 지구별을 타고 있다.

우리는 모두 지구별 여행자다. 이 여행은 누구에게나 끝이 있다. 누가 먼저 여행의 종착지에 도달할지는 아무도 모른다. 별을

타고 여행하고 있다고 생각하니 눈 뜨고 있는 이 순간이 더욱 소
중하게 다가왔다.

지구별을 타고 여행을 하고 있는데 무엇이 힘들꼬. 나는 지금도
일상에 지칠 때면 다섯 살 큰아이가 들려준 지구별 여행의 깨우침
으로 한껏 위로를 받는다.

엄마는 아이로부터 위안 받고 아이로부터 배운다. 엄마가 행복
한 이유다.

▶ 하늘을 보며 큰 숨을 들이쉰다. 얼마나 행복한가. 별을 타고 여행
중이라니. 아이들을 보며 부모는 위로 받는다. 우리 삶을 이어주는 이
소중한 보물들의 위로에 가슴 벅차다.

아이를 위해, 나를 위해
일분일초를 견디며 살아나가는
대한민국 모든 워킹맘을 응원합니다!

– 권선복
도서출판 행복에너지 대표이사
영상고등학교 운영위원장

'아들딸 구분 말고 하나만 낳아 잘 키우자.'라는 구호가 옛말이 된 지도 오래, 대한민국은 아이를 낳지 않는 초저출산 사회로 들어서고 있으며 이에 대해 많은 전문가들이 우려를 말하고 있는 시대입니다. '저출산', '고령화', '인구절벽'을 넘어 '대한민국 소멸'까지 거론될 정도로 많은 전문가들이 심각성을 인식하고 있으며 더불어 다양한 대책을 내놓고 있습니다.

이러한 사회 분위기 속에서 '어머니의 삶'에 대한 인식도 과거와는 크게 달라지고 있습니다. 과거에는 여성이 출산을 하고 육아를 하면서 어머니로서 자기 자신을 희생하는 삶을 사는 것을 당연시하는 분위기였습니다. 하지만 사회가 변화하면서 많은 여성들은 오로지 자녀를 위해 희생만을 하는 삶을 바라지 않고 있으며, 스스로의 꿈을 포기하지 않겠다는 주장을 분명히 하고 있는 추세입니다. 또한 사회경제 구조의 변화 등으로 인해 '워킹맘'이 크게 증가하면서 '일과 가정의 양립'은 남성은 물론 여성에게도 중요한 화두가 되었습니다.

이 책『상위 1프로 워킹맘』은 이런 사회 변화 속에서 실제로 살아가는 워킹맘들의 생생한 이야기를 담아낸 에세이집입니다. 자녀교육서도, 육아서도 아닌 오롯이 이 시대를 살아가는 어머니들을 위해 어머니들의 생활과 감정, 목소리를 담아 낸 책인 셈입니다.

출산과 육아 때문에 자신의 꿈을 버리지 않겠다고 다짐한 워킹맘들이 실제 한국에서 살며 겪는 다양한 선입견과 외부의 시선, 고뇌와 다짐 등은 똑같이 '워킹맘'이라는 이름표를 갖고 자신의 삶 속에서 분투하는 어머니들에게는 공감과 연대를, 그 외의 사람들에게는 가슴 찡한 인간미와 워킹맘에 대한 더 넓은 시선을 제공할 것입니다.

행복한 부모가 행복한 자녀를 키워내고, 행복한 가정이 모여 행복한 나라가 만들어지는 것은 자연스러운 세상의 이치이며 우리 모두가 지켜내야 할 미래입니다. 나를 위해, 그리고 아이를 위해 오늘도 뛰는 '워킹맘'들의 분투를 진심으로 응원합니다.

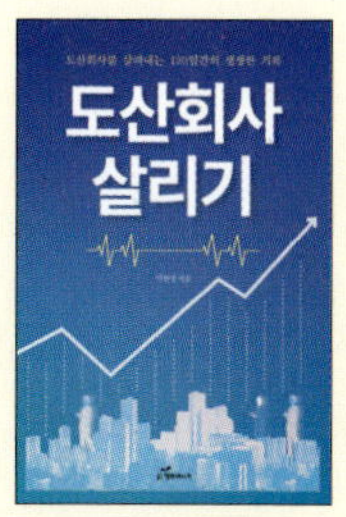

도산회사 살리기

박원영 지음 | 값 15,000원

이 책은 도산 위기를 맞이했던 한 기업의 CEO로 부임해 120일간 열정으로 경영을 정상화시키고 새롭게 달려가는 기업으로 재탄생시킨 저자의 실화를 담고 있다. 저자는 중소기업청 공인 경영지도사 자격 및 24개 업체의 경영지도 실적을 보유한 전문경영인으로 현재 (주) 유경경영자문 경영/마케팅전략 분야 상임고문으로 활동 중이기도 하다. 이러한 저자의 생생한 경험과 철학을 통해, 이 책이 대한민국의 경영인들에게 위기를 극복하는 청사진을 제시할 수 있으리라 생각한다.

기자형제, 신문 밖으로 떠나다

나재필, 나인문 지음 | 값 20,000원

삶을 흔히 여행에 비유하곤 한다. 우여곡절 많은 인생사와 여행길이 꼭 닮아 있기 때문이다. 기자로서 시작하여 나름의 지위까지 올라간 형제는, 돌연 감투를 벗어 던지고 방방곡곡을 누빈다. 충청도부터 경상도까지, 사기리부터 부수리까지. 우리나라에 이런 곳도 있었나 싶을 정도로 다양한 지명들이 펼쳐진다. 문득 여행을 떠나고 싶은 이들, 그동안 쌓아온 것을 잠시 내려두고 휴식을 취하고 싶은 분, 자연으로의 일탈을 꿈꾸는 분들에게 추천한다.

가슴 뛰는 삶으로 나아가라

주영철 지음 | 값 15,000원

이 책 『가슴 뛰는 삶으로 나아가라』는 누구나 알 만한 대기업에 입사하여 승승장구했으나 예상치 못한 '인생의 하프타임'에 갑자기 맞닥뜨리게 된 저자가 코칭과 수행을 만나면서 진정 원했던 삶을 찾아 니가는 과정을 디루고 있다. 누구나 변화와 발전을 다짐하지만 쉽지 않은 현실 속에서 이 책은 코칭이라는 길을 제시하며 현대 사회를 살아가는 모든 사람들의 가슴 속 응어리를 풀어 주는 청량제 같은 책이 될 것이다.

그랜드 차이나 벨트

소정현 지음 | 값 28,000원

만리장성의 서쪽 끝, 가욕관(嘉峪關). 서역과 왕래하는 실크로드의 관문. 이제 그 가욕관 빗장이 열리다 못해 아프리카까지 중국 주도의 일대일로(一帶一路)에 가담해 거대 시장 속에 동참하고 있다. 중국이라는 거대 경제권의 메가트렌드(Mega-trend)와 마이크로트렌드(Micro-trend)를 꿰뚫고, 새로운 시대의 경제 패러다임에 대한 깨달음을 얻고자 하는 분들에게 이 책을 적극 추천하고 싶다.

남자의 일생

김치동 지음 | 값 15,000원

이 시집 한 권을 읽다 보면 한 남자의 울음소리를 듣게 됩니다. 그리고 대한민국 수립 이후 가난밖에 없던 시절로부터 현재에 이르기까지 풍파를 온몸으로 겪어낸 이 땅의 남자들이 보입니다. 시는 인간이 표현할 수 있는 가장 거짓 없는 언어라고 합니다. 투박한 질그릇 같은 순수한 언어로 빚어낸 김치동 시인의 시를 읽노라면, 그의 삶에 깊게 패인 골을 들여다보며 함께 울고 웃게 됩니다.

코칭으로 나를 빛내라

박은선 지음 | 값 15,000원

스스로 해답을 찾고 나아가야 한다는 점에서 우리 모두는 똑같이 평등한 길을 걷고 있다. 누구나 마음의 안정과 물질적 풍요를 바란다. 하지만 무턱대고 바라는 것과 일정한 항로를 정해놓고 이 세상을 '항해'하는 것은 다르다고 볼 수 있다. 이 책을 통해 우리는 우리 내면의 길을 따라가면서 스스로 묻고 답하는 과정을 통해 나뿐만 아니라 다른 사람에게도 등대가 되어 줄 수 있는 '코칭'의 매력에 빠지게 된다. 스스로 길을 찾고자 하는 모든 이들에게 도움이 될 이야기를 들어보자.

기차에서 핀 수채화

박석민 지음 | 값 15,000원

우리가 몰랐던 국내의 다양하고 매력적인 기차역들과 주변 볼거리, 먹거리들을 만난다! 철길 인생 35년째인 저자가 펼치는 기차에 관한 다양한 역사와 흥미로운 이야기들. 기차 여행을 통해 국내의 매혹적인 관광지를 둘러보고 싶은 독자, 각 역에 얽힌 역사가 궁금한 독자가 있다면, 서슴없이 이 책을 강력히 추천한다. 저자의 기차 사랑이 듬뿍 느껴지는 책과 함께 숨겨진 보물들을 방문하다 보면 당신의 마음도 푸근함으로 가득 차게 될 것이다. 저자의 딸이 그린 아름다운 삽화 역시 가슴을 울린다.

말랑말랑학교

착한재벌샘정(이영미) 지음 | 값 15,000원

중고등학교 과학 교사로 일해 온 저자의 솔직담백한 인생 가꾸기 교과서. 저자는 어린 학생들뿐만이 아니라 어른이 되어서도 삶에 힘겨워하는 모든 사람에게 자존감을 키워주고 싶어 이 책을 쓰게 되었다고 말한다. 누구나 상처가 있지만 그 상처를 극복하고 예쁜 나비가 될 수 있음을, 그러한 '변화'를 통해 삶을 긍정적으로 가꾸어 나가기를 바라며, 저자가 콕콕 짚어주는 인생의 문제와 그것들을 다루는 '말랑말랑'한 방법들을 보다 보면 당신의 마음도 어느새 번데기에서 나비로 변화되어 있을 것이다.

알파고 동의보감

박은서 지음 | 값 25,000원

이 책 『알파고 동의보감』은 『동의보감』이 담고 있는 소중한 지식을 변화하는 현대사회의 키워드, 4차 산업혁명과 접목시켜 읽기 편하면서도 흥미진진하게 독자들에게 제시한다. 인체를 이해하는 컨트롤타워 '딥마인드'와도 같은 '정기신' 및 자연의 흐름을 통해 무병장수의 비결을 배워나가는 '인공지능'인 '양생' 등의 파트는 『동의보감』의 본질을 잃지 않으면서도 현대인의 감성에 맞는 눈높이에서 우리 조상들이 남겨 준 지혜를 펼쳐 보여줄 것이다.

펭귄 날다 - 미투에서 평등까지

송문희 지음 | 값 15,000원

전 세계를 휩쓸고 있는 미투 운동. 이제 우리나라도 예외가 아니다. 하루가 멀다 하고 밝혀지는 성추문과 스캔들. 그동안 묵인되어 왔던 성차별이 속속들이 온오프라인을 뒤덮으며 '여성들의 목소리'가 마침내 수면 위로 떠올랐다. 이 책을 통해 저자는 사회 곳곳에 만연했지만 우리가 애써 무시하던 문제를 속속들이 파헤친다. 그리고 미투 운동이 나아가야 할 방향을 제시하며 미투 운동에 긍정의 지지를 보낸다. 날카롭고도 경쾌한 필치의 글을 읽다보면 당신도 페미니즘을 이해하게 될 것이다.

죽기 전에 내 책 쓰기

김도운 지음 | 값 15,000원

언론인 출신의 저자는 수도 없이 많은 글을 쓰던 중 자신의 책을 발행하고 싶다는 생각을 갖고 2008년 어렵사리 첫 책을 낸 후 지금까지 꽤 여러 권의 책을 발행했다. 그러디보니 지연스럽게 축적된 노하우를 대중에게 공유해야겠다는 생각으로 이 책을 집필했다. 이 책 속 실용적인 노하우를 통해 독자들은 책을 써야 하는 이유, 자료를 수집하는 방법, 자료를 정리하는 방법, 집필하는 방법, 출판사와 계약하는 방법, 마케팅하는 방법 등을 알 수 있을 것이다.

공무원 탐구생활

김광우 지음 | 값 15,000원

『공무원 탐구생활』은 '공무원'에 대해 속속들이 들여다본 책으로, 다양한 시각으로 공무원에 대해 분석하고 있다. 특히 '공무원은 결코 좋은 직업이 아니다'라며 기본적으로 비판적인 시각을 가지고 분석한다는 걸 특이점으로 꼽을 수 있다. 이미 공직에 몸담은 공무원뿐만 아니라, 공무원을 준비하고 있는 이들에게도 앞으로의 진로 설정 방향과 공무원에 대한 현실을 세세히 알려준다. 30년이 넘는 시간 동안 공직생활을 통해 쌓아 온 저자의 경험이 밑바탕이 되어 독자들에게 강한 신뢰감을 준다.

힘들어도 괜찮아

김원길 지음 | 값 15,000원

(주)바이네르 김원길 대표의 저서 『힘들어도 괜찮아』는 중졸 학력으로 오로지 구두 기술자가 되기 위해 혈혈단신 서울행에 오른 후 인생의 영광과 실패를 끊임없이 경험하며 국내 최고의 컴포트슈즈 명가, (주)바이네르를 일궈낸 그의 인생역정을 담고 있다. 이러한 인생역정을 통해 김원길 대표가 강조하는 그만의 인생철학, 경영철학 역시 많은 사람들에게 귀감이 될 것이며 존경받는 기업인이라는 것이 무엇인지 보여준다고 할 것이다.

성공하는 귀농인보다 행복한 귀농인이 되자!

김완수 지음 | 값 15,000원

『성공하는 귀농인보다 행복한 귀농인이 되자』는 귀농·귀촌을 꿈꿔 본 사람들부터 진짜 귀농·귀촌을 준비해서 이제 막 시작 단계에 들어선 분들, 또는 이미 귀농·귀촌을 하는 분들까지 모두 아울러 도움을 줄 수 있는 책이다. 농촌지도직 공무원으로 오랫동안 근무하고 퇴직 후에 농촌진흥청 강소농전문위원으로 활동하고 있어서 현장 경험이 풍부한 저자의 전문성이 이 책에 고스란히 녹아 있다고 하겠다.

아홉산 정원

김미희 지음 | 값 20,000원

이 책 『아홉산 정원』은 금정산 고당봉이 한눈에 보이는 아홉산 기슭의 녹유당에 거처하며 아홉 개의 작은 정원을 벗 삼아 자연 속 삶을 누리고 있는 김미희 저자의 정원 이야기 그 두 번째이다. 이 책을 통해 독자들은 '꽃 한 송이, 벌레 한 마리에도 우주가 있다'는 선현들의 가르침에 접근함과 동시에 동양철학, 진화생물학, 천체물리학, 문화인류학 등을 아우르는 인문학적 사유의 즐거움을 한 번에 누릴 수 있을 것이다.

진짜 엄마 준비

정선애 지음 | 값 15,000원

진짜 엄마가 되기 위해선 무엇을 준비해야 할까? 아이를 낳기 전 태교부터 아이를 낳고 난 후의 육아까지, 엄마들의 길은 멀고 험난하기만 하다. 여기 직접 달콤하고도 쓰린 '육아의 길'을 몸소 체득한 한 엄마의 고백과도 같은 육아 일기가 있다. 저자는 아이를 위한 길과 엄마를 위한 길 둘 다 놓쳐서는 안 된다고 이야기하며, 어떻게 하면 아이와 엄마 모두가 원원 할 수 있는지 친절하고 따뜻한 문체로 풀어낸다. 예비 엄마들을 위한 훌륭한 육아 계발서.

'행복에너지'의 해피 대한민국 프로젝트!
〈모교 책 보내기 운동〉

대한민국의 뿌리, 대한민국의 미래 청소년·청년들에게 책을 보내주세요.

    많은 학교의 도서관이 가난해지고 있습니다. 그만큼 많은 학생들의 마음 또한 가난해지고 있습니다. 학교 도서관에는 색이 바래고 찢어진 책들이 나뒹굽니다. 더럽고 먼지만 앉은 책을 과연 누가 읽고 싶어 할까요?
    게임과 스마트폰에 중독된 초·중고생들. 입시의 문턱 앞에서 문제집에만 매달리는 고등학생들. 험난한 취업 준비에 책 읽을 시간조차 없는 대학생들. 아무런 꿈도 없이 정해진 길을 따라서만 가는 젊은이들이 과연 대한민국을 이끌 수 있을까요?

    한 권의 책은 한 사람의 인생을 바꾸는 힘을 가지고 있습니다. 한 사람의 인생이 바뀌면 한 나라의 국운이 바뀝니다. **저희 행복에너지에서는 베스트셀러와 각종 기관에서 우수도서로 선정된 도서를 중심으로 〈모교 책 보내기 운동〉을 펼치고 있습니다.** 대한민국의 미래, 젊은이들에게 좋은 책을 보내주십시오. 독자 여러분의 자랑스러운 모교에 보내진 한 권의 책은 더 크게 성장할 대한민국의 밑판이 될 것입니다.

    도서출판 행복에너지를 성원해주시는 독자 여러분의 많은 관심과 참여 부탁드리겠습니다.

도서출판 **행복에너지** 임직원 일동
문의전화   0505-613-6133